La méthode Montignac
Spécial Femme

J'AI LU

MICHEL MONTIGNAC

Je mange donc je maigris ! ou les secrets de la nutrition	J'ai lu 7030/5
Mettez un turbo dans votre assiette ! ou comment être plus productif, efficace et performant en mangeant	J'ai lu 7117/7
Dictionnaire Montignac : la méthode de A à Z	
Recettes et menus Montignac ou la gastronomie nutritionnelle	J'ai lu 7079/5
Comment maigrir en faisant des repas d'affaires	J'ai lu 7090/5
La méthode Montignac, Spécial Femme	J'ai lu 7104/5
Je cuisine Montignac	J'ai lu 7121/5

MICHEL MONTIGNAC

La méthode Montignac

Spécial Femme

Préface du Dr Morrison C. Bethea

J'AI LU

Bien-être

Sommaire

SECONDE PARTIE

Préface

Dans ce nouveau livre, qui met plus particulièrement l'accent sur le besoin des femmes, Michel Montignac nous fait une fois de plus la démonstration du fait qu'il n'a pas seulement de solides connaissances nutritionnelles, mais qu'il est aussi doté d'un formidable instinct dans ce domaine.

Il n'y a aucun doute, désormais, qu'il a réussi à s'imposer par lui-même comme une véritable autorité en matière de nutrition.

Au cours de ces dernières décennies, la médecine a fait de considérables progrès, nous permettant de mieux diagnostiquer, traiter, et même prévenir de nombreuses maladies. Globalement, notre santé s'en trouve nettement améliorée.

On a notamment encouragé l'amélioration des habitudes alimentaires, ainsi que la pratique de l'exercice physique. Cependant, quand on examine attentivement le problème de la nutrition, il faut bien reconnaître que rien de valable n'a vraiment été proposé avant l'avènement de la méthode Montignac.

Alors que la plupart des nutritionnistes se sont contentés de l'approche simpliste qui consiste à réduire la ration alimentaire quotidienne, et notamment les graisses, pour diminuer le poids et améliorer la santé, Michel Montignac a été le premier à remettre en cause l'approche hypocalorique pour se concentrer sur la véritable relation qui existe entre les différents aliments et les réponses biochimiques qu'ils déclenchent dans notre corps.

En s'inspirant d'études bien connues, qui montrent et expliquent pourquoi les Français souffrent beaucoup moins d'obésité et de maladies cardio-vasculaires que les autres pays industrialisés, Michel Montignac a judicieusement posé le postulat selon lequel c'était le métabolisme des glucides (et non celui des graisses ou des protéines) qui était la pierre angulaire de tout programme nutritionnel.

L'ingestion du glucide, qui se traduit par une sécrétion d'insuline, constitue le facteur diététique prépondérant.

En choisissant les glucides à partir de leur index glycémique, comme le recommande Michel Montignac, il est possible de maîtriser sa sécrétion d'insuline et, par voie de conséquence, d'agir sur la prise ou la perte de poids.

Les règles concernant la consommation de graisses et de protéines, telles qu'elles sont définies par la Méthode, conduisent par ailleurs à une amélioration de la santé. On sait que les protéines stimulent la sécrétion du glucagon, une hormone qui contribue indirectement à réduire les graisses de réserve.

Récemment, nos services du Mercy-Baptist Hospital de La Nouvelle-Orléans, aux États-Unis, ont entrepris une étude sur l'application des principes de la méthode Montignac.

Les premiers résultats obtenus sur nos patients montrent non seulement une réduction substantielle de la surcharge pondérale, mais aussi et surtout, pour la plupart d'entre eux, une baisse de 20 à 30 % de leur cholestérol total.

Notre sentiment est que cette performance est liée directement à la diminution de la sécrétion d'insuline obtenue avec la méthode Montignac. C'est pourquoi nous entreprenons, désormais, des études approfondies au cours desquelles nous mesurons systématiquement l'insuline, le cholestérol et les triglycérides, ce qui devrait nous permettre de vérifier nos hypothèses.

La méthode Montignac représente une incontestable contribution dans le domaine de la nutrition. Elle répond de manière scientifique et rationnelle aux questions que l'on se pose à propos de nos habitudes alimentaires. Avant elle, il y avait des choses qui n'avaient pas été éclaircies et qui n'avaient pas été comprises.

Le suivi de la Méthode ne peut que conduire à une meilleure santé et à rendre plus heureux.

Il ne fait pour moi aucun doute que toutes les études sérieuses qui sont désormais entreprises confirmeront d'ici peu que Michel Montignac avait raison de persévérer dans une voie nouvelle où il sera reconnu un jour comme « chef de file ».

Docteur Morrison C. BETHEA

Chef de service du département
de chirurgie cardiaque
au Mercy-Baptist Hospital
La Nouvelle-Orléans - É.-U.

Avant-propos

D'aucuns pourront se demander si, après avoir publié deux livres sur la méthode Montignac, dont les ventes ont atteint des scores sans précédent, il était nécessaire d'en publier un troisième.

N'allait-on pas avoir affaire à un « remake » simplement destiné, à l'instar de *Rambo II* et *III*, à prolonger artificiellement un grand succès de librairie ?

Comment maigrir en faisant des repas d'affaires[1] et *Je mange donc je maigris !*[2] complétés par *Mettez un turbo dans votre assiette !* n'étaient-ils pas suffisants pour révéler d'une manière précise tous les secrets de la méthode Montignac ? L'important courrier des lecteurs, comme les nombreux articles de presse, mais surtout les commentaires de certains spécialistes de la nutrition nous ont convaincus du contraire.

Le premier livre, écrit en 1986, s'adressait en général aux hommes et en particulier à tous ceux qui prennent leurs repas à l'extérieur de chez eux.

Le deuxième, *Je mange donc je maigris !*, bien qu'identique dans la présentation des principes de base de la Méthode, avait une orientation plus « domestique » et s'adressait davantage à un public féminin dont la plupart des repas sont préparés et pris à la maison.

Les deux ouvrages, ayant une vocation essentiellement pratique, avaient été conçus dans une approche simple. Il convenait en effet de privilégier le caractère pédagogique d'un apprentissage nutritionnel facile à mettre en œuvre pour obtenir des résultats à la fois substantiels et durables.

Derrière la méthode d'amaigrissement se profilait cependant une certaine philosophie alimentaire débou-

1. Éd. J'ai lu, n° 7090.
2. Éd. J'ai lu, n° 7030.

chant sur une véritable hygiène de vie, mais le lecteur ne la découvrait souvent qu'*a posteriori*, à travers les bienfaits physiques qu'il ressentait après avoir mis en application les recommandations qui l'avaient conduit à changer ses habitudes alimentaires.

Pour des raisons pratiques évidentes, la présentation adoptée au départ avait été volontairement simplifiée. À quoi bon, en effet, encombrer le lecteur d'une avalanche d'informations scientifiques qui risquaient de le distraire de l'essentiel ?

C'est pourquoi l'idée que la méthode Montignac était d'inspiration dissociative (glucides-lipides) a prévalu pendant longtemps.

Mais, l'expérience aidant, il nous a paru que le message dissociatif était par trop réductionniste même s'il était suffisant pour obtenir des résultats. C'est pourquoi, à partir des années 1989/1990, il fut décidé d'intégrer un chapitre sur les index glycémiques, lesquels constituent en fait le fondement de base de nos principes nutritionnels.

Cette présentation complémentaire n'a pas suffi pour empêcher les nutritionnistes de mauvaise foi de continuer à présenter la méthode Montignac comme un épouvantail. C'est le cas, par exemple, du docteur Jacques Fricker, qui s'est maladroitement cru obligé d'inventer un régime « associé » pour mieux se positionner médiatiquement par rapport à la méthode Montignac. Cette dernière se résumait, d'après lui, à deux principes inspirés d'Atkins : « La suppression des glucides et la consommation *ad libitum* de graisses. »

Ces allégations mensongères n'ont en fait ému personne, et surtout pas les médecins généralistes et les spécialistes des maladies cardio-vasculaires qui ont toujours constaté, outre un amaigrissement substantiel et durable, que le suivi de la méthode Montignac conduisait à une régularisation systématique des paramètres sanguins : cholestérol et triglycérides notamment.

La publication de ce troisième livre se justifie donc pour plusieurs raisons. D'abord, il importe de tirer les enseignements d'une approche nutritionnelle qui a fait largement ses preuves depuis huit ans, compte tenu des multiples applications et échos dont elle a fait l'objet.

Il paraît ensuite important et nécessaire de préciser à nouveau les messages essentiels, de les recentrer, voire de les redéfinir.

Si la méthode Montignac s'est imposée dans le temps, c'est parce qu'elle n'est pas un « régime » au sens traditionnel du terme, restrictif et temporaire. Son succès s'explique d'autant mieux qu'au-delà de la méthode d'amaigrissement elle permet de retrouver une vitalité optimale et s'est surtout affirmée comme un art du mieux-vivre s'inscrivant même dans le cadre d'un concept de santé global.

La plupart des observateurs critiques, et notamment des nutritionnistes conventionnels, se sont en fait mépris sur les véritables intentions des deux premiers livres. Ils n'ont délibérément retenu, de la Méthode, que les règles strictes de la phase I dont ils ont excessivement amplifié l'austérité, dénonçant exagérément par ailleurs l'exclusion de certains aliments.

L'expérience des praticiens de terrain comme le courrier des lecteurs nous ont au contraire montré combien la phase I ne constituait qu'une étape intermédiaire, toujours parfaitement bien vécue par les intéressés, qui la supportent d'autant mieux qu'elle n'est jamais restrictive, même si elle est, et se doit d'être, sélective. Tous ont bien senti qu'au-delà de cette période transitoire les vrais principes de la Méthode résidaient dans la phase II, c'est-à-dire dans un changement harmonieux des habitudes alimentaires.

Nombreux sont d'ailleurs les lecteurs qui, occultant la phase I en ne retenant que les grands principes de la Méthode, se sont installés dès le départ dans la phase de croisière. Leur témoignage montre qu'ils ont obtenu les mêmes résultats, mais qu'il leur a fallu, évidemment, plus de temps pour perdre leurs kilos, ce qui n'a d'ailleurs été que plus bénéfique au niveau de leur stabilisation pondérale.

C'est pourquoi nous avons choisi de présenter la Méthode différemment. Désormais, nous insisterons davantage sur les principes fondamentaux, ceux qui nous conduiront à comprendre comment les pays modernes ont progressivement adopté un mode alimentaire pervers, dont la conséquence est l'augmentation dramatique des maladies métaboliques : notamment l'obésité, le diabète et les affections cardio-vasculaires.

Nous découvrirons comment, par un simple changement de nos habitudes alimentaires, et en faisant un simple recentrage, il sera possible d'inverser complètement la tendance.

Pour celles qui ont une véritable « addiction » à l'égard de certains aliments (le sucre par exemple), pour celles qui ont un sérieux problème de poids, ou encore celles qui sont pressées d'afficher rapidement des résultats, la phase I (qui ne reste qu'une étape intermédiaire) continuera à leur être proposée. Elles pourront ainsi à la fois changer radicalement leurs mauvaises habitudes en procédant à un véritable recentrage, mettre leur organisme au repos pour lui faire retrouver une nouvelle santé et obtenir des résultats à très court terme. Cette phase « transitoire » et « accélérée » retrouvera donc, d'une manière plus évidente, la place qu'elle a toujours eue dans la Méthode : celle d'une phase optionnelle.

Les milliers de témoignages que nous avons pu recueillir, depuis des années, auprès de nos lecteurs nous ont fait prendre conscience du fait que l'application des principes nutritionnels que nous recommandons s'exprimait différemment en fonction du sexe.

Pourtant, il est faux de prétendre que *« ça marche mieux chez les hommes que chez les femmes »*, comme certains ont cru le remarquer. Notre réponse a toujours été de dire que l'on constatait la même efficacité quel que soit le sexe mais que, pour certaines femmes, cela marchait différemment.

Il y a plusieurs explications à ce phénomène. Les femmes qui abordent la Méthode ont généralement « un passé hypocalorique très chargé ». Certaines ont même plusieurs dizaines d'années de régime derrière elles. Le moins que l'on puisse dire, c'est que leur organisme est sur la défensive et que tout changement alimentaire, même salutaire, se heurte obligatoirement à un blocage.

Un médecin de Rouen nous a ainsi expliqué que l'une de ses patientes dut attendre sept mois avant que ne se déclenche l'amaigrissement. La fonte de ses douze kilos s'est ensuite réalisée en quelques semaines. Elle avait derrière elle vingt-cinq ans de régimes restrictifs !

Outre sa plus grande sensibilité, l'organisme féminin est d'une plus grande complexité que son homologue masculin. Les implications hormonales sont notamment plus fréquentes et leurs effets secondaires peuvent, dans certains cas, favoriser la prise de poids ou tout au moins ralentir l'amaigrissement. La femme est par ailleurs une plus grande consommatrice de médicaments. Or, il s'avère que certains d'entre eux ont des effets pervers sur le métabolisme et peuvent ainsi indirectement constituer un frein à l'amaigrissement.

Le seul changement de spécialité pharmaceutique, sans pour autant modifier le traitement nécessaire, peut être suffisant pour débloquer la situation.

Depuis des années, les médecins de l'*Institut Vitalité et Nutrition*[1], ainsi que tous leurs correspondants, dont la plupart sont des médecins de terrain, ont contribué par leur pratique quotidienne de la Méthode, en clientèle, à faire que le problème de la prise de poids, comme celui des résistances à l'amaigrissement, soit mieux compris. C'est donc à partir de leur expérience, et avec leur concours, que ce livre a pu être réalisé. Les lecteurs, et particulièrement les lectrices, pourront ainsi véritablement optimiser l'application des principes de la Méthode pour une meilleure efficacité.

1. Institut Vitalité et Nutrition : 1, rue Robin, 95880 Enghien-les-Bains. Tél. : (1) 39 83 18 39.

Introduction

L'embonpoint et, à plus forte raison, l'obésité n'existent pas dans la nature. On n'en trouve quasiment aucune trace dans le règne animal, si ce n'est chez les animaux domestiques, et pour cause !

Dans les sociétés primitives, les obèses étaient généralement d'une grande rareté. Seuls quelques sérieux problèmes de santé, notamment d'origine hormonale, pouvaient expliquer l'existence de cas isolés. C'est d'ailleurs ce caractère exceptionnel de l'obésité qui donna lieu, dans certaines ethnies, à un véritable culte de la grosseur. Le *nec plus ultra* ne pouvait s'exprimer, en effet, que dans l'exception.

Aux siècles suivants, mieux connue des grandes civilisations, l'obésité fut généralement le lot des nantis qui avaient le privilège, en raison de leur niveau de vie, d'avoir accès à une alimentation plus « raffinée ». Contrairement à ce que l'on pourrait croire *a priori*, les riches étaient autrefois plus gros que les pauvres, non pas parce qu'ils mangeaient plus, mais parce qu'ils mangeaient différemment. Vous comprendrez facilement pourquoi dans les chapitres suivants.

Aujourd'hui, cette tendance est totalement inversée puisque c'est plutôt dans les catégories les plus défavorisées que l'on compte désormais les obèses, et parmi les plus riches que les gens sont les plus minces.

Pour bien comprendre le problème de l'obésité actuelle, le mieux serait d'aller l'étudier dans le pays où elle a pris une importance telle qu'elle fait figure de catastrophe nationale : les États-Unis d'Amérique. Là, 64 % des Américains sont trop gros (contre 28 % en France), et 20 % sont obèses (contre 3 à 5 % dans l'Hexagone).

Si l'Histoire nous a montré que l'obésité était un sous-produit de la civilisation (comme c'était le cas en Égypte ou dans l'Empire romain), il est compréhensible que ce phénomène soit particulièrement évident, aujourd'hui, aux États-Unis. Ce pays ne représente-t-il pas, en effet, le modèle le plus avancé de la civilisation moderne, lequel a déjà largement amorcé sa phase de déclin ?

Si vous demandez à un médecin spécialiste la raison pour laquelle la nature vous a doté d'une « surcharge pondérale notoire », après lui avoir juré vos grands dieux que vous ne mangez presque rien et que vous avez une activité physique normale, il ne manquera pas de vous sortir, comme un joker, l'argument héréditaire.

Si un nutritionniste, ou autre diététicien de service, n'arrive pas à vous faire maigrir, n'attendez pas de lui qu'il remette en cause son approche diététique, car il considérera que cela ne peut être que votre faute. Si vous ne mangez vraiment pas en cachette, le seul responsable, pour lui, ne pourra être que votre mauvaise hérédité.

Il est vrai que l'hérédité, en matière d'obésité, offre une très forte prédisposition, mais elle a parfois un peu trop bon dos. Elle n'est pas forcément, en l'occurrence, cette « fatalité » que l'on vous oppose trop facilement.

Il y a cent ans, il n'y avait pas d'obèses aux États-Unis. J'entends, pas plus qu'ailleurs. Dès lors, on ne nous fera pas croire que les dizaines de millions d'obèses américains de 1996 sont les descendants des quelques rares obèses qui faisaient exception au XIXe siècle, et qu'eux-mêmes tenaient leur embonpoint de leurs ancêtres !

Curieusement, la majorité des obèses américains sont aujourd'hui des Noirs. Or, leurs cousins africains, dont ils sont les descendants, ne sont pas gros.

Il s'est donc bien passé quelque chose pour que, progressivement, le poids moyen des Américains se soit alourdi, de génération en génération, d'autant que le phénomène est récent puisqu'il date seulement de quelques décennies.

Il n'est peut-être pas interdit de supposer que ce sont leurs mauvaises habitudes alimentaires qui les ont progressivement conduits à élaborer les conditions d'une mauvaise hérédité, ce qui démontrerait que le facteur héréditaire n'est pas inné, mais en quelque sorte acquis !

La seconde raison généralement mise en avant par les spécialistes pour expliquer l'embonpoint, et *a fortiori* l'obésité, c'est « l'hyperphagie ». En d'autres termes, cela voudrait dire que si les gens sont gros, c'est parce qu'ils mangent trop !

On vous explique alors, avec insistance, que ce sont l'élévation du niveau de vie et la société de consommation qui ont fait de nos contemporains des « bouffeurs » invétérés et des « bâfreurs » immoraux... quand on pense aux sous-alimentés du tiers monde !

Or, si vous regardez autour de vous, il vous faudra chercher longtemps avant de trouver le cliché « du gros qui mange tout le temps », comme on vous le montre de manière caricaturale dans les films.

Vous n'aurez pas de mal, en revanche, à dénicher parmi vos amis, vos relations ou encore les membres de votre famille le modèle haut de gamme du glouton professionnel, celui qui non seulement n'est pas gros, mais fait preuve de surcroît d'une maigreur désespérante.

C'est d'ailleurs lui que vous verrez toujours à l'affût de ce qui pourrait enfin lui faire prendre quelques kilos...

Quand on interroge les obèses, force est de constater qu'en dépit de quelques exceptions le bilan calorique de ce qu'ils mangent est incroyablement bas. Or, ce paradoxe ne doit pas nous étonner car, comme nous aurons l'occasion de le démontrer plus loin, plus les gens sont gros, plus ils comptent désespérément les calories et inversement.

Si vous retrouvez dans votre grenier les menus de mariage, baptême et communion de vos grands-parents, ou même de vos parents, vous serez stupéfait par la quantité phénoménale de nourriture qu'ils étaient en mesure d'ingurgiter à l'époque.

Vous en déduirez donc facilement, ce qui a d'ailleurs été prouvé depuis longtemps, que l'on fait bien « maigre chère » de nos jours, comparés à eux.

On s'ingéniera alors à vous expliquer, avec force détails, que si les gens pouvaient manger autant autrefois, c'est parce qu'ils se dépensaient beaucoup plus : ils marchaient plus souvent, ils prenaient la peine de monter les escaliers, ils vivaient dans des maisons bien moins chauffées...

C'était probablement vrai pour certains, notamment dans les catégories socio-professionnelles les plus basses, mais si nous analysons la situation de la bourgeoisie de l'époque, on admettra sans difficulté que l'on marchait plus pour son plaisir que par nécessité. Les voitures étaient peut-être moins répandues, mais on ne parcourait pas pour autant la France avec son baluchon sur le dos, comme il y a encore quelques siècles.

Les transports en commun et les calèches étaient beaucoup plus utilisés qu'aujourd'hui. On montait certes plus souvent les escaliers, mais il faut dire qu'il y en avait beaucoup moins car les grands immeubles n'existaient pas encore.

Quant au chauffage central, il faut convenir, en effet, qu'il n'était pas généralisé comme il l'est devenu en cette fin de XXe siècle et que, quand il existait, on en usait avec parcimonie. La civilisation du gaspillage n'était pas encore apparue.

Il faut admettre, en revanche, que les gens étaient beaucoup plus couverts qu'aujourd'hui. La quantité de vêtements qu'ils portaient était impressionnante et ce, même en été. Ceci compensant largement cela.

Prétendre, ainsi, que nos contemporains sont gros parce qu'ils consomment trop d'énergie par rapport à leurs dépenses n'est donc pas très convaincant. C'est pourquoi il faudra chercher l'explication ailleurs.

De toute évidence, l'obésité endémique des civilisations occidentales ne peut être que le résultat de la dérive progressive de nos habitudes alimentaires, celles que nous connaissons depuis deux siècles, mais surtout depuis la dernière guerre mondiale.

Nous allons comprendre, dans le chapitre suivant, que l'obésité est non seulement directement liée au mode alimentaire moderne, mais qu'elle est aussi la conséquence du suivi successif de régimes hypocaloriques.

Mais rassurez-vous, car ce qui vous sera expliqué dans ce livre est d'une grande simplicité et la démarche pédagogique qui a été adoptée vous en permettra une parfaite assimilation.

La seule chose que je puisse vous demander instamment, c'est de faire un tout petit effort pour lire avec attention les quelques pages d'explications qui se trouvent dans les chapitres suivants. Sans ces données « préliminaires » essentielles, il vous serait difficile de pouvoir mettre en œuvre, avec efficacité, les principes nutritionnels de la Méthode.

Je suis toujours profondément attristé lorsque je rencontre une personne qui prétend avoir fait, comme elle dit improprement, le « régime Montignac », avoir perdu dix kilos sans problème et en avoir repris la moitié ensuite.

Il s'agit invariablement d'une personne qui n'a jamais « lu » mon livre, mais qui s'est tout simplement contentée d'y prélever quelques principes de base, isolés de leur contexte.

L'application de ces principes, sans être mûrement réfléchie, peut en effet permettre l'obtention de résultats rapides, mais une fois que l'on sera parvenu à ce stade, et qu'on les aura suivis « à la lettre » sans avoir compris pourquoi on a perdu du poids, on sera alors tout naturellement tenté de revenir à son ancien mode alimentaire.

Les mêmes causes produisant les mêmes effets, on reprendra tout simplement la plupart des kilos perdus...

Si vous vous reconnaissez dans l'esquisse que je viens d'évoquer, sachez avant tout que la méthode Montignac, encore une fois, n'est pas un « régime ». Il s'agit d'une philosophie de vie conduisant à l'adoption d'habitudes alimentaires nouvelles, fondées essentiellement sur de bons choix. Lorsque vous en aurez assimilé les tenants et les aboutissants, ce qui est simple, l'application de ces principes sera pour vous un jeu d'enfant.

Si vous avez ce livre entre les mains, en effet, c'est que vous désirez vous débarrasser à jamais, et une bonne fois pour toutes, de ces kilos superflus qui vous empoisonnent l'existencc.

En lisant attentivement les chapitres qui vont suivre, vous allez dans un premier temps comprendre pourquoi la diététique traditionnelle vous a menti en vous faisant croire qu'il suffisait de manger moins pour maigrir. Vous saviez d'ailleurs, par expérience, que cela était faux.

Dans un second temps, vous comprendrez pourquoi et comment vous avez pris des kilos superflus. Finalement, vous serez convaincu du fait qu'il n'existe qu'une seule solution sérieuse pour vous en débarrasser à jamais : MANGER ! Mais manger différemment...

PREMIÈRE PARTIE

1

Le mythe de la chaudière

Nous avons bien compris, grâce aux lignes précédentes, que l'obésité était un sous-produit de la civilisation. Mais, même si l'on a remarqué à travers l'Histoire que la silhouette de certains privilégiés – chefs militaires, aristocrates, bourgeois ou ecclésiastiques – s'était quelque peu alourdie, force est de constater que l'obésité n'est toujours restée qu'une affection très marginale.

Il a fallu attendre le milieu du XXe siècle pour que le problème éclate vraiment et prenne les proportions inquiétantes que l'on connaît aujourd'hui aux États-Unis.

Or, ce sont des conditions socioculturelles particulières qui ont présidé à l'éclosion de ce phénomène. Il y a encore une cinquantaine d'années, la nourriture représentait pour nos contemporains ce qu'elle a toujours représenté depuis des siècles : « la source de vie ».

Chacun était convaincu que la manière dont il s'alimentait conditionnait son état de santé et que sa nourriture était *« sa meilleure médecine »*, comme l'avait affirmé Hippocrate cinq siècles avant Jésus-Christ.

Cette dernière avait d'autant plus d'importance, à l'époque, qu'elle était rare et chère. Il y a encore quelques décennies, en effet, le spectre de la famine, ou tout au moins des privations, voire des restrictions, était encore présent dans tous les esprits.

Aujourd'hui, le panier de la ménagère, devenu le caddie du consommateur, croule sous l'abondance. Les aliments sont à ce point banalisés que le gaspillage dont font preuve la plupart de nos contemporains est devenu une insulte pour les affamés du tiers monde.

Désormais on ne gagne plus son pain à la sueur de son front, car les poubelles en sont pleines. Autrefois, les restes domestiques étaient soigneusement accommodés ou encore précieusement récupérés pour nourrir les animaux. De nos jours, ils vont directement rejoindre les autres immondices que produit la société de consommation !

Il faut qu'un événement important se soit produit pour qu'une telle attitude d'irrespect se soit progressivement développée à l'égard de la nourriture. Cet événement n'a d'autre nom que celui de « pléthore alimentaire ». C'est elle qui, issue de la révolution agro-alimentaire de la fin de la Seconde Guerre mondiale, a banalisé notre « manne » quotidienne et bouleversé nos mentalités.

Après 1945, notre société a dû faire face à deux problèmes majeurs :

– Une importante augmentation de la population à la suite du baby-boom de l'après-guerre et de l'arrivée de dizaines de milliers de réfugiés ;

– Une urbanisation intense, conséquence du phénomène précédent, mais aussi de la désertion progressive des campagnes.

Il a donc fallu produire plus, et surtout différemment, car pour la première fois dans l'histoire de l'humanité, il y eut soudain un décalage entre les zones de production alimentaire et les zones de consommation.

En 1950, 80 % de ce qui était consommé dans une ville de province de moyenne importance était produit dans les cinquante kilomètres environnants. Les 20 % restants venaient des départements alentour ou d'autres pays. Aujourd'hui, le rapport est complètement inversé. De plus, lorsque les aliments étaient produits sur place, les résidus et les déchets étaient recyclés comme engrais.

À partir du moment où l'on se mit à exporter, rien ne put être récupéré et il fallut avoir recours à d'autres modes de fertilisation.

Pendant ces cinquante dernières années, l'industrie agro-alimentaire n'a donc pas cessé de se développer en s'appuyant sur un large éventail de technologies, toutes plus performantes les unes que les autres. Cette révolution a eu plusieurs conséquences.

1. Elle a permis d'augmenter considérablement les rendements :

- par la mécanisation ;
- par l'utilisation massive d'engrais chimiques ;
- par la généralisation de l'utilisation de pesticides, insecticides et autres fongicides ;
- par l'organisation d'un élevage industriel intensif.

2. Elle a permis de développer les techniques de conservation :

- par la généralisation de la réfrigération et de la surgélation ;
- par l'utilisation d'additifs alimentaires et autres conservateurs chimiques.

Le résultat de toutes ces mesures fut, de fait, très supérieur aux prévisions, ce qui permit à toute une partie de l'humanité d'entrer dans une phase d'abondance alimentaire.

Dès le début de cette période de transformation du paysage agro-alimentaire, les observateurs ne manquèrent pas de relever que le poids moyen de la population occidentale augmentait de manière fort significative.

Aux États-Unis, dès les années 1930, on commença à chercher des solutions au problème de l'obésité. Les scientifiques de l'époque, car ni la diététique ni la nutrition n'étaient considérées comme des spécialités médicales, se penchèrent sur la question et émirent une hypothèse : si la courbe de poids de nos contemporains s'emballait soudainement, au moment où l'Occident entrait dans une véritable ère de surabondance alimentaire, c'est qu'il y avait vraisemblablement une relation de cause à effet. Et c'est ainsi que naquit le mythe de « l'homme-chaudière ».

L'organisme humain, pensait-on, fonctionne comme une chaudière. Pour vivre, il a besoin d'une énergie qui lui est fournie par son alimentation. On avait donc, d'un côté, des apports énergétiques, et de l'autre, des dépenses.

L'embonpoint et *a fortiori* l'obésité ne pouvaient donc être que la conséquence d'un déséquilibre entre les « entrées » et les « sorties ». En d'autres termes, les kilos en trop n'étaient qu'un résiduel énergétique.

Or, de deux choses l'une, soit il y avait trop d'apports, soit les dépenses n'étaient pas assez importantes.

Cela voulait donc dire que si l'on était gros, c'était soit que l'on mangeait trop, soit que l'on ne faisait pas assez d'exercice, ou les deux à la fois.

C'est à partir de cette hypothèse simpliste, mais somme toute conforme à une certaine logique, que la théorie hypocalorique fut élaborée. Puisque les apports énergétiques étaient quantifiables en unités de valeur calorique, tous les aliments pouvaient ainsi, en fonction de leur poids et de la catégorie à laquelle ils appartiennent (glucides, lipides, protides), être classés en fonction de leur pouvoir calorique.

Pourtant, ce raisonnement était déjà entaché d'erreurs au départ, puisque l'on comptait les calories dans l'assiette sans tenir compte de ce qui se passe réellement pendant la digestion.

C'est de là qu'est donc née la diététique conventionnelle, volontairement restrictive, puisque d'essence hypocalorique. En décidant que l'organisme humain avait besoin d'environ 2 500 calories par jour, elle expliquait aussi que selon la consommation énergétique réelle, on allait pouvoir faire varier son poids dans un sens ou dans l'autre.

Ainsi, si l'on consommait 3 000 calories par jour, on allait créer un excédent de 500 calories qui serait mis en réserve, entraînant ainsi une prise de poids.

Si, en revanche, on se contentait de 2 000 calories, on créait alors un déficit de 500 calories, obligeant l'organisme à puiser dans ses graisses de réserve pour compenser la différence, ce qui entraînait alors une perte de poids.

En d'autres termes, la théorie des calories appliquée à la nutrition affirmait que pour maigrir, il suffisait de manger moins, et *a contrario,* que si l'on grossissait, c'était parce que l'on mangeait trop.

C'est ce schéma simpliste, fondé sur une croyance naïve, qui a dominé la diététique de ces dernières décennies. Or, c'est malheureusement celui que l'on véhicule toujours officiellement dans les services de nutrition hospitaliers, et celui que l'on enseigne encore dans les écoles de diététique.

Raisonner selon le modèle énergétique, comme le font encore tous les professionnels de la diététique, c'est ignorer délibérément les phénomènes d'adaptation et de régulation du corps humain, c'est nier les particularités personnelles qui font que chaque individu est unique, et c'est encore occulter l'influence du facteur qualitatif de l'aliment.

Contrairement aux idées reçues, l'obèse n'est pas forcément quelqu'un qui mange trop. Dans la majorité des cas, c'est même le contraire. Les statistiques qui ont été réalisées sur des populations d'obèses (en France, comme dans tous les autres pays occidentaux) montrent que :

- 15 % seulement des obèses mangent trop (2 800 à 4 000 calories) ;
- 35 % des obèses mangent normalement (2 000 à 2 700 calories) ;
- 50 % des obèses mangent peu (800 à 1 500 calories).

Dans le monde de la compétition sportive, on peut d'ailleurs remarquer que pour maintenir une stabilité pondérale, les apports caloriques peuvent varier de 2 500 à 9 000 calories selon, non pas la spécialité, mais les individus.

Le marathonien Alain Mimoun maintenait son poids et assurait parfaitement son dur entraînement avec seulement 2 000 calories par jour, quand le coureur cycliste Jacques Anquetil avait besoin de 6 000 calories pour garder son poids et conserver sa forme.

Bien qu'elle soit curieusement discrète à ce sujet, la littérature médicale a pourtant publié bon nombre d'études qui montrent que la différence d'apport calorique est insignifiante selon que les sujets sont maigres, normaux, gros ou obèses. En réalité, il n'y a pas de corrélation significative entre la corpulence et l'apport énergétique.

Mais, le meilleur moyen d'être convaincu de l'inefficacité de l'approche hypocalorique, c'est d'en analyser les résultats dans le pays où elle est présente au quotidien : les États-Unis.

Quatre-vingt-dix-huit millions d'Américains suivent en permanence des régimes basses calories et ce, depuis quarante-cinq ans. Le message calorique est chez eux omniprésent. À travers la communication audiovisuelle, et notamment les publicités, cette culture diététique est en permanence enracinée dans les esprits.

Et pour être certains d'obtenir des résultats, les Américains, qui font toujours les choses à l'extrême, ne s'efforcent pas seulement de compter les calories, mais s'acharnent également, d'une manière quasi obsessionnelle, à faire beaucoup d'exercices physiques pour être sûrs de brûler le maximum d'énergie.

Or, les statistiques concernant l'obésité aux États-Unis nous montrent une situation catastrophique.

Alors que plus d'un tiers de la population suit avec acharnement des régimes hypocaloriques et s'adonne quotidiennement à des exercices physiques intenses, les Américains sont paradoxalement les plus gros du monde.

Les deux tiers de la population ont un poids excessif, contre un tiers en France, et un Américain sur cinq est obèse contre un sur vingt dans notre pays. Tout ceci, sans qu'il soit possible de réellement comparer les relatifs obèses français aux super-obèses américains... car il est courant de rencontrer, en Amérique, des gens qui font plus de trois cents kilos.

Un documentaire réalisé sur l'obésité aux États-Unis, et diffusé en novembre 1990 sur TF1, a montré un spécimen de quatre cent soixante kilos et le *Livre Guinness des records* a signalé pour sa part que le poids maximum jamais atteint à ce jour par un humain était de six cent vingt kilos. Il s'agissait, naturellement, d'un individu de nationalité américaine.

Il est vrai que si nous voulons bien comprendre pourquoi la diététique hypocalorique que l'on nous propose depuis quarante ans est bien la diététique de l'échec, c'est aux États-Unis qu'il est le plus facile de le vérifier.

Mais, dans tous les pays occidentaux où elle a été appliquée avec la même persévérance, les résultats sont de même nature, c'est-à-dire catastrophiques.

Nous savions que la diététique hypocalorique était inefficace, car le résultat de son application mène toujours à un échec, nous savons désormais pourquoi. L'hypothèse sur laquelle elle repose est fausse et n'a aucun fondement scientifique. Nous découvrirons même, dans les chapitres suivants, qu'elle est dangereuse.

2

Les fausses pistes ou le guide du « mal maigrir »

Régimes basses calories : danger !

Nous avons vu précédemment comment, sur le plan historique, était né le concept de l'équilibre énergétique du corps humain ainsi que l'idée du régime basses calories qui en est l'application. Nous avons aujourd'hui suffisamment de recul pour constater son inefficacité.

Le professeur David Gartner, de l'université du Michigan, considère avec nombre de ses collègues que le premier facteur de l'obésité aux États-Unis « *c'est le suivi successif de régimes hypocaloriques* ». Ce sont donc bien les régimes basses calories qui constituent la « diététique de l'échec ». Mais, même si tout le monde le constate, il convient pour en être convaincu d'en faire la démonstration.

Tous ceux, et surtout toutes celles, qui ont un jour suivi un régime hypocalorique savent que, dans un premier temps, on obtient généralement des résultats, mais que l'on n'arrive jamais à se stabiliser.

Pire encore, dans de nombreux cas, on peut même se retrouver ultérieurement avec un gain supplémentaire de poids. Nous allons essayer de comprendre pourquoi en examinant le comportement de l'organisme.

Imaginons que la ration quotidienne d'un individu soit d'environ 2 500 calories et qu'il ait à souffrir de quelques kilos en trop. Si nous abaissons cette ration calorique à

2 000 calories, dans une approche hypocalorique classique, nous aurons créé un déficit de 500 calories.

L'organisme, qui est habitué à recevoir 2 500 calories, va donc se trouver en manque et ira puiser l'équivalent des 500 calories manquantes dans les graisses de réserve. On aura, ainsi, un amaigrissement correspondant.

Au bout de quelque temps, d'une durée variable d'un individu à l'autre, on remarquera que l'amaigrissement ne se produit plus alors que le régime hypocalorique a été maintenu. C'est qu'il y aura eu, progressivement, ajustement entre les « entrées » et les « sorties ».

Dans la mesure où on ne lui apporte plus que 2 000 calories par jour, l'organisme décide de s'en contenter et l'on assiste à une stagnation du poids.

Si l'on est décidé à prolonger encore l'expérience, en pensant que la perte de poids reprendra peut-être après avoir effectué un palier, la déception sera encore plus grande. On s'apercevra en effet que la courbe de poids reprend délibérément une direction ascendante.

Paradoxalement, alors qu'on mange moins, on regrossit. L'explication est simple. L'organisme humain est en fait animé par un instinct de survie qui se met en action dès qu'il subit une menace en termes de restriction. Comme la réduction de ses apports énergétiques s'est poursuivie dans le temps, ce dernier, après avoir ajusté ses dépenses en fonction des apports, est conduit, par instinct de survie, à réduire encore ses dépenses. Celles-ci passent à 1 700 calories, par exemple, afin que des réserves puissent à nouveau se constituer.

Il ne faut pas oublier que les privations, dues aux disettes et autres famines d'antan, ne sont pas si lointaines, et que si leur souvenir est enfoui dans la mémoire inconsciente, il peut resurgir à la moindre alerte.

En fait, l'organisme humain est animé du même instinct de survie que le chien qui enterre ses os alors qu'il meurt de faim. Curieusement, c'est toujours lorsqu'il est affamé que l'animal fait appel à son instinct de conservation pour se constituer des réserves.

Par ailleurs, quand l'organisme est en situation de manque, c'est-à-dire sous-alimenté, il est particulièrement sur la défensive et ne manque aucune occasion de faire des réserves lorsque la possibilité lui en est donnée.

Les habitués des régimes hypocaloriques savent d'ailleurs très bien que la moindre entorse au régime, lors d'un week-end par exemple, peut leur faire reprendre, d'un seul coup, les deux à trois kilos qu'ils avaient mis des semaines à perdre.

C'est aussi l'une des raisons pour lesquelles nous conseillons à nos lecteurs de ne jamais sauter un repas, ce que font pourtant de très nombreuses personnes. En se privant de nourriture à un repas, ils affolent leur organisme qui, en raison de la frustration qu'on lui a fait subir, en profite pour faire des réserves au repas suivant.

L'habitude qui consiste à ne donner à manger à son chien qu'une fois par jour (pour des raisons pratiques évidentes) est tout aussi stupide et peut expliquer, dans de nombreux cas, la surcharge pondérale des animaux domestiques.

Les expériences qui ont été faites sur les animaux de laboratoire ont d'ailleurs très bien montré que pour une même quantité de nourriture quotidienne, les animaux qui n'avaient qu'un seul repas créaient, à terme, des obésités et que ceux qui recevaient l'équivalent en cinq ou six repas répartis dans la journée conservaient un poids optimal.

Nous avons déjà signalé que l'obésité de la femme pouvait être plus rebelle que celle de l'homme, ce qui est lié à sa physiologie particulière. Nous traiterons le problème en détail dans la seconde partie de ce livre.

Nous y préciserons notamment que si la masse graisseuse de l'organisme féminin est supérieure à celle de l'homme, c'est en raison d'un nombre de cellules graisseuses (adipocytes) plus important.

On sait depuis longtemps que l'obésité, chez la femme, se traduit (comme chez l'homme) par une augmentation du volume de chaque cellule graisseuse, mais elle se traduit aussi, et c'est ce qui fait sa particularité, par une multiplication du nombre de ses cellules. Le drame est d'autant plus grand que cette situation n'est pas réversible.

Autant il est possible de réussir à faire diminuer de volume une cellule graisseuse, autant il est impossible d'en réduire le nombre après qu'il a augmenté.

Or, des études ont montré que c'est surtout dans le cas d'un processus de restriction alimentaire (régime hypocalorique) que l'organisme féminin, en mettant en jeu son instinct de survie, fabriquait de nouvelles cellules graisseuses. C'est malheureusement ce procédé qui lui permet, par la suite, de récupérer d'autant plus vite son obésité perdue, et surtout d'en augmenter le volume, que son potentiel en aura été accru.

Le régime hypocalorique, s'il est illusoire et inefficace, comme nous l'avons démontré, est de surcroît dangereux, car il aurait pour effet de consolider, à terme, le potentiel d'obésité féminin, en augmentant insidieusement le capital de cellules graisseuses.

Quand on étudie l'histoire d'un obèse (plus de quinze ou vingt kilos par rapport au poids normal), on se rend compte, dans la plupart des cas, que l'essentiel de cette surcharge pondérale a été créé sur plusieurs années, par la mise en œuvre de régimes hypocaloriques successifs.

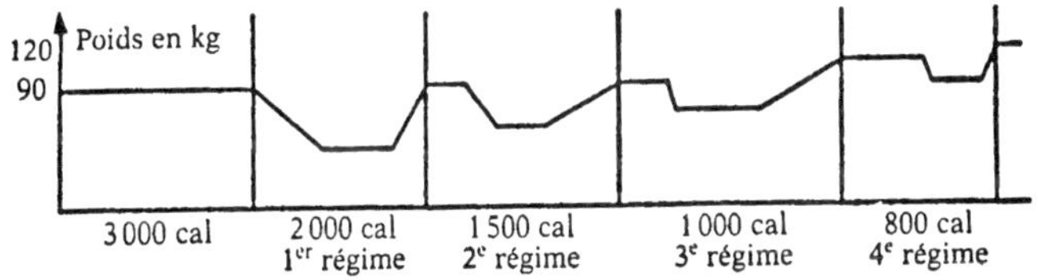

Le calvaire du sous-alimenté ou le martyre de l'obèse

On voit bien comment, dans l'exemple ci-dessus, en partant d'un poids stabilisé à quatre-vingt-dix kilos, avec une alimentation à 3 000 calories, un individu se retrouve quelques années plus tard à cent vingt kilos, alors qu'il ne consomme que 800 calories.

Chaque fois qu'un régime hypocalorique a été introduit, on peut constater les trois phases suivantes : amaigrissement, stabilisation et reprise. Ce qu'il est important de noter, c'est que lorsque de nouveaux régimes sont entrepris, le rendement est de plus en plus faible.

Au début, la courbe de poids revient plus ou moins à la valeur de départ puis, au fur et à mesure que l'on avance dans le temps, il se produit un gain supplémentaire de poids.

C'est ainsi que pour avoir obstinément voulu perdre cinq kilos, alors qu'elles étaient stabilisées à ce niveau-là, certaines personnes se retrouvent, quinze ans plus tard, avec une surcharge pondérale de trente kilos, en étant complètement sous-alimentées.

Tous les jours, des médecins nous apprennent qu'ils ont rencontré ainsi, dans leur clientèle, des patientes qui, au prix d'un rationnement sévèrement contrôlé et d'énormes frustrations (engendrées par des régimes à 800 calories), n'arrivent non seulement pas à maigrir, mais le plus souvent continuent à prendre des kilos.

La situation est d'autant plus dramatique qu'avec de tels « régimes de misère » ces personnes sont complètement carencées en nutriments indispensables (acides gras essentiels, sels minéraux, vitamines, oligo-éléments), ce qui se traduit par une très grande fatigue, mais aussi par une plus grande vulnérabilité face à la maladie, leurs moyens de défense étant réduits.

De plus, bon nombre d'entre elles se retrouvent complètement dépressives, voire anorexiques ou boulimiques.

Elles n'ont donc plus qu'à changer de spécialiste, quittant le nutritionniste pour atterrir chez le psychiatre.

Enfin, ces « obésités-accordéons » favorisent l'apparition de maladies cardio-vasculaires, même en l'absence d'hypercholestérolémie, de diabète ou de tabagisme.

Le professeur Bronwell, de l'université de Pennsylvanie, a étudié le phénomène chez des rats de laboratoire dont l'alimentation était constituée par une alternance de régimes riches et de régimes pauvres en calories.

Les animaux gagnaient et perdaient du poids, mais le rythme de gain et de perte variait à chaque nouveau régime. Au cours du premier régime, le rat perdait du poids en vingt et un jours et le reprenait en quarante-six jours. Lors du deuxième régime, le rat perdait le même poids en cinquante-six jours et reprenait le tout en quatorze jours. Ensuite, la perte de poids était de plus en plus difficile à obtenir et la reprise de plus en plus rapide. On prouvait ainsi que le métabolisme s'adapte à la réduction calorique.

Tout déficit calorique peut en effet réduire les dépenses métaboliques de plus de 50 % mais, en revanche, tout retour à la normale, même court, s'accompagne d'une brutale reprise de poids. Enfin, plus l'écart est grand entre le régime et l'alimentation habituelle, plus la reprise pondérale s'effectue rapidement.

L'effet de ces « régimes-accordéons », qui aboutissent à une variation du poids en yo-yo et à une résistance progressive à tout amaigrissement, est pourtant bien connu, mais il n'est paradoxalement que très timidement dénoncé par les spécialistes, comme s'il y avait une espèce de conspiration du silence. C'est un peu comme si l'on avait peur, aujourd'hui, d'avouer que depuis quarante-cinq ans, on s'était complètement trompé.

Il faut cependant saluer l'initiative du professeur Apfelbaum qui, au cours du Congrès international d'Anvers, en septembre 1993, a répondu par l'affirmative à la question qu'il avait lui-même posée : « *En ce qui concerne le traitement de l'obésité, nous sommes-nous collectivement trompés ?* »

Curieusement, le public lui-même, qui est pourtant le premier à en faire les frais, et pour beaucoup à en souffrir, n'est pas toujours prêt à accepter la vérité.

Profitant un jour de l'invitation qui m'avait été adressée pour participer à un grand débat télévisé sur l'obésité, j'avais tenté, mais sans grand succès, d'aborder le sujet pendant quelques minutes. L'émission étant retransmise en différé, le passage fut tout simplement coupé au moment de la diffusion, et ce pour cause de non-intérêt, sans doute !

Une journaliste, réputée pour ses écrits sérieux sur la santé, raconte qu'elle a publié un jour un long article dénonçant les régimes hypocaloriques et expliquant, comme nous venons de le faire, leurs dangers. Résultat : un bide ! Pas une seule lettre de lecteur. L'indifférence totale, alors que le moindre « régime miracle » fait toujours un tabac.

Il faut dire que le « phénomène hypocalorique » a acquis, dans notre société occidentale, une véritable dimension culturelle. Il a même été ici, comme ailleurs, et notamment sur le continent américain, institutionnalisé à tous les niveaux.

Comment peut-on remettre en cause un principe qui est encore inscrit en l'état au programme de toutes les facultés de médecine, qui est la base même de l'enseignement dispensé dans les écoles officielles de diététique, qui est en vigueur dans toutes les restaurations de collectivités, hôpitaux, écoles et entreprises ?

Comment peut-on remettre en cause un principe qui sous-tend une partie importante du tissu économique de nos sociétés occidentales ?

L'industrie agro-alimentaire est plus que florissante aujourd'hui. Elle est même dans certains pays, comme la France, la première de toutes et l'une des plus prospères.

Quand on visite un salon comme le SIAL[1], on se rend compte que tous les efforts des industries, en termes de développement, s'inscrivent dans la logique hypocalorique.

Toutes les études marketing sont formelles : c'est dans ce sens qu'il faut s'orienter, c'est le marché de demain ! Tous les nouveaux produits à venir seront donc élaborés en conséquence. Pourtant, les « allégés » ont perdu du terrain au fil des années.

Les chaînes hôtelières ont, elles aussi, le virus de la basse calorie. Nombreuses sont celles qui ont déjà inscrit des menus basses calories sur la carte de leur restaurant. D'autres ont créé des sections à part où, en guise de maître d'hôtel, c'est une diététicienne qui officie.

1. SIAL : important Salon International de l'Industrie Alimentaire qui se tient tous les ans au mois de novembre à Villepinte, près de Roissy.

Les sachets de protéines trompeurs

Au sein des approches les plus hypocaloriques, il faut savoir qu'il existe les VLCD (Very Low Calories Diets) ou régimes à base de sachets de protéines.

Cette diète protéique, qui devrait être théoriquement réservée aux obésités sérieuses (avec un BMI supérieur à 30[1]), est malheureusement encore prescrite par certains médecins de ville et fait même partie des automédications que les femmes s'autorisent, sans surveillance médicale correcte.

1) Quel est leur principe ?

Il s'agit de substituer à l'alimentation normale, pendant vingt à trente jours, 55 à 75 g de protéines en poudre (à diluer) ou en liquide tout préparé. Ces protéines apportent environ 500 calories par jour (et parfois moins !).

On y associe un complément vitaminique et minéral ainsi qu'une prise de boissons abondante (au moins deux litres par jour).

L'apport protéique de ces sachets permet d'éviter la fonte musculaire, et leur absence de glucides réduit la glycémie et la sécrétion d'insuline. Cette dernière permet également de créer des corps cétoniques qui, en 48 heures, coupent l'appétit et rendent le sujet un peu euphorique.

L'organisme est alors obligé de fabriquer son glucose à partir des graisses de réserve, c'est la néo-glucogenèse. Lorsque ces réserves lipidiques fondent, c'est la lipolyse et le sujet maigrit.

2) Quels sont leurs défauts ?

Des études scientifiques menées sur les différents secteurs corporels ont montré qu'il y avait aussi une fonte des muscles (protéines) pendant les dix-neuf premiers jours et que leur bilan ne s'équilibrait qu'à partir du vingtième jour.

1. Voir le chapitre 1 de la seconde partie.

Près de 25 % de la perte de poids sont le fait de la masse maigre musculaire. Mais il est vrai que, dans l'obésité, la masse maigre augmente aussi.

L'importante perte en sel favorise de surcroît une perte d'eau qui fait toujours de l'effet sur la balance... Or, il faut veiller à ce qu'elle ne provoque pas d'éventuelles chutes de la tension artérielle.

Cette hypotension artérielle est due à l'absence de glucides, qui provoque une fuite de sodium et d'eau.

Lors de l'arrêt de la diète, il est impératif de réintroduire les glucides très progressivement, car s'ils étaient absorbés en quantités importantes, ils entraîneraient l'apparition d'œdèmes en raison d'une brutale rétention d'eau.

Les effets secondaires des VLCD sont nombreux :

- augmentation du taux d'acide urique : 10 à 20 % ;
- hypotension artérielle : 8 à 10 % ;
- chute des cheveux : 9 % ;
- constipation : 8 à 10 % ;
- fatigue : 8 % ;
- ongles cassants : 8 % ;
- peau sèche : 8 % ;
- intolérance au froid : 8 % ;
- crampes musculaires : 7 % ;
- troubles des règles : 6 % ;
- état dépressif : 5 % ;
- maux de tête : 3 %.

L'hyperuricémie (taux élevé d'acide urique) persiste environ pendant trois semaines. Afin de limiter les risques (crises de goutte ou apparition de coliques néphrétiques par formation de calculs uratiques), il est capital de boire beaucoup d'eau.

La constipation est normale puisqu'il n'y a pas d'apport d'aliments solides. On peut la combattre en mangeant de la salade assaisonnée au jus de citron.

La complication la plus dramatique pouvant survenir exceptionnellement est la mort subite. La Food and Drug Administration a recensé dix-sept décès dus à ces « régimes à très basse teneur en calories » aux États-Unis !

Il s'agissait, en l'occurrence, de femmes qui, sans aucun antécédent particulier, avaient fait une fibrillation auriculaire et un arrêt cardiaque irréversible. Dans treize cas, les protéines ingurgitées avaient été de mauvaise qualité. Elles étaient pauvres en tryptophane, et l'on avait omis la supplémentation nécessaire en potassium.

Dans les quatre derniers cas, aucune cause évidente n'avait pu être retrouvée, si ce n'est la poursuite du traitement pendant cinq à six mois, alors qu'il ne faut pas dépasser quatre semaines de diète protéique.

Quand on sait que ces « traitements » sont en vente libre dans les pharmacies, on ne peut être qu'horrifié car ils ne devraient être prescrits qu'à des sujets dont l'index de masse corporelle est supérieur à 30[1], et ayant au préalable réalisé un bilan complet de leurs fonctions rénale et cardiaque. Un intervalle de trois mois devrait précéder tout renouvellement de la cure.

Il est dès lors évident que ces cures devraient être effectuées sous le contrôle d'une équipe médicale compétente, en milieu hospitalier, et sous stricte surveillance cardiaque.

Peut-on certifier, cependant, qu'une fois grisée par des résultats prometteurs, l'obèse ne sera pas tentée de poursuivre le traitement plus de deux mois ?

Quant à celles qui ne suivent ce type de diète que pendant huit à dix jours, à l'occasion, elles doivent savoir qu'elle n'entraîne, pendant la première semaine, qu'une fonte musculaire et une fuite d'eau. Il n'y a aucune diminution de la masse graisseuse, c'est pourquoi elles ne maigrissent pas... !

Ces privations draconiennes ne leur garantissent même pas une perte de poids assurée puisque, comme l'a montré l'étude réalisée par Van Goal, sur quatre cents cas, il n'y a que :

- 38 % de succès sur six mois ;
- 31 % sur un an ;
- 14 % sur deux ans.

1. Voir le chapitre 1 de la seconde partie.

Avec le recul, une étude récente, publiée par l'université de Pennsylvanie, n'a même indiqué que 2 % de réussite à cinq ans.

Le professeur Apfelbaum, qui fut pourtant un ardent défenseur de cette diète protéique pendant plus de vingt-cinq ans, a eu le courage, au Congrès international de l'obésité d'Anvers, en 1993, de reconnaître son inutilité en concluant qu'« *à long terme tous les sujets reprennent leurs kilos perdus* ».

Le pire est encore qu'en dépit de leurs dangers (quand ils sont pratiqués sans surveillance) ces traitements se diffusent d'autant mieux qu'ils représentent un marché juteux pour les laboratoires et les pharmaciens. Lorsqu'ils sont obtenus en vente directe (par correspondance), après prescription du médecin, ce dernier touche encore un pourcentage sur le volume vendu, ce qui prouve bien qu'il n'y a pas de petit profit !

Une telle approche de l'amaigrissement a surtout pour défaut de créer une parenthèse artificielle de quatre semaines dans la « vie alimentaire » du sujet, qui passe alors à côté des vrais problèmes. Elle n'a donc aucun sens dans le cadre d'un projet d'amaigrissement à long terme nécessitant l'accompagnement du patient et l'intégration d'une prise en charge diététique visant à modifier ses habitudes alimentaires.

C'est uniquement en faisant ses courses chez l'épicier, au marché, ou dans une grande surface, mais en aucun cas chez le pharmacien, que l'on pourra mettre en œuvre une démarche nutritionnelle sérieuse pour maigrir.

Les « fâcheux » substituts de repas

De nos jours, les devantures et les rayons des pharmacies sont envahis par les sachets de poudres vanillées ou chocolatées qui, prises au petit déjeuner et au déjeuner, sont censées vous faire maigrir. Le soir, on s'octroie le privilège d'un dîner « normal ».

Leur composition chimique est très variable, mais toujours déséquilibrée. Certaines manquent de protéines et d'autres contiennent trop de glucides sucrés.

Voyons ce que cette option a de plus pervers encore.

Au sein des mécanismes qui calment la sensation de faim, on regroupe d'une part la mastication et d'autre part le sentiment de réplétion (estomac plein).

Or, le fait d'avaler un liquide ne fait ni mastiquer, ni penser que l'on a bien mangé, et ceci tout simplement parce que « ça ne tient pas au corps ». Résultat : on a faim quelques heures après et le risque de grignotage est encore plus grand.

Si l'on a pris ces substituts de repas le matin et à midi (aux moments où le risque de « faire du gras » est moindre), on sera tenté, au dîner, de faire un repas plus plantureux. Manque de chance, c'est justement l'heure où l'organisme est le plus enclin à faire des réserves, et ce d'autant plus qu'il aura été frustré au cours des deux pseudo-repas précédents. Nous revoici dans une logique hypocalorique...

Il y a, de plus, une erreur psychologique manifeste à opter pour des substituts de repas car l'obèse qui s'y adonne, ou même celle qui n'a qu'une simple surcharge pondérale, développera inconsciemment une sorte d'aversion à l'égard de la nourriture dont elle pensera progressivement qu'elle est responsable de tous ses maux.

Elle se renforcera dans l'idée que la nourriture est l'ennemi dont il faut se méfier alors que c'est, à notre idée, exactement le message inverse qu'il faudrait faire passer. L'obèse doit commencer par se réconcilier avec son alimentation au lieu de la rejeter dans son ensemble. Elle apprendra ensuite comment faire les bons choix.

Les médicaments miracles...

La « pilule miracle », celle qui ferait maigrir, fait toujours partie de nos fantasmes. Mais, pour être acceptable sur le plan médical et éthique, il faudrait qu'elle réponde à un certain nombre de critères :

– une efficacité prouvée par des expérimentations fiables et reproductibles ;

– une tolérance correcte (absence d'effets secondaires indésirables) ;

– une absence de toxicité à long terme.

Autant dire que ce comprimé, qui ressemble fort à un mouton à cinq pattes, n'est pas encore près de voir le jour, car aujourd'hui aucun produit ne s'approche de près ou de loin de ce modèle idéal !

Nous pouvons cependant étudier les médicaments qui ont été prescrits, ou qui sont malheureusement encore proposés, dans l'espoir de faire maigrir.

1) Les diurétiques

Si le fait de « maigrir » consiste à perdre une certaine masse graisseuse, il est évident que les diurétiques, qui ne font perdre que de l'eau en forçant l'organisme à uriner plus abondamment, ne répondent pas du tout à cet objectif.

De plus, il faut savoir que l'eau entraîne avec elle des sels minéraux (sodium, potassium), ce qui provoque en fin de compte plus de maux que de bien : sécheresse de la peau, fatigue, crampes musculaires et vertiges, auxquels il faut ajouter des chutes de tension pouvant aboutir à des syncopes.

À l'arrêt du traitement, le corps a par ailleurs tendance à réagir comme une éponge qui aurait été longtemps pressurée : il récupère au plus vite son eau et son sel avec, en prime, le risque de voir apparaître des œdèmes pouvant devenir rebelles.

Les médecins qui ont encore l'aplomb de prescrire ces diurétiques (aussi inutiles que dangereux) n'ont que rarement l'honnêteté d'inscrire leur nom en toutes lettres car ils sont connus et habituellement recommandés pour traiter certaines maladies. C'est pourquoi ils les dissimulent fréquemment sous des termes chimiques inconnus de leurs patients, en les incorporant discrètement à des préparations magistrales pseudo-homéopathiques.

Tout ceci s'effectue, bien entendu, grâce à la complicité bienveillante du pharmacien, même si ces artifices sont totalement interdits depuis le vote de la loi Talon.

Dans le même ordre d'idées, il faut se méfier de certaines prescriptions phytothérapiques recommandant l'usage de « draineurs » qui, sous un air faussement naturel, contiennent des plantes aux effets diurétiques plus ou moins marqués.

Parmi elles, citons la piloselle, la prêle, le fenouil, la betulla, la bardane, la reine-des-prés (ou ulmaire), l'artichaut, le pissenlit, le frêne, l'ortosiphon et les queues de cerises.

Leurs effets diurétiques sont peut-être doux, ce qui réduit le risque de fuites de potassium, mais elles ne font toujours partir que de l'eau...

Quant à l'eau minérale que l'on présente souvent comme une aide à la minceur, elle ne répond globalement qu'à des arguments de marketing. Il importe certes de boire suffisamment, comme nous l'avons déjà dit, mais cela n'aura jamais que des effets discrètement diurétiques. Si le fait de boire permet effectivement d'éliminer les déchets du métabolisme protéique (urée, acide urique), cela ne fait pas pour autant partir la graisse !

2) Les laxatifs

Certaines femmes ingénieuses pensent qu'elles pourront maigrir en éliminant simplement plus de selles !

Elles apprendront qu'elles risquent surtout d'abîmer leur côlon en employant des laxatifs irritants, ou de se créer des carences en potassium en raison des diarrhées qui accompagnent ces velléités de « nettoyage ». Ces dernières ne témoignent que d'une tendance phobique (la peur des « toxines ») ou obsessionnelle (une folie de la propreté...).

3) Les extraits thyroïdiens

L'insuffisance thyroïdienne n'intervient généralement que de manière exceptionnelle dans les causes de l'obésité. Prescrire des extraits thyroïdiens à un sujet dont la thyroïde fonctionne bien n'est pas seulement inutile, mais dangereux, car cela peut entraîner une hyperthyroïdie factice.

Ces médicaments, qui font plutôt fondre les muscles que la graisse, risquent encore de provoquer des troubles du rythme cardiaque car le cœur, il faut le rappeler, est aussi un muscle (un peu particulier, certes).

En raison des effets secondaires qu'ils induisent (en déstabilisant la thyroïde), ces extraits thyroïdiens sont souvent mal supportés. Les troubles qui apparaissent associent en effet insomnies, angoisses, palpitations, tachycardie, tremblements et états d'excitation.

Toutefois, la complication la plus grave reste la décompression brutale d'une insuffisance coronarienne (angine de poitrine) préexistante et pouvant être passée inaperçue lors d'un bilan préalable.

Là encore, ces remèdes-poisons sont souvent cachés à l'intérieur de préparations complexes et masqués par l'emploi de noms chimiques compliqués ou d'abréviations sibyllines. En phytothérapie, on prescrit ainsi des laminaires ou du fucus vésiculeux, lesquels agissent sur la thyroïde par l'intermédiaire de l'iode qu'ils contiennent.

4) Les coupe-faim

Ils sont composés d'amphétamines qui coupent l'appétit tout en étant fortement psychostimulantes. On ne sera donc pas étonné de constater qu'ils provoquent un état d'excitation aboutissant à des troubles du sommeil ainsi qu'à une diminution de l'autocritique et de l'autocontrôle.

Si, à leur arrêt, survient fréquemment une dépression nerveuse qui peut aller jusqu'au suicide, leur plus gros défaut reste d'entraîner une dépendance majeure, source de toxicomanie.

On peut donc facilement devenir un véritable drogué des coupe-faim !

Les obèses qui mangent souvent très peu sont en quelque sorte épargnées, mais pour celles qui connaissent des troubles du comportement alimentaire (boulimie), la prise d'amphétamines ne pourra avoir que des effets aggravants.

5) L'Isoméride

En voulant conserver certains effets bénéfiques des amphétamines, sans trop en développer les inconvénients, les laboratoires ont cherché à mettre au point une molécule présentant moins de risques.

C'est ainsi qu'est née la dexfenfluramine, mieux connue sous le nom d'Isoméride, et dont l'effet psychostimulant a été supprimé. Selon les expérimentations qui ont été menées sur l'animal, elle ne provoquerait pas de toxicomanie.

Elle agit en modifiant le métabolisme de la sérotonine, une substance qui intervient dans la régulation de l'appétit, et développe la sensation de satiété. On a reconnu son efficacité sur des sujets présentant des compulsions glucidiques, c'est-à-dire les fanatiques de sucre, mais ceux-ci ne représentent que 15 % des obèses. C'est pourquoi il serait abusif d'en faire le traitement passe-partout de l'obésité.

Une étude réalisée en double aveugle, avec contrôle contre placebo[1], sur plus de huit cents obèses traités pendant un an, dont 86 % de femmes ayant un surpoids moyen de 40 % par rapport au poids idéal théorique (avec un BMI moyen de 32), a montré que ce médicament n'était pas bien supporté.

Signalons que ces personnes suivaient simultanément un régime hypocalorique à moins de 1 450 calories par jour, avec une prise en charge de soutien. Près de 40 % des sujets ont dû interrompre le traitement en raison d'effets secondaires gênants : fatigue, gêne abdominale, maux de tête, troubles du sommeil, diarrhées, sécheresse buccale, anxiété, humeur dépressive, polyurie, vertiges, somnolence, nausées et vomissements.

Entre la série traitée à la dexfenfluramine et la série placebo, on n'a noté, au onzième mois, qu'une différence de poids moyen de 2,7 kilos environ.

En faisant le point après deux mois d'interruption du traitement (qui avait duré un an), on notait que dans la

1. Placebo : substance neutre que l'on substitue à un médicament.

série placebo les sujets avaient repris un kilo par mois, et que ceux qui avaient été placés sous Isoméride en avaient repris deux !

Les médecins qui avaient procédé à cette étude conclurent donc que ce traitement devait être poursuivi à vie pour conserver sa très relative efficacité... (à la grande satisfaction du laboratoire).

Ces constatations nous conduiront à nous poser un certain nombre de questions :

– Est-il vraiment nécessaire et surtout raisonnable d'ingurgiter deux comprimés par jour d'Isoméride pendant un an, pour perdre 2,7 kilos de plus qu'avec le placebo ?

– Des résultats aussi modestes justifient-ils le prix exorbitant de ce traitement, qui n'est pas remboursé par la Sécurité sociale ?

– Quel aurait été l'effet du médicament s'il avait été prescrit seul ?

– Dans le résultat final, quelle est la part dévolue au régime hypocalorique et celle relevant de la thérapie de soutien psychologique ?

– Est-on prêt, après une année de traitement, à prendre le risque d'une reprise pondérale lente, en poursuivant la prescription, ou rapide, en interrompant la prise du médicament ?

De plus, comme nous l'avons signalé plus haut, si sur les 15 % de personnes obèses pouvant être concernées on doit compter plus d'un tiers d'abandons, il ne reste plus, réellement, que 10 % d'obèses pouvant tirer un bénéfice relatif de ce traitement avec le maigre espoir de pouvoir perdre trois kilos de plus qu'avec un traitement classique.

En sachant que le prix de revient de ce traitement faisant figure de « miroir aux alouettes » est de l'ordre de 600 F au kilo de graisse perdue, on peut légitimement se demander si le jeu (ou le risque) en vaut véritablement la chandelle. Le bénéfice paraît en tout cas bien maigre (pour l'obèse au moins !).

D'ailleurs, la réponse thérapeutique à un trouble du comportement alimentaire ne peut pas et ne doit pas se réduire à la prescription d'un médicament, sous peine d'omettre la nécessaire psychothérapie (ou thérapie comportementale) devant être associée à une rééducation des habitudes alimentaires. Même si bon nombre de femmes, impatientes de maigrir pour pouvoir entrer à temps dans leur maillot de bain à l'approche des vacances, souhaitent avoir recours à cet Isoméride miracle, le médecin devrait faire preuve de réserve. Il ne s'agit pas de faire de la prescription à la va-vite avec un objectif à court terme. Cela est d'autant plus vrai que certains médicaments (outre leur toxicité ou leurs effets secondaires gênants) exposent leurs utilisatrices à une complication grave : le rebond thérapeutique avec reprise de poids.

Les récidives régulières de ces incohérences thérapeutiques aboutissent au développement de résistances à l'amaigrissement avec, contrairement au but recherché, une progression de l'obésité.

Encore une fois, toute stratégie d'amaigrissement ne peut se concevoir que dans la perspective du long terme, avec prise de conscience des dérives alimentaires actuelles. La décision de maigrir doit correspondre à un choix réfléchi, c'est pourquoi il faut refuser le spectaculaire immédiat qui ne vous prépare que des lendemains qui « déchantent ».

Les compléments alimentaires à revoir...

Adeptes des solutions éclair, méfiez-vous des innombrables produits aide-minceur que l'on commercialise sous des dehors faussement naturels.

1) La L-Carnitine

La L-Carnitine est une enzyme qui existe dans l'organisme. Elle y est synthétisée, au niveau du foie et des reins, à partir de deux acides aminés : la L-Lysine et la L-Méthionine, grâce à l'aide du fer et des vitamines C et B6.

De nos jours, les déficits acquis en L-Carnitine sont en réalité très rares, car nous pouvons nous procurer cette enzyme dans les aliments que nous mangeons couramment : viande, poulet, lapin, lait de vache et œufs.

Seules quelques végétariennes, surtout si elles ont un faible apport en fer, pourraient à la rigueur avoir une synthèse de L-Carnitine un peu insuffisante.

Il existe également de rarissimes déficits congénitaux en L-Carnitine mais, si les sujets qui en souffrent peuvent avoir des troubles musculaires, ils ne sont pas obèses !

Dans la publicité, la L-Carnitine est présentée d'une manière abusive comme une substance aidant à « brûler les graisses ». Soyons précis ! Elle est certes nécessaire à l'utilisation des acides gras libres du sang, comme « carburant énergétique », mais elle ne permet en aucun cas de « brûler » les graisses de réserve qui sont stockées sous forme de triglycérides.

Seule l'activation d'une autre enzyme, la triglycéride-lipase (grâce à un faible taux d'insuline), peut permettre de faire fondre les graisses de réserve et de libérer des acides gras dans la circulation sanguine.

Heureusement, le service de la répression des fraudes a enfin « fait le ménage » et interdit la commercialisation de nombreux produits contenant de la L-Carnitine. D'autres substances miracles prendront le relais !

2) Les plantes

La phytothérapie est désormais appelée à la rescousse : plantes mange-graisses, tisanes diurétiques, timbres au fucus, tout est bon pour faire miroiter un amaigrissement sans efforts, tout en mangeant n'importe quoi !

Prenons le cas de l'ananas. Qui n'a pas entendu dire, une fois dans sa vie, que l'ananas pompait les graisses ? La fameuse broméline, ou bromélaïne, que l'on trouve d'ailleurs surtout dans la tige et non dans le fruit, n'est pas du tout ce « mangeur de graisses » réputé pour faire maigrir. Elle n'a même pas, comme on l'a cru, d'effets bénéfiques sur le métabolisme de l'insuline. Quant aux cosses des haricots, elles sont un peu passées de mode depuis qu'elles ont été à l'origine d'occlusions intestinales aux États-Unis.

D'autres plantes, que l'on jugeait inoffensives, se sont révélées elles aussi toxiques. C'est le cas de la germandrée dont on a depuis interdit la vente.

De même, certaines plantes chinoises amaigrissantes (plus c'est exotique, plus ça plaît !) ont été responsables d'hépatites toxiques graves. Les seules substances que l'on puisse défendre, à la rigueur, sont les fibres solubles comme le glucomanane, mais elles n'ont aucun effet à faibles doses.

À raison de 4 g par jour, elles peuvent être intéressantes pour couper court à une grande fringale. Prises avec un grand verre d'eau, une demi-heure avant le repas (elles gonflent dans l'estomac), elles donnent une sensation de satiété précoce et abaissent la quantité d'insuline sécrétée. Mais elles favorisent aussi la survenue de ballonnements pénibles.

Quoi qu'il en soit, et quel que soit le comprimé auquel on succombe, il détourne inévitablement l'obèse de son véritable objectif : modifier de façon durable ses habitudes alimentaires. C'est pourtant cette seule prise de conscience nutritionnelle qui pourra permettre de stabiliser son poids à long terme.

3

La composition nutritionnelle des aliments

Il est clairement apparu, dans les chapitres précédents, que ce n'était pas l'énergie contenue dans les aliments qui était responsable de la prise de poids.

Nous découvrirons ultérieurement que ce qui fait toute la différence, c'est la nature de l'aliment, c'est-à-dire son contenu nutritionnel en termes de glucides, lipides, protéines, fibres, vitamines, sels minéraux et oligo-éléments.

On découvrira ainsi que l'on ne grossit pas parce que l'on mange trop, mais parce que l'on mange mal et que nos choix alimentaires ne sont pas toujours les bons.

En somme, pour perdre des kilos et retrouver un poids idéal, il ne sert à rien de se priver de nourriture. Nous allons comprendre bientôt qu'il suffit de mieux harmoniser son alimentation en évitant certains aliments pervers au profit d'aliments plus salutaires.

Mais pour faire les bons choix, il est avant tout nécessaire de pouvoir s'y retrouver dans l'ensemble des catégories d'aliments qui sont à notre disposition et de bien comprendre chacune de leurs caractéristiques.

Le présent chapitre, en dépit de son caractère technique, est, rassurez-vous, assimilable par toutes les femmes, même si elles n'ont pas de formation scientifique poussée.

Quels que soient les violons d'Ingres qui agrémentent vos loisirs (jardinage, petit bricolage, activité sportive), ou vos activités professionnelles (informatique...), la première chose que l'on commence par vous apprendre, ce sont « les principes de base ». Et c'est à partir de là que vous pouvez ensuite progresser sérieusement.

Certaines des informations qui vous seront données ici vous sembleront peut-être familières, mais redoublez plutôt d'attention car on a divulgué tellement de choses erronées, dans le domaine de la nutrition, qu'il vaut mieux être méfiant.

Il faut avant tout savoir que les aliments sont composés de nutriments, c'est-à-dire de substances assimilables par l'organisme et destinées à le maintenir en vie.

Ces nutriments se regroupent en deux catégories :

– les nutriments énergétiques

Leur rôle est de fournir de l'énergie, mais aussi de servir de matière première à de nombreuses synthèses entrant en jeu dans la construction et la reconstruction de la matière vivante. Ils comprennent :

- les protides ou protéines ;
- les glucides ou hydrates de carbone ;
- les lipides ou graisses.

– les nutriments non énergétiques

Ils sont nécessaires à l'assimilation et au métabolisme des précédents. Certains servent de catalyseurs aux innombrables réactions chimiques qui les mettent en jeu. On dénombre :

- les fibres ;
- l'eau ;
- les sels minéraux ;
- les oligo-éléments ;
- les vitamines.

Les nutriments énergétiques

1) Les protéines

Les protéines sont des substances organiques, d'origine animale ou végétale, formant la trame des structures cellulaires de l'organisme. Elles sont constituées de nombreux acides aminés qui en sont les éléments de base.

Si certains de ces acides aminés peuvent être fabriqués par l'organisme, d'autres, en revanche, doivent impérativement être apportés par l'alimentation car le corps ne sait pas les synthétiser lui-même.

Les protéines peuvent avoir une double origine :

– *origine animale :* on les trouve dans les viandes, les abats, la charcuterie, les poissons, les crustacés, les coquillages, les œufs, le lait, les laitages et les fromages ;

– *origine végétale :* on les trouve dans le soja, les algues, les amandes, les noisettes, le chocolat, mais aussi dans les céréales, les aliments complets et les légumineuses.

Un apport correct en protéines est indispensable :
– à la construction des structures cellulaires ;
– à la fabrication de certaines hormones et de certains neuromédiateurs, comme la thyroxine et l'adrénaline ;
– comme source éventuelle d'énergie pour l'organisme, en cas de besoin ;
– à l'entretien du système musculaire ;
– à la formation des acides biliaires et des pigments respiratoires.

Sachez, mesdames les cordons-bleus, que mis à part l'œuf, aucun aliment n'apporte un cocktail aussi complet et équilibré d'acides aminés. Quand on sait que l'absence d'un acide aminé indispensable peut constituer un « facteur limitant » pouvant gêner l'assimilation des autres, on comprend d'autant mieux pourquoi il est particulièrement recommandé d'avoir à la fois une alimentation qui soit d'origine animale et d'origine végétale.

Les repas exclusivement constitués de végétaux que se concoctent certains conduisent forcément à un déséquilibre. En revanche, un régime végétarien comprenant des œufs et des laitages est tout à fait acceptable (voir le chapitre 4 de la seconde partie).

Un apport protéique reposant uniquement sur de la viande serait par ailleurs carencé en acides aminés soufrés, ce qui pourrait gêner l'absorption des autres acides aminés.

Pour une alimentation équilibrée, un adulte devrait en consommer quotidiennement 1 g par kilo de poids, avec un minimum de 60 g par jour chez la femme et de 70 g chez l'homme.

Les sportifs de haut niveau qui souhaiteraient augmenter leur masse musculaire peuvent atteindre 1,5 g de protéines par kilo, à la condition de boire abondamment.

Repas	**Aliments**	**Protéines animales**	**Protéines végétales**
Petit déjeuner	150 ml de lait	5	
	60 g de pain complet		5
Déjeuner	150 g de poisson	20	
	50 g de pâtes complètes		5
	1 yaourt	5	
Dîner	200 g de lentilles		18
	30 g de fromage	3	
	60 g de pain complet		5
		33 g	33 g

En pratique, une personne pesant soixante-six kilos devrait prendre, chaque jour, environ 33 g de protéines animales et 33 g de protéines végétales, lesquelles pourraient se répartir de la manière indiquée dans le tableau ci-dessus.

Ces protéines devraient représenter 15 % de notre ration alimentaire quotidienne. Voici de quoi vous aider à faire vos choix :

ALIMENTS CONTENANT DES PROTÉINES		
	Protéines animales	**Protéines végétales**
Concentration moyenne	Bœuf Veau Mouton Porc Volailles Charcuterie Poisson Fromages affinés	Graines de soja Germes de blé Algues Arachides grillées Lentilles Haricots blancs Amandes
Concentration importante	Œufs Lait Fromages frais	Flocons d'avoine Pain intégral Chocolat (> 70 % de cacao) Seigle complet Pâtes intégrales Riz complet Noix Lentilles

Une alimentation déficitaire en protéines aurait de graves conséquences sur l'organisme : fonte des muscles, difficultés de cicatrisation, descente d'organe, etc.

Si leur consommation était en revanche trop importante, la présence de résidus protéiques persistant dans l'organisme et se transformant en acide urique et en urée serait à l'origine de la goutte. C'est pourquoi il est recommandé de boire abondamment afin d'éliminer ces déchets.

Rappelons toutefois que les protéines sont indispensables pour une bonne santé, et que leur consommation, même en quantités importantes, n'est pas un problème, sauf en cas d'insuffisance rénale grave.

Cependant, il faut savoir que dans l'alimentation, elles sont généralement associées aux graisses (lipides) et très souvent aux graisses saturées qui doivent, malheureusement, être consommées avec la plus grande prudence.

2) Les glucides

Longtemps appelés « hydrates de carbone », parce que ce sont des molécules composées de carbone, d'oxygène et d'hydrogène, les glucides (du grec *glukus* signifiant « doux ») sont aussi communément désignés sous le terme général de « sucres ».

a. Classification des glucides en fonction de la complexité de leurs molécules (formule chimique)

Les glucides à une seule molécule (oligosaccharides) :

- le glucose, que l'on trouve dans le miel en faible quantité et dans les fruits ;
- le fructose, que l'on trouve principalement dans les fruits ;
- le galactose, que l'on trouve dans le lait.

Les glucides à deux molécules (disaccharides) :

- le saccharose, qui n'est rien d'autre que le sucre blanc (en poudre ou en morceaux) que l'on extrait de la betterave ou de la canne à sucre (glucose + fructose) ;
- le lactose (glucose + galactose), qui est le sucre que l'on trouve dans le lait des mammifères ;
- le maltose (glucose + glucose), qui est extrait du malt, c'est-à-dire de la bière et du maïs.

Les glucides à plusieurs molécules (polysaccharides) :

– le glycogène que l'on trouve dans le foie des animaux ;
– l'amidon, composé de très nombreuses molécules de glucose, et que l'on retrouve dans :

- les céréales : blé, maïs, riz, seigle, orge, avoine ;
- les tubercules : pommes de terre, ignames ;
- les racines : rutabaga ;
- les graines (légumineuses) : pois chiches, haricots secs, lentilles, soja.

Certains auteurs intègrent également la cellulose, l'hémicellulose, la pectine des fruits et les gommes dans cette catégorie, mais ce ne sont, en fait, que des glucides non assimilables au moment de la digestion. Ils n'apportent donc pas d'énergie à l'organisme. Mieux vaut les classer parmi les fibres.

On a pendant longtemps considéré les glucides à partir de cette classification (fondée sur leur structure moléculaire), en les rangeant en deux catégories, celle des « **sucres simples** » et celle des « **sucres complexes** » :

– les « **sucres simples** » (glucides à une ou deux molécules), qui ne nécessitent que peu de transformations digestives et sont rapidement réabsorbés au niveau de l'intestin grêle, furent appelés « **sucres rapides** » ;

– les « **sucres complexes** », formés à partir d'amidon, et dont on pensait qu'ils devaient subir une longue digestion compte tenu de la complexité de leurs molécules, furent dénommés « **sucres lents** ». On imaginait en effet que leur assimilation digestive était plus longue. Cette classification des glucides en « sucres à absorption rapide » et « sucres à absorption lente » est aujourd'hui complètement dépassée et correspond à une croyance erronée. (Voir encadré p. 65).

Les récentes expérimentations nous ont prouvé, en effet, que la complexité de la molécule d'hydrate de carbone ne conditionnait pas la vitesse avec laquelle le glucose était assimilé par l'organisme.

C'est de cette manière, en procédant à de nombreuses expériences, que l'on a pu démontrer que la variation du taux de glycémie sanguin, après absorption d'un glucide à jeun, se faisait toujours plus ou moins dans le même laps de temps, quelle que soit la complexité de sa molécule.

On s'est aperçu que la classification des glucides en « sucres rapides » et « sucres lents » n'avait qu'un caractère purement théorique et spéculatif, puisqu'il ne s'agissait que d'une extrapolation faite à partir de leur formule chimique.

Sucres « lents », sucres « rapides »
une distinction erronée

La grande majorité des nutritionnistes et autres diététiciens d'aujourd'hui continue impunément à véhiculer les concepts dépassés de « ***sucres lents*** *» et «* ***sucres rapides*** *».*

Le professeur Slama, diabétologue, ne manque pourtant jamais une occasion de rappeler avec véhémence que c'est d'après le seul critère de leur amplitude glycémique que les glucides doivent être classés.

On pourra sourire en constatant que l'erreur est copieusement colportée par Paul-Loup Sulitzer, dans son livre Le Régime Sulitzer, *comme l'ont fait avant lui tous les auteurs professionnels (ou non) de régimes hypocaloriques.*

Mais on se posera en revanche de sérieuses questions en constatant que le docteur Daninos, endocrinologue, en fait encore usage, et avec excès, dans un article critique qu'il a rédigé à l'égard de la méthode Montignac en novembre 1993 dans Le Quotidien du Médecin.

L'expérience a donc montré que l'absorption des glucides, quels qu'ils soient (à molécule simple ou complexe), avait lieu environ en vingt à vingt-cinq minutes après leur ingestion.

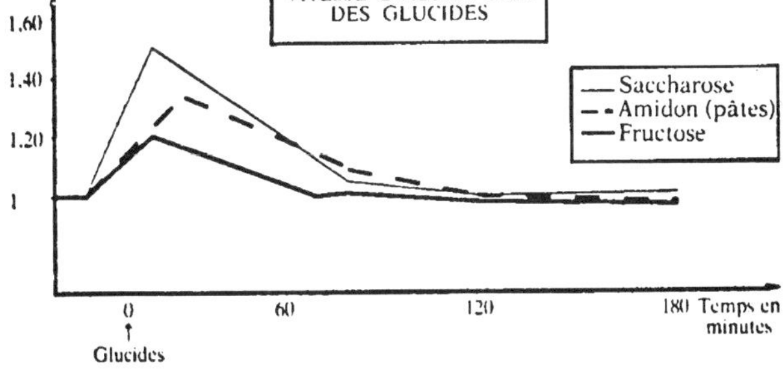

Cette classification fallacieuse des glucides sert encore, malheureusement, de référence à de nombreuses approches diététiques, notamment dans le domaine de l'alimentation du sportif, où elle fait le plus souvent figure de credo.

b. Qu'est-ce que la glycémie ?

Le glucose peut être considéré comme le véritable « carburant » de l'organisme ; il a en fait deux origines.

Soit il est synthétisé par le corps, qui le produit à partir de ses graisses de réserve ; soit il est issu du métabolisme des glucides. Dans tous les cas, avec ou sans stockage (sous forme de glycogène), le glucose transite par le sang. C'est ainsi que la glycémie peut indiquer quel est le taux de glucose contenu dans le sang.

Le taux de glycémie à jeun est habituellement de 1 g par litre de sang (ou 5,5 mmol/l).

C'est ce paramètre biologique, entre autres, qui est précisément vérifié par votre médecin, lorsqu'il vous demande les résultats de votre prise de sang.

Après absorption à jeun d'un glucide, on peut étudier la variation du taux de glucose sanguin.

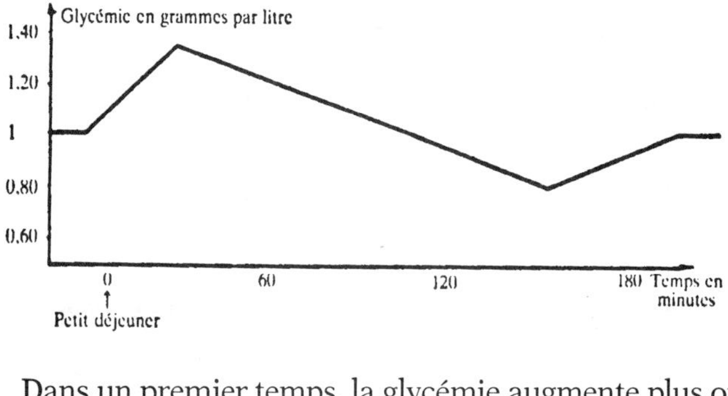

Dans un premier temps, la glycémie augmente plus ou moins, selon la nature du glucide, jusqu'à atteindre un maximum que l'on appelle « pic glycémique ». Le pancréas, dont le rôle est essentiel au niveau de la fonction métabolique, va alors sécréter une hormone, l'insuline, dont l'objectif est de chasser le glucose du sang pour le faire pénétrer dans les cellules qui en ont besoin.

C'est ainsi que dans un deuxième temps, sous l'effet de l'insuline, le taux de glycémie s'abaisse.

Dans un troisième temps, la glycémie revient à la normale.

c. L'index glycémique

Aussi, plutôt que de se fonder sur la vitesse d'assimilation des glucides pour les étudier, convient-il mieux de les considérer à partir de l'augmentation, plus ou moins élevée, de la glycémie qu'ils induisent.

C'est donc le « pic glycémique » de chaque glucide ingéré qui va nous intéresser, c'est-à-dire son pouvoir hyperglycémiant, tel qu'il a été défini par l'index glycémique mis au point en 1976 par le professeur Crapo, aux États-Unis.

Cet index glycémique correspond, en fait, à la surface du triangle de la courbe d'hyperglycémie induite par l'aliment testé. On donne, arbitrairement, l'index 100 au glucose et celui des autres glucides apparaît donc comme la résultante du rapport suivant :

$$\frac{\text{surface du triangle du glucide testé}}{\text{surface du triangle du glucose}} \times 100$$

L'index glycémique sera d'autant plus élevé que l'hyperglycémie induite par le glucide testé aura été forte.

Aujourd'hui, il est donc admis par la plupart des scientifiques que la classification des glucides doit être faite en fonction de leur pouvoir hyperglycémiant, tel qu'il est défini par le concept d'index glycémique.

Nous découvrirons progressivement, dans ce livre, que cette notion d'index glycémique est fondamentale.

En effet, c'est elle qui nous permettra de pouvoir expliquer, non seulement l'origine de l'embonpoint, ct *a fortiori* de l'obésité, mais aussi celle des nombreux problèmes de fatigue et de manque de vitalité qui préoccupent nos contemporains en général, et les femmes en particulier.

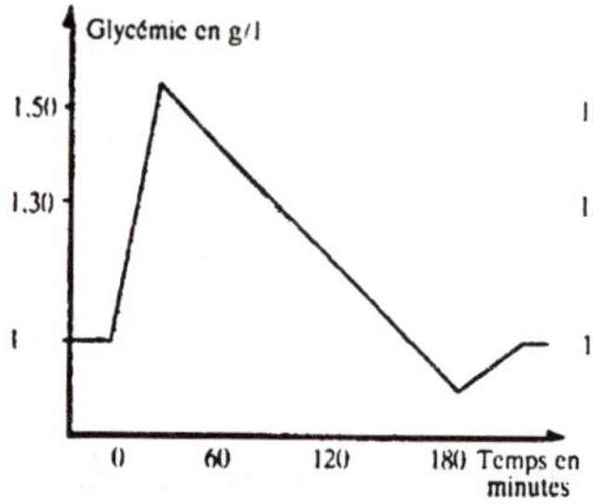

INDEX GLYCÉMIQUE ÉLEVÉ

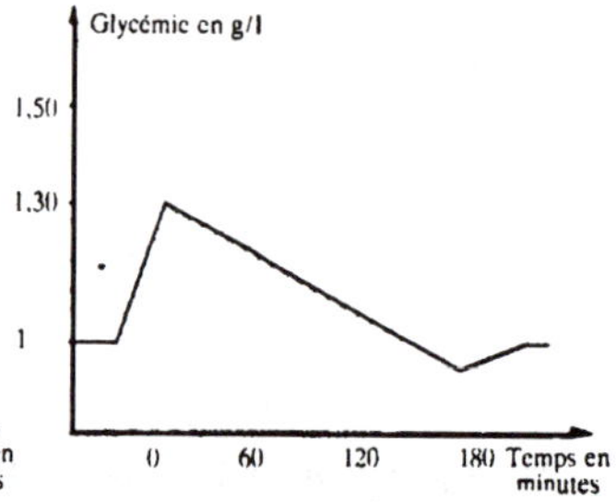

INDEX GLYCÉMIQUE BAS

C'est pourquoi je proposerai, afin de simplifier les choses, de classer les glucides en deux catégories : les « bons glucides » (ceux qui ont un index glycémique bas) d'une part, et les « mauvais glucides » (ceux qui ont un index glycémique élevé) de l'autre.

d. Les mauvais glucides

Ce sont tous les glucides dont l'ingestion a pour effet de déclencher une forte augmentation de glucose dans le sang et de provoquer, par conséquent, des hyperglycémies.

Il s'agit notamment des glucides dont l'index glycémique est supérieur à cinquante, ce qui est le cas du sucre blanc sous toutes ses formes, pur ou combiné à d'autres aliments (boissons, friandises...), mais aussi et surtout de tous les glucides raffinés industriellement, comme les farines blanches (pain blanc, pâtes blanches et riz blanc).

On découvrira par ailleurs qu'appartiennent également à ces « mauvais glucides » certains produits de consommation courante, comme les pommes de terre ou le maïs, dont l'index glycémique est d'autant plus élevé qu'ils ont subi un traitement industriel (fécules et flocons de pommes de terre, corn-flakes, pop-corn...), ou qu'ils ont été transformés par la cuisson (purée de pommes de terre, gratin dauphinois).

Tableau des index glycémiques

GLUCIDES À INDEX GLYCÉMIQUES ÉLEVÉS		GLUCIDES À INDEX GLYCÉMIQUES BAS	
Maltose (bière)	*110*	*Pain complet ou au son*	*50*
Glucose	*100*	*Riz complet*	*50*
Pommes de terre au four	*95*	*Petits pois*	*50*
Pain très blanc (hamburger)	*95*	*Céréales complètes sans sucre*	*50*
Purée de pommes de terre	*90*	*Flocons d'avoine*	*40*
Miel	*90*	*Haricots rouges*	*40*
Carottes	*85*	*Jus de fruits frais sans sucre*	*40*
Corn-flakes, Pop-corn	*85*	*Pâtes complètes*	*40*
Riz à cuisson rapide	*85*	*Pumpernickel*	*40*
Fèves	*80*	*Pain de seigle complet*	*40*
Potiron	*75*	*Pain intégral*	*35*
Pastèque	*75*	*Pois secs*	*35*
Sucre (saccharose)	*70*	*Laitages*	*35*
Pain blanc (baguette)	*70*	*Glaces*	*35*
Céréales raffinées sucrées	*70*	*Haricots secs*	*30*
Barres chocolatées	*70*	*Lentilles*	*30*
Pommes de terre bouillies	*70*	*Pois chiches*	*30*
Biscuits	*70*	*Pâtes intégrales*	*30*
Maïs moderne	*70*	*Autres fruits frais*	*30*
Riz blanc	*70*	*Marmelade de fruits sans sucre*	*30*
Fruits secs	*65*	*Chocolat noir (> 70 % de cacao)*	*22*
Pain bis	*65*	*Fructose*	*20*
P. de terre cuites dans leur peau	*65*	*Soja*	*15*
Betteraves	*65*	*Cacahuètes*	*15*
Bananes, melons, confiture	*60*	*Légumes verts*	*< 15*
Pâtes blanches	*55*	*Champignons*	

e. Les bons glucides

Contrairement aux précédents, ce sont des glucides qui occasionnent une libération de glucose dans l'organisme modeste, voire faible. Ils provoquent donc une augmentation réduite de la glycémie. C'est le cas de toutes les céréales brutes (farines non raffinées), du riz complet, et de nombreux féculents et légumes secs, tels que les lentilles, les pois et les haricots.

On y ajoutera surtout les fruits et tous les légumes verts (poireaux, choux, salades, haricots verts...), par ailleurs reconnus pour leur richesse en fibres.

f. Hyperglycémie et insuline

Nous avons vu précédemment que lorsque l'absorption d'un glucide était à son point maximal (pic glycémique), le pancréas sécrétait de l'insuline pour faire baisser la glycémie, chassant en quelque sorte le glucose du sang. La quantité d'insuline produite sera forcément en rapport avec l'importance de la glycémie ; l'hyperglycémie entraînant ainsi, dans la plupart des cas, un hyperinsulinisme.

Nous reviendrons ultérieurement, et plus en détail, sur cette notion qui, elle aussi, est fondamentale pour bien comprendre la plupart des phénomènes métaboliques et leurs conséquences, notamment sur la prise de poids.

3) Les lipides (ou graisses)

Les graisses font l'objet, depuis quelques années, d'une véritable psychose parmi nos contemporains. Aux États-Unis, le comportement à leur égard tourne même véritablement à la paranoïa. Après avoir été pendant des siècles l'aliment le plus recherché et le plus apprécié, le gras est aujourd'hui l'objet de tous les reproches, et par voie de conséquence, de toutes les exclusives.

La diététique traditionnelle le rend en effet responsable de l'obésité dans la mesure où il contient une grande quantité de calories. On a pu démontrer par ailleurs qu'il était, par cholestérol interposé, responsable de la plupart des maladies cardio-vasculaires. Il est même accusé, aujourd'hui, d'être un facteur important de la constitution de certains cancers.

Nous reviendrons plus en détail, dans un chapitre consacré à l'hypercholestérolémie, sur ces considérations d'ordre sociologique et épidémiologique.

Le présent chapitre étant de nature technique, nous nous contenterons donc d'aborder le sujet avec le plus d'objectivité et de réalisme possible.

Les lipides, ou graisses de réserve, sont des molécules complexes, plus couramment appelées corps gras. On les classe généralement selon leur origine :

– *les lipides d'origine animale* sont les graisses contenues dans les viandes, les poissons, le beurre, les laitages, le fromage, les œufs...

– *les lipides d'origine végétale* sont les huiles (d'olive, de tournesol...) et les margarines.

Cependant, il est plus intéressant de classer les lipides en fonction de leur formule chimique. On distinguera ainsi :

– **les acides gras saturés,** que l'on trouve dans la viande, la charcuterie, les œufs, les laitages (lait, beurre, crème fraîche, fromages) et l'huile de palme...

– **les acides gras monoinsaturés et polyinsaturés,** qui sont des graisses restant liquides à température ambiante (huile de tournesol, d'olive, de colza...), bien que certaines d'entre elles puissent être durcies par hydrogénation (fabrication des margarines) ;

– **les graisses insaturées** de poissons, d'oie et de canard.

La consommation de lipides, dans l'alimentation, est importante voire indispensable car :

– ils fournissent de l'énergie stockable sous forme de graisses de réserve et disponible à tout moment pour alimenter l'organisme en glucose ;

– ils sont à l'origine de la formation des membranes et des cellules ;

– ils entrent dans la composition des tissus et notamment du système nerveux ;

– ils permettent la fabrication d'hormones et de prostaglandines ;

– ils sont à la base de la fabrication des sels biliaires ;

– ils véhiculent les vitamines liposolubles A, D, E et K ;

– ils sont la seule source d'acides gras dits essentiels : l'acide linoléique et l'acide alpha-linolénique ;

– certains acides gras jouent un rôle préventif en pathologie cardio-vasculaire.

a. Lipides et obésité

Les graisses sont les plus grandes pourvoyeuses d'énergie, c'est pourquoi elles constituent l'ennemi numéro un dans les régimes hypocaloriques.

Mais, nous aurons l'occasion de découvrir ultérieurement que c'est moins la quantité d'énergie qui est à mettre en cause dans l'alimentation que les mauvaises habitudes alimentaires, qui déstabilisent le métabolisme et conduisent à favoriser la constitution des graisses de réserve. On apprendra ainsi que c'est l'hyperglycémie qui, par hyperinsulinisme interposé, contribue dans une large mesure à stocker anormalement les apports excessifs de graisses dus aux lipides (lipogenèse).

b. Lipides et cholestérol

La corrélation entre une consommation excessive de graisses et le taux de cholestérol sanguin (responsable des maladies cardio-vasculaires) a en effet été montrée. Mais cette affirmation serait incomplète si elle n'était pas nuancée, car le cholestérol total se subdivise en deux types de cholestérol : le « bon » et le « mauvais ».

L'idéal est de maintenir un taux de cholestérol total qui soit inférieur ou égal à 2 g/l, et dans lequel la proportion de « bon » cholestérol soit la plus importante possible.

Ce qu'il faut savoir, c'est que toutes les graisses ne favorisent pas l'augmentation du « mauvais » cholestérol. Au contraire, il en est même qui ont tendance à le faire sensiblement diminuer. C'est ce que nous verrons plus en détail dans le chapitre consacré à l'hypercholestérolémie et aux risques cardio-vasculaires.

C'est pourquoi il convient, afin d'être précis, de classer les graisses en trois nouvelles catégories.

– Les graisses qui augmentent le cholestérol

Ce sont les acides gras saturés qui sont surtout contenus dans la viande, la charcuterie, le lait, les laitages entiers, le beurre et certains fromages.

Une consommation excessive de graisses saturées peut entraîner une élévation du taux de cholestérol sanguin pouvant favoriser des accidents cardio-vasculaires. De nombreuses études tendent par ailleurs à considérer que l'abus de graisses saturées pourrait constituer un facteur de risque dans l'apparition de certains cancers.

– Les graisses qui ont peu d'action sur le cholestérol

Ce sont celles qui sont contenues dans les volailles, dans les crustacés et dans les œufs.

– Les graisses qui font baisser le cholestérol et s'opposent aux lésions des artères

Ce sont les acides gras insaturés, que l'on trouve surtout dans les huiles (sauf l'huile de palme), les fruits oléagineux et les poissons, ou encore dans les graisses d'oie et de canard (foie gras, confits...).

On distingue parmi ceux-ci :

• *les acides gras monoinsaturés,* notamment l'acide oléique de l'huile d'olive, lequel a la propriété de faire baisser le cholestérol total et d'augmenter le « bon cholestérol ». Ils ont l'avantage d'être chimiquement stables ;

• *les acides gras polyinsaturés,* qui sont notamment contenus dans les huiles de tournesol, de maïs, de colza et font baisser le taux de cholestérol total. Ils sont riches en acides gras essentiels mais ont l'inconvénient d'être facilement oxydables. Or, ces acides gras polyinsaturés, lorsqu'ils sont oxydés, deviennent aussi nocifs sur le plan artériel qu'un acide gras saturé.

De même, les modifications chimiques subies par certaines graisses végétales lors de leur solidification (pour devenir des margarines) semblent changer leurs propriétés.

c. Les acides gras essentiels

L'acide linoléique et l'acide alpha-linolénique (regroupés autrefois sous l'appellation de vitamine F) méritent ici une attention particulière dans la mesure où leur présence est indispensable dans l'alimentation.

On a en effet démontré, ces dernières années, le rôle capital de ces acides gras dans la constitution des membranes des cellules cérébrales et dans le développement du système nerveux. Ceci aurait pour conséquence de mettre en cause le niveau d'aptitude mental des sujets carencés (notamment dans leur petite enfance).

On a également montré que leur absence pouvait constituer un important facteur de responsabilité dans le développement des plus graves maladies chroniques du métabolisme, lesquelles atteignent les populations des pays industrialisés, et principalement toutes celles qui mettent en cause une déficience du système de défense immunitaire.

Les mauvaises habitudes alimentaires de notre époque, comme la nature douteuse des produits qui nous sont offerts, surtout lorsqu'ils sont raffinés, sont probablement à l'origine de ces carences. L'acide linoléique, que l'on trouve dans les huiles de tournesol, de maïs et de pépins de raisin, diminue le risque cardio-vasculaire.

Sa carence entraînerait des troubles de la croissance et des modifications cellulaires altérant la peau, les muqueuses, les glandes endocrines et les organes sexuels. L'apport conseillé est de 10 g par jour, ce qui peut être obtenu, par exemple, en consommant quotidiennement 20 g d'huile de tournesol, de maïs ou de soja.

L'acide alpha-linolénique, que l'on trouve en grande quantité dans les huiles de colza, de noix et de germe de blé, est particulièrement important dans la biochimie du système nerveux. Sa carence pourrait entraîner une altération des performances d'apprentissage, des anomalies de la transmission nerveuse, un risque accru de thrombose et une moindre résistance à l'alcool. Son apport conseillé est de 2 g par jour. Cette quantité peut être obtenue par une consommation journalière de 25 g d'huile de colza.

Aucune huile ne peut à elle seule apporter un équilibre correct en acides oléique, linoléique et alpha-linolénique. Aussi, pour les vinaigrettes de vos crudités et de vos salades, il faut mélanger (ou alterner) deux ou trois huiles :

– soit huile d'olive + Isio 4 ;
– soit huile d'olive + huile de tournesol + huile de colza.

d. Consommation quotidienne des lipides

La consommation quotidienne de graisses, sous toutes leurs formes, ne devrait pas représenter plus de 30 % de l'alimentation. Elle est, aujourd'hui en France, d'au moins 45 % (dont les deux tiers sont composés de graisses saturées).

L'idéal serait de répartir sa ration lipidique en mangeant 25 % de graisses saturées (viande, charcuterie, beurre, laitages entiers), 50 % d'acides gras monoinsaturés (graisse d'oie, huile d'olive) et 25 % d'acides gras polyinsaturés (poisson, huiles de tournesol, de colza, de maïs, etc.).

Nous reviendrons plus en détail sur ces recommandations ultérieurement.

Les nutriments non énergétiques

Le fait que certains nutriments ne soient pas énergétiques n'en diminue pas pour autant leur intérêt nutritionnel.

Bien au contraire. Mais, le fait même qu'ils ne fournissent pas d'énergie a conduit beaucoup trop de nos contemporains à les négliger, alors que leur rôle dans l'alimentation est vital.

1) Les fibres alimentaires

Nos ancêtres mangeaient des fibres sans le savoir. Nous les avons découvertes, quant à nous, depuis peu et singulièrement en constatant que nous n'en mangions plus assez.

Les fibres alimentaires, que l'on trouve pour la plupart dans les glucides à index glycémique bas et surtout très bas, sont des substances d'origine végétale, elles sont généralement combinées avec d'autres nutriments. On les définit comme « *des résidus végétaux résistant à l'action des enzymes de l'intestin grêle, mais partiellement hydrolysés par la flore bactérienne colique* ».

Ce sont des substances d'origine végétale dont la formule chimique est composée de glucides complexes. On les désigne parfois sous le terme de « glucides non digestibles ». Ainsi, sur certains emballages alimentaires, il peuvent être inclus dans les glucides totaux. Mais cette assimilation est abusive car ils ne sont pas digérés du tout et ne font pas augmenter la glycémie.

a. Les diverses sortes de fibres

On en distingue deux variétés qui ont des propriétés très différentes :

– Les fibres insolubles

Ce sont la cellulose, la plupart des hémicelluloses et la lignine. On les trouve dans les fruits, les légumes, les céréales et les légumineuses.

– Les fibres solubles

Ce sont la pectine (des fruits), les gommes (des légumineuses), les alginates des algues (agar, guar, carragahen) et les hémicelluloses d'orge et d'avoine.

b. Les effets des fibres

Les fibres insolubles, en se gonflant d'eau comme des éponges, permettent d'accélérer la vidange de l'estomac, mais aussi de rendre les selles plus volumineuses et plus humides, ce qui facilite leur expulsion.

Leur rôle primordial est donc de réaliser une excellente prévention de la constipation (en association avec des boissons abondantes). Mais elles contribuent aussi à faire baisser un peu le taux de cholestérol sanguin et surtout à prévenir l'apparition de calculs au niveau de la vésicule biliaire. Enfin elles ont une action préventive des cancers du côlon et du rectum, lesquels font encore 25 000 morts par an en France !

On a pu reprocher, à une époque, à l'acide phytique des céréales de gêner l'absorption du calcium. On a ainsi dit que « le pain complet était décalcifiant ». Des travaux modernes ont montré qu'il n'en était rien, surtout si le pain est fait au levain et que l'on respecte le procédé de fabrication traditionnel (sans pétrissage accéléré).

Les fibres ne gênent pas non plus l'absorption des vitamines et des oligo-éléments, d'autant que les aliments riches en fibres (fruits, légumineuses, légumes) contiennent souvent bon nombre de ces micronutriments indispensables au bon fonctionnement de notre organisme.

Les fibres solubles, en absorbant une très grande quantité d'eau, forment un gel épais aux propriétés multiples. Par son fort volume, il remplit généreusement l'estomac, ce qui donne une satiété précoce. Ainsi, sans pour autant avoir absorbé de calories, la sensation de faim diminue plus vite.

Il module l'absorption des glucides et des graisses. Ainsi, après avoir mangé des aliments riches en fibres solubles, la glycémie augmente moins, avec une quantité identique de glucides ingérés. La sécrétion d'insuline est donc moins importante. Or, cette hormone facilite le stockage des graisses, c'est-à-dire la prise de poids. En résumé, une bonne ration de fibres solubles aidera à maigrir, si l'on a besoin de perdre des kilos.

De même, cette action contribue à améliorer l'équilibre du diabétique, en diminuant son taux de glycémie. Ceux qui ont un diabète doivent donc préférer les aliments glucidiques riches en fibres solubles (fruits, haricots blancs, lentilles notamment), qui ont un index glycémique bas.

Les fibres, en faisant baisser le taux de cholestérol sanguin, constituent un facteur de protection cardio-vasculaire. Ceci est d'autant plus vrai que certains aliments riches en fibres (légumes, fruits crus et oléagineux) contiennent des antioxydants (vitamines C et E, bêta-carotène) qui protègent aussi les parois des artères.

Cette action bénéfique sur les lipides sanguins est aussi valable pour les triglycérides. On ne peut que déplorer le fait que tous les pays industrialisés, et surtout les États-

Unis, aient anormalement diminué leur consommation de fibres.

En France, on ne consomme aujourd'hui que 17 g de fibres par jour et par habitant, alors que l'apport journalier devrait être de 40 g. Un minimum de 30 g devrait au moins être respecté.

Quant aux Américains, ils en consomment actuellement moins de 10 g, ce qui est catastrophique.

2) L'eau

La masse liquide du corps représente 45 à 60 % du poids d'un individu adulte en bonne santé.

L'homme peut survivre des semaines sans nourriture, mais seulement quelques jours sans eau. Il peut perdre ses réserves de glycogène, de graisses, et la moitié de ses protéines sans courir de réel danger, mais une déshydratation de seulement 10 % sera une cause notable de fatigue.

Chacun sait qu'il faut remplacer l'eau perdue par l'urine, la respiration, la transpiration et même par les matières fécales. La quantité ainsi éliminée est de l'ordre de deux litres à deux litres et demi par jour.

Le remplacement se fait par :

– les boissons : 1,5 l/j (eau, lait écrémé, jus de fruits, thé, soupe...) ;
– l'eau contenue dans les aliments solides (le pain a par exemple un taux d'humidité de 35 %) ;
– l'eau métabolique, c'est-à-dire l'eau produite par les différents processus chimiques de l'organisme.

Si l'on boit suffisamment, les urines doivent être claires. Le fait qu'elles soient trop jaunes est le signe d'une quantité de boissons franchement insuffisante.

3) Les sels minéraux et les oligo-éléments

Les sels minéraux sont des substances essentielles à la vie de l'homme. Ils participent d'une manière active aux différentes fonctions métaboliques et électrochimiques des nerfs, des muscles, ainsi qu'à la formation de structures telles que celles des os ou des dents. Certains minéraux ont par ailleurs un rôle de catalyseurs dans de multiples réactions biochimiques de l'organisme.

Il faut classer les minéraux en deux groupes :

– ceux dont la quantité nécessaire à l'organisme est relativement importante : ce sont les macro-éléments ;
– ceux que l'on trouve en infime quantité : ce sont les oligo-éléments.

Ces substances agissent comme des catalyseurs des réactions biochimiques de l'organisme. Ce sont en quelque sorte des intermédiaires qui activent les enzymes dans leur travail, et en l'absence desquels les réactions chimiques ne peuvent avoir lieu. Leur présence est donc indispensable, même si elles agissent en quantité infinitésimale.

Certains oligo-éléments sont connus depuis longtemps. C'est par exemple le cas du fer, dont l'intérêt pour la santé avait été remarqué dès l'Antiquité, sans que l'on ait alors su comment il pouvait agir.

Mais la plupart d'entre eux ont fait l'objet de découvertes récentes, à l'occasion de recherches effectuées sur ce que l'on a coutume d'appeler les maladies de civilisation comme par exemple le manque de vitalité, ou plus exactement la fatigue.

LES SELS MINÉRAUX	LES OLIGO-ÉLÉMENTS
Le sodium Le potassium Le calcium Le phosphore Le magnésium	Le fer L'iode Le zinc Le cuivre Le manganèse Le fluor Le chrome Le sélénium Le cobalt Le molybdène

Les oligo-éléments sont des métaux ou des métalloïdes présents dans l'organisme en très faible quantité (du grec *oligos* signifiant « petit »).

Les deux problèmes qui se posent donc de nos jours, à propos des oligo-éléments, sont relatifs à leur quantité et à leur qualité.

La terre agricole, du fait de son exploitation industrielle intensive, par le biais de l'utilisation massive d'engrais chimiques, de phosphates et de la non-réintroduction dans le cycle biologique d'engrais naturels d'origine animale, s'appauvrit en oligo-éléments. Ceci est particulièrement vrai en ce qui concerne le déficit en manganèse.

Les végétaux qui poussent sur ces sols épuisés sont à leur tour appauvris en oligo-éléments. Même le monde animal est touché, il suffit par exemple d'ajouter dans certains cas du zinc à l'alimentation des vaches pour leur permettre à nouveau de vêler. Sans zinc, la procréation ne peut avoir lieu.

Comme notre alimentation est de plus en plus déficitaire en oligo-éléments, nous nous en trouvons, par voie de conséquence, carencés. C'est là, d'après l'avis de nombreux spécialistes, la base des problèmes pathologiques de cette fin de XXe siècle.

Il reste donc deux solutions. Soit revenir en arrière, ce que propose avec succès l'agriculture biologique, soit supplémenter son alimentation de compléments alimentaires, ce qui ne devrait constituer qu'une étape de transition, avant le retour à des normes de culture plus conformes à nos besoins naturels.

4) Les vitamines

Au cours des siècles, on avait pu remarquer, à l'occasion de circonstances particulières (cités assiégées, famines, expéditions maritimes), l'apparition de maladies en rapport manifeste avec une mauvaise alimentation.

Ce fut le cas pour les hémorragies des gencives dues au scorbut, pour les troubles osseux dus au rachitisme, pour les paralysies et les œdèmes dus au béribéri ou encore pour les lésions de la peau dues à la pellagre.

Il fallut attendre la fin du XIXe siècle, et surtout le début du XXe, pour qu'il soit démontré que ce déséquilibre était lié à l'absence, dans l'alimentation, de substances indispensables que l'on a appelées vitamines.

En dehors des cas historiques cités précédemment, l'existence de ces nutriments essentiels était ignorée, car la nourriture consommée par l'homme en contenait en général suffisamment pour ne pas provoquer de carences notoires.

Avec le changement des habitudes alimentaires de ces dernières décennies, la généralisation de la consommation de produits raffinés (sucre blanc, farines blanches, riz blanc), le développement des cultures intensives et leurs transformations industrielles, on a décelé de plus en plus fréquemment de nouvelles carences ou tout au moins de subcarences en certaines vitamines.

On pourrait ainsi définir les vitamines comme des composés organiques nécessaires, en petite quantité, pour maintenir la vie, promouvoir la croissance et permettre les capacités de reproduction de l'homme comme de la plupart des animaux.

Il en existe plusieurs sources. La viande maigre des animaux représente l'une d'entre elles, notamment en ce qui concerne les abats (foie et rognons) qui en offrent une concentration importante.

Les graines, telles que les légumineuses, les noix, les noisettes ou les céréales entières sont également riches en vitamines. Les racines, les tubercules (pomme de terre) le sont moins. Quant aux fruits et aux légumes verts, ils le sont d'une manière inégale. Leur teneur peut varier, selon la nature du sol, mais aussi selon le temps et les conditions de stockage ou encore celles de cuissons éventuelles.

Il est toujours intéressant de parler des vitamines en général, mais elles n'en constituent pas moins, par leur structure et leur mode d'action, un groupe hétérogène. Il convient donc de les considérer séparément. On peut cependant les classer en deux groupes : les vitamines liposolubles, d'une part, et les vitamines hydrosolubles, d'autre part.

a. Les vitamines liposolubles

Les vitamines liposolubles sont au nombre de quatre : vitamines A, D, E et K. Dans la nature, elles sont généralement associées aux aliments gras : beurre, crème, huiles végétales, graisses et certains légumes.

Les propriétés communes des vitamines liposolubles sont les suivantes :

– elles sont stables à la chaleur et résistent même à la cuisson ;

– elles sont stockées dans l'organisme, notamment dans le foie, ce qui fait que leur carence éventuelle est longue à se manifester ;

– elles peuvent être toxiques si elles sont ingérées en excès (surtout les vitamines A et D).

b. Les vitamines hydrosolubles

Comme leur nom l'indique, ces vitamines sont solubles dans l'eau et peuvent donc être éliminées par les urines en cas d'excès. Bien qu'elles aient chacune des propriétés particulières, il est apparu qu'elles étaient intimement liées entre elles par les différentes réactions cellulaires dans lesquelles elles sont impliquées.

Les principales vitamines hydrosolubles sont les suivantes :

- vitamine C : acide ascorbique ;
- vitamine B1 : thiamine ;
- vitamine B2 : riboflavine ;
- vitamine PP : niacine ;
- vitamine B5: acide pantothénique ;
- vitamine B6 : pyridoxine ;
- vitamine B8 : biotine ;
- vitamine B9 : acide folique (folacine) ;
- vitamine B12 : cyanocobalamine.

Comme les oligo-éléments, les vitamines sont donc les catalyseurs de multiples réactions biochimiques. On connaît assez bien, aujourd'hui, les conséquences de leur absence car, dans la plupart des cas, les symptômes sont manifestes.

On connaît moins bien, en revanche, les conditions de leur interdépendance et les conséquences précises de leur insuffisance.

Mais ce que nous savons est cependant déjà très important. À la lumière de ces connaissances, qui s'enrichissent de jour en jour de nouvelles observations, il est impossible de ne pas être interpellé. C'est ainsi que nous sommes conduits à nous poser les bonnes questions, et à nous apercevoir qu'elles induisent pour la plupart des réponses.

Nous découvrirons dans les chapitres suivants que l'embonpoint et *a fortiori* l'obésité sont plus le résultat d'une déstabilisation du métabolisme que d'une alimentation trop riche, comme on nous le laisse entendre encore trop souvent.

Nous verrons notamment que réduire de manière drastique ses portions alimentaires, comme le proposent les régimes hypocaloriques, ne peut conduire qu'à une aggravation des déficits en minéraux et en vitamines, dont est déjà responsable notre alimentation moderne.

Nous serons d'autant plus surpris d'apprendre que paradoxalement ce sont ces réductions caloriques abusives qui, de frustration en frustration, entraînent à terme l'obésité si caractéristique des pays industrialisés et particulièrement des États-Unis.

Ce sont ces différentes prises de conscience, en termes de dérives et de pollution alimentaires, que nous serons amenés à développer dans les chapitres suivants et, partant, nous apprendrons à tout mettre en œuvre pour, sinon y échapper, du moins en limiter considérablement les effets pervers.

Comme je vous l'ai exprimé au début, l'intérêt de ce chapitre technique est capital. Il est en tout cas indispensable pour la compréhension de la Méthode en général et notamment du chapitre suivant. Maintenant que vous connaissez la composition nutritionnelle des aliments, vous allez enfin pouvoir comprendre pourquoi on grossit et comment on peut réellement et définitivement maigrir en mangeant.

4

Pourquoi grossit-on ?

La diététique traditionnelle, désespérément hypocalorique, donc restrictive, vous fait croire que si vous grossissez c'est, en dehors de l'éventuel facteur héréditaire, parce que vous mangez trop.

Vous savez que c'est faux dans la mesure où tous ceux qui ont essayé de réduire leurs portions alimentaires, pour maigrir, non seulement n'ont pas réussi à perdre durablement leurs kilos excédentaires, mais, dans de très nombreux cas, se sont même retrouvés, au bout de quelques mois, avec un poids supérieur à leur poids initial.

Encore une fois, ce n'est pas l'excès d'énergie contenu dans les aliments qui est responsable des graisses de réserve, mais comme nous allons le voir en détail dans ce chapitre, la nature des aliments consommés, c'est-à-dire leurs caractéristiques nutritionnelles.

Une fois de plus, je mets en garde le lecteur pour l'inciter à lire attentivement ce chapitre même s'il a, comme le précédent, un caractère technique. Passer directement au chapitre de la Méthode, sans avoir compris la véritable raison de la prise de poids, serait une regrettable erreur.

L'explication du « Pourquoi grossit-on ? » se situe au niveau de l'amplitude de la glycémie et de ses conséquences sur la facilitation de stockage des graisses.

Nous avons expliqué précédemment que le carburant de l'organisme, c'est le glucose. Le réservoir permanent dans lequel puisent tous les organes qui ont besoin de glucose pour fonctionner (le cerveau, le cœur, les reins, les muscles...), c'est le sang.

Nous avons vu que dans ce « réservoir », il y avait théoriquement une quantité correspondant à 1 g de glucose par litre de sang. En fait, l'organisme dispose de deux moyens pour se procurer le glucose dont il a besoin et pour maintenir ainsi le niveau de son réservoir à 1 g par litre de sang.

Le premier moyen, c'est de le fabriquer. L'organisme est capable, en effet, à n'importe quel moment, de fabriquer du glucose à partir des graisses de réserve stockées dans le tissu adipeux.

En cas d'extrême nécessité, il lui est même tout à fait possible de fabriquer du glucose à partir des masses maigres, c'est-à-dire des protéines contenues dans les muscles.

Le second moyen de se procurer du glucose, c'est de consommer des aliments appartenant à la catégorie des glucides, c'est-à-dire tous les sucres, fruits et autres féculents (voir le chapitre 3 de la première partie).

Nous savons que lorsque l'organisme consomme un glucide, ce dernier se transforme (on dit : se métabolise) en glucose au cours de la digestion, à l'exception du fructose.

Mais, avant d'être stocké dans l'organisme, sous forme de glycogène, le glucose digestif transite par le sang.

En d'autres termes, quand on consomme un glucide, le glucose correspondant va faire soudain augmenter la glycémie.

Après que l'on a mangé un fruit, une sucrerie ou des féculents, la glycémie du sang va soudain s'élever au-dessus de son taux normal (qui, comme l'on sait, est de 1 g par litre de sang).

On pourra par exemple passer de 1 g à 1,2 g, si l'on mange un fruit, ou à 1,70 g si l'on mange des pommes de terre.

L'augmentation soudaine de la glycémie, par absorption d'un glucide, se nomme l'hyperglycémie.

Dès que l'on dépasse largement le seuil de 1 g de glucose par litre de sang, on est en hyperglycémie. Inversement, lorsque la glycémie descend trop bas (vers 0,50 g/l), on dit que l'on est en hypoglycémie (voir le schéma ci-dessous).

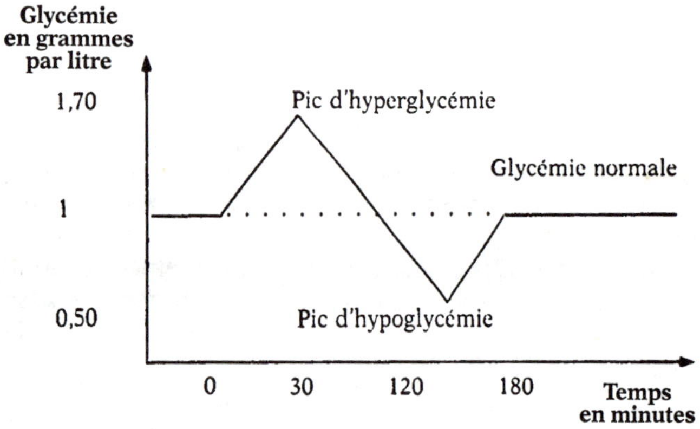

Comme nous l'avons vu dans le chapitre précédent, l'hyperglycémie provoquée par la consommation d'un glucide est fonction de son index glycémique.

Ainsi, si nous consommons un fruit dont l'index glycémique est bas (30), l'hyperglycémie sera très faible. En revanche, si nous consommons une sucrerie (index glycémique de 75), ou encore une pomme de terre cuite au four (index glycémique de 95), l'hyperglycémie sera forte et la courbe pourra atteindre par exemple 1,75 g.

Le taux normal étant de 1 g/l, dès que l'on est au-dessus, un mécanisme régulateur va s'enclencher. Celui-ci est contrôlé par un organe très important qui s'appelle le pancréas, lequel sécrète l'insuline.

La principale propriété de cette hormone est de faire baisser la glycémie en faisant pénétrer le glucose dans les organes qui en ont besoin. Sa deuxième action consiste à favoriser le stockage des graisses en réserve.

Ainsi, dès que la glycémie sanguine s'élève au-dessus de 1 g/l, le pancréas sécrète de l'insuline pour ramener la courbe à la normale.

De la même manière, dès que le niveau baisse anormalement (hypoglycémie), l'organisme se débrouille pour réaugmenter le taux de glucose sanguin afin de rétablir l'équilibre.

Normalement, la quantité d'insuline fabriquée par le pancréas afin de faire baisser la glycémie est directement proportionnelle à l'importance de la glycémie.

Par exemple, si l'on mange un fruit qui induit une faible hyperglycémie, le pancréas enverra très peu d'insuline pour faire baisser cette glycémie car le travail à faire est peu important.

En revanche, si l'on mange une sucrerie qui déclenche une forte glycémie, le pancréas devra envoyer une dose importante d'insuline pour rétablir le niveau de glycémie.

Dans tous les cas de figure, le glucose ainsi chassé du sang par l'insuline sera soit stocké dans le foie (sous forme de glycogène), soit utilisé par les organes qui en ont besoin, comme le cerveau, les reins ou encore les globules rouges.

Mais, nous savons désormais que si un individu a tendance à l'embonpoint, et à plus forte raison à l'obésité, c'est qu'il souffre d'un dysfonctionnement pancréatique, c'est-à-dire qu'en cas de forte hyperglycémie son pancréas va sécréter une dose excessive d'insuline. On dira qu'il souffre d'hyperinsulinisme.

Or, et cela a été prouvé scientifiquement, c'est l'hyperinsulinisme qui est responsable de la constitution anormale des graisses de réserve.

Pour mieux comprendre ce phénomène, faisons la double expérience consistant, pour une personne qui a tendance à l'embonpoint, à consommer une tartine de pain beurré.

Première expérience

Nous allons lui faire consommer 100 g de pain blanc sur lequel nous mettrons 30 g de beurre. Le pain sera métabolisé en glucose et le beurre en acide gras, lesquels vont tous les deux transiter par le sang (Fig. 1, p. 90).

Le pain blanc étant un glucide à index glycémique élevé (70), il en résulte une forte hyperglycémie (1,70 g environ).

Pour faire baisser cette glycémie, le pancréas va donc sécréter une certaine quantité d'insuline. Mais, comme nous avons affaire à un pancréas défectueux, la quantité d'insuline sera disproportionnée par rapport à la normale (Fig. 2, p. 90). Et c'est cet hyperinsulinisme qui provoquera un stockage anormal d'une partie des acides gras du beurre (Fig. 3 et 4, p. 90).

Seconde expérience

Nous allons cette fois lui faire consommer 100 g de pain intégral sur lequel nous mettrons toujours nos 30 g de beurre (Fig. 1, p. 91). Le pain intégral ayant un index glycémique bas (35), il en résulte une faible glycémie (1,20 g environ). Pour faire baisser cette faible glycémie, le pancréas va sécréter une très petite quantité d'insuline (Fig. 2, p. 91).

Comme il n'y a pas d'hyperinsulinisme lors d'une faible sollicitation, le pancréas ne sécrétera que la dose d'insuline nécessaire pour faire baisser cette faible glycémie (Fig. 3, p. 91).

En conséquence, les acides gras du beurre ne seront pas stockés anormalement puisqu'il n'y a pas d'excès d'insuline (Fig. 4, p. 91).

Cette expérience de la tartine de pain beurré, même si elle est quelque peu schématique, est suffisante pour bien faire comprendre le mécanisme de constitution des graisses de réserve et donc du poids excédentaire.

Dans les deux cas de figure, notre « cobaye » a mangé la même chose : 100 g de pain + 30 g de beurre. Pourquoi grossit-on dans le premier cas et pas dans le second ? À cause de la nature du pain, bien entendu ! Sa composition nutritionnelle en est la seule explication.

Le pain blanc est en effet un aliment raffiné. On lui a enlevé non seulement ses fibres, mais aussi la plupart de ses protéines, vitamines, sels minéraux et oligo-éléments. C'est la raison pour laquelle son index glycémique est élevé. Le pain intégral, à l'inverse, est un aliment brut à qui on a laissé la totalité de son contenu nutritionnel d'origine et notamment ses fibres et ses protéines. C'est pourquoi son index glycémique est bas.

Le pain blanc induisant une forte glycémie, il entraîne donc une prise de poids (stockage du beurre) par hyperinsulinisme interposé. Le pain intégral, induisant quant à lui une faible glycémie, ne favorisera pas de stockage des acides gras du beurre puisqu'il n'y aura pas de sécrétion excessive d'insuline (hyperinsulinisme).

Ainsi, nous avons fait la démonstration du fait que ce n'est pas la quantité d'énergie contenue dans les aliments (quasi identique pour ces deux types de pains beurrés) qui provoque la prise de poids.

C'est la nature des aliments consommés, c'est-à-dire leur contenu nutritionnel, qui va induire ou non la surcharge pondérale.

S'il n'y a pas de prise de poids dans le second cas, c'est que l'index glycémique du pain est suffisamment bas pour éviter l'hyperinsulinisme, lequel est indirectement le véritable déclencheur de la prise de poids.

Mais, nous avons bien pris soin, en décrivant cette expérience, de préciser qu'il s'agissait d'un organisme dans lequel le pancréas souffrait d'hyperinsulinisme.

Qu'est-ce qui différencie le maigre du gros ? Si l'un des deux grossit plus (l'obèse), en mangeant la même chose (des glucides à index glycémique élevé), c'est qu'il fait de l'hyperinsulinisme. Il n'y a pas, chez lui, adéquation entre le taux d'insuline sécrété et la quantité de glucides ingérée.

L'autre n'en fait peut-être pas encore, mais cela ne saurait tarder s'il continue à consommer avec excès des mauvais glucides.

Au stade où nous en sommes, nous pouvons d'ailleurs aisément comprendre que l'embonpoint et *a fortiori* l'obésité ne sont que la conséquence indirecte d'une alimentation excessive en glucides à index glycémique élevé (trop de sucre blanc, trop de farines blanches, trop de pommes de terre) associée à un apport de graisses.

La consommation excessive de mauvais glucides va en effet se traduire par une hyperglycémie permanente, dont

Première expérience
consommation de 100 g de pain blanc et de 30 g de beurre

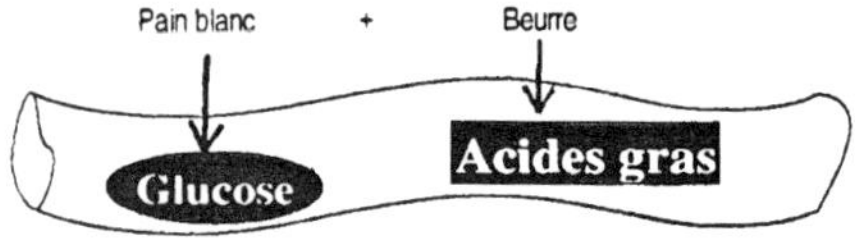

Fig. 1

vaisseau sanguin *Pain blanc = glucose* *Beurre = acides gras*

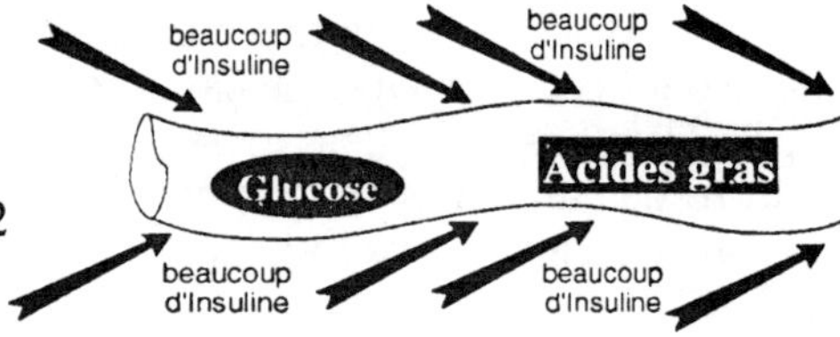

Fig. 2

L'importante quantité de glucose contenue dans le sang déclenche une forte sécrétion d'insuline d'où hyperinsulinisme.

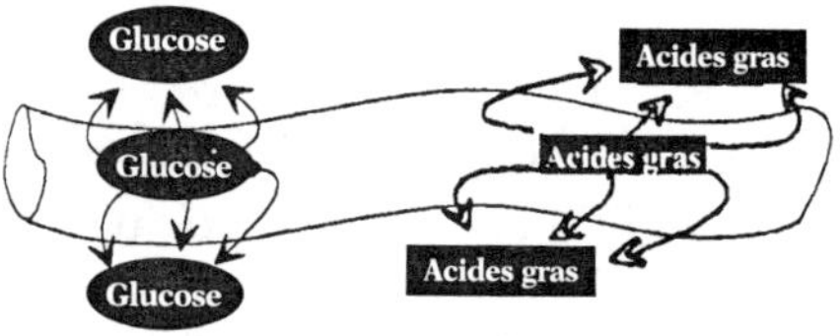

Fig. 3

L'insuline chasse le glucose du sang mais son excès (hyperinsulinisme) va entraîner avec lui une partie importante des acides gras.

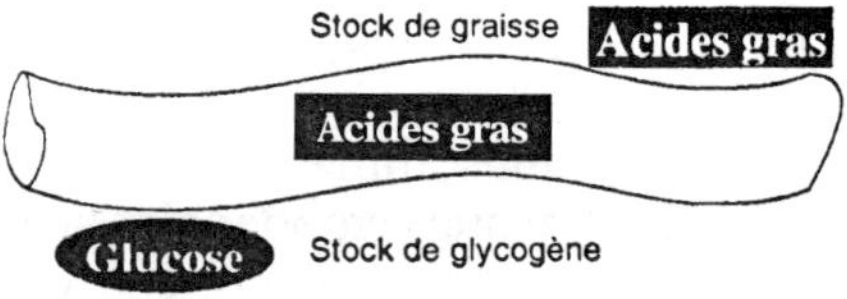

Fig. 4

Le glucose se stocke sous forme de glycogène. Les acides gras sont stockés en graisses de réserve d'où prise de poids.

Deuxième expérience
consommation de 100 g de pain intégral et de 30 g de beurre

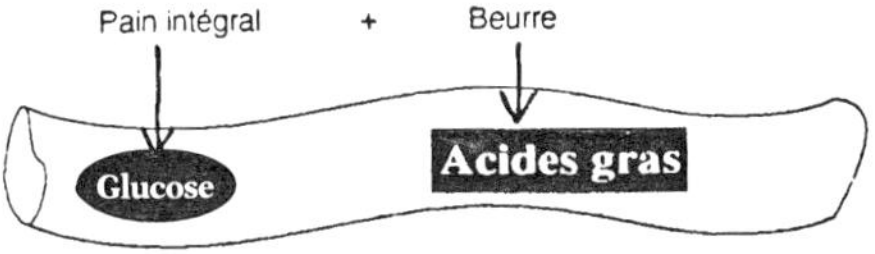

Fig. 1

vaisseau sanguin   Pain intégral = glucose   Beurre = acides gras

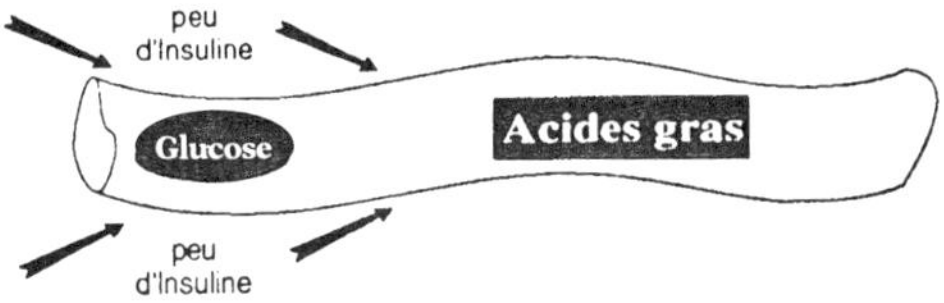

Fig. 2

La faible présence de glucose déclenche la sécrétion d'une très faible quantité d'insuline

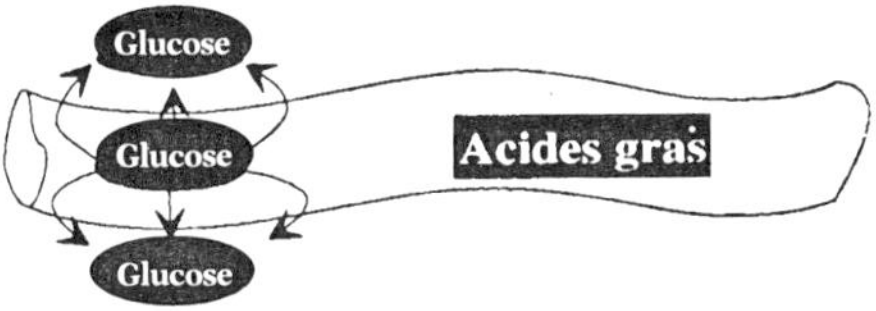

Fig. 3

La faible sécrétion d'insuline permet de chasser le glucose du sang, mais n'est pas suffisante pour entraîner avec elle les acides gras.

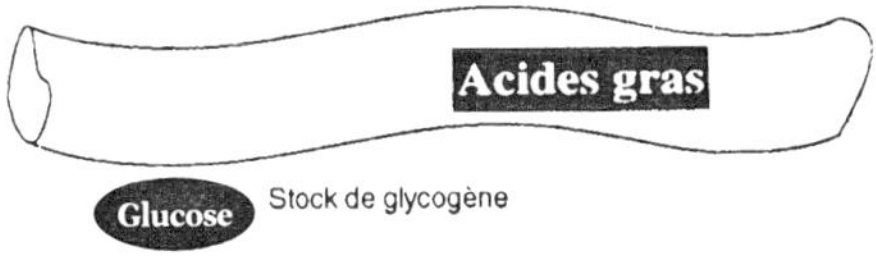

Fig. 4

Le glucose se stocke sous forme de glycogène. Les acides gras ne sont pas stockés sous forme de graisses de réserve d'où absence de prise de poids.

la conséquence sera une stimulation anormale du pancréas. Ce dernier pourra dans un premier temps résister, mais au bout de quelques années de ce dur traitement pour lequel il n'a pas été prévu, il commencera à donner des signes de faiblesse. C'est ainsi que l'on prend du poids avec l'âge, l'embonpoint étant toujours proportionnel au développement de l'hyperinsulinisme.

La résultante glycémique du repas

Certains de mes contradicteurs laissent entendre que la notion d'index glycémique est théorique en soulignant que les repas sont généralement composés de nombreux aliments dans lesquels le glucide n'a souvent qu'un rôle relatif. Or, certaines études ont montré, au contraire, que la notion d'index glycémique restait valable dans le cas d'un repas complexe. Elle dépend certes de la quantité de glucides absorbés, mais aussi des protéines et des fibres qui sont ingérées conjointement. Il y a donc une véritable résultante glycémique du repas, dont les études montrent qu'elle n'est que légèrement inférieure à ce qu'elle aurait été si le glucide principal du repas avait été consommé seul.

Mais, au-delà de la notion d'index glycémique, c'est surtout l'amplitude de la sécrétion d'insuline qui est à prendre en compte. Il a été montré que la réponse insulinique était même toujours plus forte (sauf pour les haricots blancs), lorsque le glucide était pris dans un repas complexe, que lorsqu'il était pris isolément chez le sujet souffrant d'hyperinsulinisme, ce qui est le cas de l'obèse (et du diabétique non insulinodépendant).

Si vous étiez gros dans votre enfance, c'est que votre pancréas était déjà en mauvais état quand vous êtes arrivé sur terre, pour des raisons héréditaires sans doute. Et les mauvaises habitudes alimentaires que vous avez adoptées depuis (trop de mauvais glucides) n'ont fait qu'aggraver la situation.

Si les populations occidentales connaissent aujourd'hui un sérieux problème d'embonpoint et d'obésité, c'est que nos contemporains ont adopté, depuis une cinquantaine d'années, une alimentation dans laquelle les mauvais glucides ont trop d'importance.

En fait, cette dérive des habitudes alimentaires date de près d'un siècle et demi. C'est en effet à partir de la première moitié du XIXe siècle que de nouveaux aliments, tous hyperglycémiants, se sont plus largement répandus dans les pays occidentaux : le sucre, la pomme de terre et les farines blanches.

Le sucre

Jusqu'au XVIe siècle, le sucre était quasiment inconnu du monde occidental. Il était parfois consommé comme une épice, dont la rareté en faisait un produit très cher, accessible seulement aux plus fortunés.

La découverte du Nouveau Monde permit un relatif développement de la canne à sucre, mais son transport et son coût de raffinage en firent toujours un produit de luxe réservé aux privilégiés.

En 1780, la consommation était inférieure à un kilo par an et par habitant. C'est la découverte, en 1812, du procédé d'extraction du sucre de betterave qui fit progressivement du sucre un produit de grande consommation, son prix de revient étant constamment réduit.

Les statistiques de consommation sont les suivantes pour la France :

- 1800 : 0,6 kilo par an et par habitant ;
- 1880 : 8 kilos par an et par habitant ;
- 1900 : 17 kilos par an et par habitant ;
- 1930 : 30 kilos par an et par habitant ;
- 1965 : 40 kilos par an et par habitant ;
- 1990 : 35 kilos par an et par habitant.

Le sucre est, comme l'on sait, un glucide à index glycémique élevé (75). Sa consommation entraîne donc une hyperglycémie qui a pour conséquence une stimulation excessive du pancréas.

On peut ainsi considérer que la découverte du sucre de betterave a considérablement bouleversé les habitudes alimentaires de nos contemporains, et ceci à tel point que l'on peut dire que jamais dans l'histoire de l'humanité un changement alimentaire aussi radical n'était intervenu dans un laps de temps aussi court.

Les Français peuvent cependant se réjouir d'apprendre qu'ils sont les plus faibles consommateurs de sucre du monde occidental. Les Anglais en consomment 49 kilos, les Allemands 52 kilos, et le record mondial est atteint par les Américains avec 63 kilos par an et par habitant !

Les pommes de terre

D'aucuns pourraient croire que la pomme de terre appartient au patrimoine alimentaire de la vieille Europe. Il n'en est rien, car elle a commencé à se développer seulement au début du XIXe siècle, après que Parmentier l'eut proposée comme substitut du blé pendant les périodes de famine qui ont précédé la Révolution.

Depuis sa découverte au Pérou, au milieu du XVIe siècle, la pomme de terre n'avait servi qu'à engraisser les cochons. On l'appelait d'ailleurs le tubercule à cochons et elle faisait l'objet d'une grande méfiance du fait de son appartenance à la famille botanique des solanacées, dont la plupart des espèces sont vénéneuses.

Ce qui nous intéresse aujourd'hui, c'est d'apprendre que la pomme de terre a l'un des index glycémiques les plus élevés, puisque lorsqu'elle est cuite au four, il est supérieur à celui du sucre.

Ses modes de cuisson sont extrêmement importants, car ils peuvent faire apparaître plus ou moins d'amidon résistant (non digestible). Quand on fait des pommes de terre au four ou en purée, la quantité d'amidon résistant est faible, et la majorité est digérée.

La pomme de terre est d'ailleurs d'un intérêt alimentaire très médiocre, puisque outre son excessif effet hyperglycémiant, elle a un contenu nutritionnel très faible après cuisson (8 mg/100 mg de vitamine C et peu de fibres). Son contenu en vitamines, minéraux et oligo-éléments est d'autant plus inexistant qu'il se situe à la périphérie de la peau et est donc systématiquement éliminé lors de l'épluchage. Il régresse aussi, par ailleurs, en cas de longue conservation de la pomme de terre.

Les farines raffinées

Le blutage des farines, c'est-à-dire leur tamisage, a toujours existé. Il était autrefois réalisé grossièrement, à la main, et compte tenu de son prix de revient élevé (30 % de matières éliminées), sa consommation était réservée à quelques privilégiés.

Le peuple n'ayant droit qu'au pain noir, la Révolution française fit du pain blanc l'une de ses revendications symboliques essentielles.

Mais il fallut attendre 1870 et la découverte du moulin à cylindres, pour faire baisser de manière substantielle le prix de revient du raffinage de la farine et commencer à offrir au plus grand nombre son pain blanc quotidien.

Or, nous savons aujourd'hui qu'une farine raffinée est dépourvue de toutes ses substances nutritionnelles : protéines, acides gras essentiels, vitamines, sels minéraux, oligo-éléments, fibres.

Et nous savons surtout que le raffinage d'une farine de froment fait passer son index glycémique de 35 à 70, ce qui en fait ainsi un aliment hyperglycémiant.

Nos contemporains (à l'exception des Américains) mangent peut-être moins de pain aujourd'hui qu'il y a cent ans, mais ils consomment plus de farines blanches : pâtes blanches, sandwichs, pizzas, cookies, gâteaux divers...

Le riz blanc et le maïs

Le riz blanc, comme chacun sait, nous vient d'Asie où les autochtones le mangent généralement avec des légumes, dont le contenu en fibres, vitamines, sels minéraux et oligo-éléments est très élevé, ce qui en abaisse d'autant la résultante glycémique. L'Occidental, qui en a inventé le raffinage, le mange plus volontiers avec de la viande, c'est-à-dire des graisses saturées.

Il faut préciser par ailleurs que le riz gluant, authentiquement asiatique, a même (lorsqu'il est blanc) un index glycémique beaucoup plus bas que le riz occidental (américain notamment), dont les espèces ont été sélectionnées pour leur rendement. Il s'agit en tout cas d'un quatrième glucide à index glycémique élevé, introduit depuis peu dans notre alimentation moderne.

Il en est de même du maïs, dont les variétés consommées dans les pays occidentaux correspondent à des semences hybrides mises au point en laboratoire, dans le cadre de recherches agronomiques centrées uniquement sur le rendement.

Le maïs d'origine, celui dont se nourrissaient les Indiens d'Amérique, a un index glycémique beaucoup plus bas (environ 30). Il a été montré que c'est son contenu plus important en fibres solubles qui expliquait la différence.

Non seulement, ce taux important de fibres solubles donnait une glycémie basse, mais il permettait aussi de retenir l'humidité.

On comprend dès lors pourquoi, en raison de l'absence de fibres solubles, il est nécessaire aujourd'hui d'arroser à outrance les maïs modernes, avec les conséquences écologiques que l'on sait au niveau de l'épuisement des nappes phréatiques.

Si nous voulons bien comprendre le phénomène occidental de l'embonpoint et de l'obésité, il suffit de constater que la dérive des habitudes alimentaires de notre monde moderne s'est faite au profit d'aliments hyperglycémiants (sucre, pommes de terre, farines, riz blanc) et au détriment des glucides à index glycémique bas (légumes verts, lentilles, haricots, fèves, pois, céréales brutes, fruits...) qui constituaient la base de l'alimentation d'autrefois.

On comprend également pourquoi toute la recherche agronomique de ces dernières années, orientée uniquement vers des objectifs de productivité, s'est faite au détriment de la qualité nutritionnelle des aliments. Dans le cas des céréales, par exemple, cet appauvrissement s'est traduit par une élévation des index glycémiques avec les conséquences métaboliques que l'on sait.

Quand on regarde le tableau des index glycémiques (voir chapitre 3), on est frappé de constater que l'alimentation moderne se situe dans la colonne de gauche (index glycémiques élevés) et que l'alimentation plus traditionnelle se trouve dans la colonne de droite.

La dérive des habitudes alimentaires de nos sociétés occidentales correspond au passage de la consommation des aliments de la colonne de droite à la colonne de gauche et donc à l'adoption d'un modèle alimentaire dans lequel dominent les glucides à index glycémiques élevés.

Progressivement, depuis le début du XIXe siècle, les populations occidentales ont introduit dans leur alimentation des produits de plus en plus hyperglycémiants. Mais, même si leur pancréas commençait à donner des signes de faiblesse, l'obésité restait encore très marginale. Il y a deux explications à ceci.

D'abord parce que les gens de l'époque mangeaient beaucoup plus de légumes et de légumineuses qu'aujourd'hui, ce qui représentait un apport important en fibres. On sait que ces fibres ont pour effet de faire baisser la glycémie et de limiter la sécrétion pancréatique.

De plus, l'index glycémique des céréales (même partiellement raffinées) était beaucoup plus bas, comme nous l'avons vu précédemment, en raison des faibles rendements. Ensuite, et surtout, parce que les gens ne mangeaient que peu de viande et ce car ils n'en avaient pas les moyens. Cela veut dire que leur consommation de graisses était faible.

Or, nous savons que pour qu'il y ait déclenchement de la prise de poids, il faut que deux facteurs soient réunis : une alimentation hyperglycémiante générant un hyperinsulinisme, d'une part, et une alimentation hyperlipidémiante (riche en graisses) d'autre part.

Pendant près d'un siècle, l'alimentation de nos contemporains n'a été que progressivement hyperglycémiante, puisqu'il n'y avait pas d'apports importants en graisses. L'hyperinsulinisme n'avait pas les moyens de manifester ses conséquences, mais il n'existait pas moins. Si l'embonpoint s'est rapidement généralisé, et si l'obésité s'est soudain révélée dans les pays occidentaux après la Seconde

Guerre mondiale, c'est que l'un des facteurs déclenchants (la consommation excessive de graisses) est apparu tout d'un coup.

Avec l'augmentation du niveau de vie, les pays occidentaux ont rapidement changé leurs habitudes alimentaires, privilégiant la consommation de viande, donc de graisses, mais aussi de mauvais glucides (sucres, farines raffinées, pommes de terre, riz blanc incollable, maïs hybrides), et moins de légumes et de légumineuses, c'est-à-dire moins de fibres.

L'Amérique est d'ailleurs le meilleur exemple dans ce domaine, dans la mesure où c'est en effet dans ce pays que l'on consomme à la fois le plus d'aliments hyperglycémiants et de viande et où l'on mange le moins de légumes verts. Il n'y a donc rien d'étonnant à ce que ce pays détienne le record du monde en matière d'obésité.

On a toujours remarqué, au cours des siècles, que les rares personnes qui étaient grosses étaient toutes des privilégiées. Pendant longtemps, on a pensé que si elles étaient grosses, c'était parce qu'elles étaient riches et qu'ainsi elles mangeaient plus que les autres.

En fait, elles ne mangeaient pas plus que les gens du peuple, mais elles mangeaient seulement différemment, car elles avaient les moyens de consommer du sucre et des farines raffinées, lesquelles étaient rares et chères.

Paradoxalement, c'est parmi les pauvres, aux États-Unis, que l'on trouve aujourd'hui la plus grande proportion d'obèses. Et cela tout simplement parce que l'alimentation hyperglycémiante, de même que les viandes très grasses, est devenue ce qu'il y a de meilleur marché.

Comme je vous l'ai précisé à plusieurs reprises, ce chapitre est très important pour la compréhension des principes de la Méthode dont l'explication détaillée va suivre.

Relisez-le plusieurs fois jusqu'à ce que vous soyez certain d'avoir compris pourquoi c'est la nature des glucides qui va induire ou non le stockage des graisses. Pour pouvoir maigrir et ne plus jamais regrossir, il faut impérativement comprendre pourquoi on a grossi.

L'espoir que vous avez de vous débarrasser à jamais de votre embonpoint réside dans le fait que l'organisme humain est capable, en la matière, d'une véritable réversibilité. Tous les Américains qui viennent en France sont surpris de perdre du poids en mangeant la cuisine traditionnelle de notre pays. De la même manière, les adolescentes françaises qui vont passer l'été aux États-Unis reviennent généralement avec des rondeurs supplémentaires.

Cela veut dire que c'est le mode alimentaire que l'on adopte qui nous conduit soit à prendre du poids, soit à en perdre. Et c'est la qualité de ce que l'on mange et non la quantité qui en est responsable.

Si vous mangez exclusivement les glucides de la colonne de gauche, ceux dont les index glycémiques sont élevés, vous allez grossir. Si vous privilégiez les glucides de la colonne de droite, il y a des chances sérieuses pour que vous commenciez à perdre du poids.

Voilà pourquoi la Méthode que je propose est basée sur des choix alimentaires. Elle n'est pas restrictive, comme vous le savez, mais elle est par contre sélective. C'est en choisissant les aliments qui conviennent, quelle que soit leur quantité, que vous allez pouvoir maigrir, d'une manière efficace et durable et ce, tout en continuant à manger avec plaisir et même de façon gastronomique.

Si à l'issue de quelques mois d'une phase I correctement appliquée, l'amaigrissement paraît encore modeste, ou même très insuffisant, il faudra chercher les causes possibles de cette résistance à l'amaigrissement ailleurs.

J'écarterai d'emblée le cas de ces femmes qui ont un poids très proche de l'idéal mais qui, en dépit de cette situation normale, s'entêtent à vouloir maigrir de même que celles qui confondent excès de poids et cellulite.

D'autres facteurs de responsabilité devront cependant être identifiés, et l'on pourra ainsi mettre en cause :

– soit certains médicaments pouvant avoir une influence négative sur le métabolisme, c'est le cas des tranquillisants, des anxiolytiques, des antidépresseurs, du lithium, des bêta-bloquants, de la cortisone ou des fortifiants sucrés (voir le chapitre 7 de la seconde partie) ;

– soit le stress (dont nous reparlerons ultérieurement). Le gérer grâce à une méthode de relaxation peut être nécessaire afin d'obtenir un amaigrissement correct ;

– soit des troubles hormonaux qui apparaissent chez la femme, avant ou au moment de la ménopause, avec ou sans traitement médicamenteux (voir seconde partie) ;

– soit une boulimie relevant d'un traitement comportemental.

Les Indiens d'Arizona et les Aborigènes d'Australie redécouvrent les index glycémiques bas

Avec le New-Deal, le Président Roosevelt ouvrait, en 1945, les réserves d'Indiens des É.-U., leur donnant ainsi accès au mode alimentaire pervers des « Visages pâles ».

Quinze ans après, ce peuple était ravagé par l'obésité et le diabète. Depuis quelques années, on a proposé aux Indiens d'Arizona de « retourner » à leur alimentation d'origine, ce qui a permis d'enrayer complètement ces deux fléaux métaboliques.

On a pu, ainsi, faire la preuve expérimentale du fait qu'avec un apport calorique identique (présence de graisses notamment), seul le choix exclusif de glucides à index glycémique bas expliquait les résultats exceptionnels obtenus.

Le même type d'expérience a été réalisé en Australie, sur des Aborigènes dont l'existence fut sauvée grâce à un retour à leur alimentation traditionnelle.

5

La Méthode

Lorsque l'on regarde à la télévision les publicités pour les produits alimentaires, on est toujours surpris par le contraste existant entre les différents argumentaires, selon qu'il s'agit d'un aliment pour animaux ou d'un aliment pour nous, pauvres humains.

Lorsque le produit concerné est destiné à nos amis les bêtes, le scénario du message publicitaire est assez classique. Entre d'abord en scène un éleveur, car la référence à un professionnel est toujours valorisante. Puis, gros plan sur l'animal, un chien par exemple, courant dans la campagne, afin de souligner sa grande vitalité. Ensuite on ne manque pas d'attirer notre attention sur la beauté du poil et la vivacité du regard, qui dénotent une excellente santé.

Enfin apparaît le vétérinaire qui nous explique que si cet animal est dans cet état exceptionnel, c'est parce que son maître le nourrit avec le produit X, dont lui, le scientifique, a pu vérifier la qualité. Et d'énumérer tous les nutriments indispensables, les protéines, les vitamines, les sels minéraux, les oligo-éléments et les fibres que l'on y a mis.

Si, en revanche, le spot publicitaire vante les mérites d'un produit alimentaire dont le commun des mortels pourrait faire son ordinaire, le scénario est tout autre. L'accent est alors mis presque exclusivement sur le prix, le conditionnement ou encore les possibilités de conservation.

Lorsque le malchanceux cycliste arrive avec du retard et que ses camarades de randonnée, manifestement égoïstes, ont vidé la soupière, on le rassure, car avec le sachet en poudre dont on recommande la marque, il ne faut que quelques secondes pour faire une soupe « commc autrefois ».

Un vrai-faux substitut, dont personne n'aurait l'idée de soupçonner la composition (glutamate de sodium, sucres, amidon modifié, conservateurs...) ni de s'interroger sur l'absence quasi totale de nutriments.

Quand un publicitaire élabore un message, son professionnalisme le conduit invariablement à évoquer des thèmes sensibles, et ainsi à faire référence à des symboles qui comptent dans l'inconscient du public.

Dès lors, pourquoi évoquerait-on le contenu nutritionnel d'un aliment pour en vanter les mérites, si personne n'est sensible à cet argument, et si de surcroît tout le monde s'en moque ?

Depuis près d'un demi-siècle, notre civilisation a progressivement oublié l'importance que le facteur alimentaire pouvait avoir, pas seulement pour notre santé, mais aussi pour notre survie.

Les diététiciens n'ayant mis l'accent que sur l'aspect énergétique des aliments, l'industrie alimentaire a pu se concentrer exclusivement sur des objectifs économiques, ce qui a permis un formidable développement sur le plan technologique.

Les mentalités se sont transformées. L'urbanisation, l'organisation de la société, le travail des femmes et les loisirs ont progressivement modifié le rapport des individus avec la nourriture.

La situation extrême, c'est naturellement le modèle américain qui nous l'offre.

Dans ce pays, l'acte de se nourrir est réduit à la satisfaction d'un besoin physiologique. On mange comme on va aux toilettes, par obligation. Dans ces conditions, on ne voit d'ailleurs pas pourquoi on dépenserait beaucoup et c'est la raison pour laquelle le choix s'effectue d'abord sur le prix. La réponse marketing du fast-food a donc été de proposer un repas pour 99 *cents*. Moins d'un dollar.

Dans le cadre de l'organisation du travail, le déjeuner en Amérique n'est jamais pris en compte. Officiellement, il n'existe pas. C'est pourquoi on mange en marchant dans la rue ou sur un coin de son bureau, tout en continuant à travailler. Dans tous les cas, l'aliment est réduit au simple rôle de coupe-faim. Par conséquent, il doit être bon marché et doit être absorbé le plus rapidement possible.

La France, comme la plupart des pays latins (Italie, Espagne), a Dieu merci une autre conception de la nourriture. Pour le Français de souche, l'aliment appartient à une autre symbolique. Se nourrir fait partie du rituel de la vie. Même si cela représente un moyen de survivre, c'est surtout une occasion de se faire plaisir, car manger s'inscrit dans une démarche hédonique.

La tradition culinaire et même gastronomique ne relève pas simplement du folklore, elle est une donnée fondamentale de la culture de notre pays. Elle constitue un art, avec ses nuances, ses particularismes et ses spécificités géographiques. La cuisine et les produits du terroir font partie du patrimoine dont chaque Français authentique assure inconsciemment la transmission.

L'heure du déjeuner est donc sacrée et on lui réserve le temps nécessaire. En province, les bureaux, les magasins et les administrations ferment leur porte ; la plupart des gens rentrent chez eux pour rejoindre leur famille. Les autres se retrouvent dans les cafétérias ou les cantines. Le repas est un acte important de la vie, il est structuré comme une véritable institution.

L'art de vivre passe immanquablement par l'art de la table. C'est pour cela que l'on y passe du temps et que l'on n'hésite pas à dépenser de l'argent pour lui.

Le paradoxe français

Le 17 novembre 1991, la plus célèbre émission de télévision américaine, « 60 Minutes », consacrait vingt minutes à un reportage intitulé « The French paradox ».

On y révélait que les Français qui passent une grande partie de leur temps à table, qui mangent 30 % de graisses de plus que les Américains, qui ne font pas d'exercice et qui boivent dix fois plus de vin sont en fait dans une bien meilleure situation de santé que les Américains.

Leur courbe de poids moyen est la plus faible de toutes celles des pays occidentaux et leur taux de risque de mortalité par maladies cardio-vasculaires est le plus bas du monde, après le Japon.

L'émission de CBS faisait en réalité état d'observations rassemblées par l'Organisation mondiale de la santé, dans le cadre d'une étude dénommée « Monica ».

Comment les Français parviennent-ils à diviser par trois les risques cardio-vasculaires, par rapport aux Américains, alors qu'ils font le contraire de ce qui est partout recommandé en Amérique, en termes de prévention ?

Les scientifiques, médusés, devaient reconnaître qu'ils avaient trouvé plusieurs explications :

– les Français prennent le temps de manger ;
– ils font trois repas par jour ;
– ils font des repas structurés (trois plats), dont la composition est variée ;
– ils mangent plus de légumes et de fruits, donc davantage de fibres et de vitamines ;
– ils mangent de bonnes graisses (huile d'olive, tournesol, graisse d'oie, de canard et de poissons) ;
– ils boivent du vin, rouge en particulier, et ceci de manière régulière.

Depuis le lancement du concept de « Paradoxe français », qui a entraîné une augmentation de la consommation de vin et de foie gras aux États-Unis, les études ont été affinées. Elles révèlent, aujourd'hui, que le mode alimentaire idéal, qui devrait être pris comme modèle, est celui qui fut de tout temps en vigueur sur le pourtour méditerranéen et dont la plus grande partie du sud de la France s'est toujours inspirée.

Est-ce à dire qu'à travers ces observations internationales, nous devrions nous contenter de faire « cocorico » sans rien changer à nos habitudes alimentaires ?

La situation française est certes plutôt satisfaisante, si on la compare à celle des Américains qui, elle, est dramatique.

Mais cela ne veut pas dire pour autant qu'elle ne se soit pas considérablement dégradée depuis quelque temps.

Les statistiques nous montrent en effet que le poids moyen des adolescents a très sensiblement augmenté ces dernières années (+ 15 % environ depuis vingt ans).

Par ailleurs, *Le Quotidien du Médecin* faisait état, en 1992, d'une enquête effectuée auprès des jeunes recrues de l'armée. Elle révélait que 25 % d'entre elles avaient désormais un taux de cholestérol trop élevé, alors qu'elles n'étaient que 5 % il y a vingt ans.

Le paradoxe français ne se vérifierait donc plus pour la génération montante. Et pour cause : c'est la seule qui ait pour l'instant renié ses origines et changé complètement ses habitudes alimentaires, adoptant sans réserve, sous la pression des messages publicitaires, le modèle alimentaire nord-américain, dont le Coca et le hamburger sont les deux fleurons.

Chez les adultes, les habitudes alimentaires classiques résistent mieux car elles prennent leurs racines dans les traditions. Elles connaissent cependant une lente et incontestable dégradation du fait de la modification du style de vie, de l'hyperstandardisation de l'industrie agro-alimentaire et de l'impact des messages publicitaires.

Or, lorsque nous analysons les composantes de ce mode alimentaire moderne, on remarque qu'il est de même nature que son cousin d'Amérique : c'est-à-dire hyperglycémiant. Les aliments qui dominent désormais les repas de nos contemporains sont principalement :

– **les farines blanches,** dans toutes leurs déclinaisons (pain blanc, viennoiseries, sandwichs, hot dogs, pizzas, biscuits, gâteaux, crackers, pâtes blanches, céréales raffinées...) ;

– **le sucre,** dans les substituts de jus de fruits et autres Coca, mais aussi dans les friandises diverses et notamment dans les barres « coupe-faim » (Mars, Lion, Kinder...) ;

– **les pommes de terre,** principalement dans leurs formes les plus perverses : les frites, les chips ou le gratin dauphinois ;

– **le riz blanc occidental** qui entraîne une glycémie d'autant plus forte qu'il est cuit à grande eau, laquelle est soigneusement jetée ensuite[1].

Autrefois, on mangeait les légumes du jardin, ne serait-ce que dans la soupe. Ainsi la consommation correspondante de fibres était en moyenne de 30 g par jour et par personne. Aujourd'hui, elle est de 17 g, alors que la consommation journalière de fibres devrait être au moins de 30 à 40 g.

Ceci dit, venons-en au fait. La méthode Montignac, comme nous allons le voir, permet de réaliser une bonne gestion de son équilibre pondéral. Elle n'est cependant pas uniquement centrée sur l'amaigrissement, et se propose d'autres objectifs :

– assurer une prévention cardio-vasculaire efficace ;
– redonner une vitalité maximale ;
– réintégrer l'alimentation dans un contexte qu'elle n'aurait jamais dû quitter, c'est-à-dire convivial et gastronomique. Manger doit d'abord rester un plaisir qui se partage !

La méthode que je vous propose est simple. Elle va consister d'abord à recentrer vos habitudes alimentaires par rapport au concept général des index glycémiques.

Nous avons bien compris, dans le chapitre précédent, que si l'on a tendance à grossir, c'est parce que notre pancréas est en mauvais état et qu'il sécrète une quantité excessive d'insuline.

Toute la stratégie alimentaire que nous allons mettre en œuvre va donc consister d'une part à éviter les aliments à index glycémique élevé et d'autre part à privilégier tous ceux dont l'index glycémique est bas, ainsi qu'à bien choisir ses graisses.

Une fois de plus, je mets en garde les lectrices : il est absolument indispensable de lire et de comprendre les

1. La cuisson du riz dans l'eau a pour effet de dissoudre les fibres solubles du riz. Jeter l'eau de cuisson, comme on le fait dans les pays occidentaux, revient à se débarrasser des fibres et donc à augmenter son index glycémique. C'est pourquoi les Asiatiques, dans leur grande sagesse, cuisent le riz dans une quantité d'eau réduite de manière à ne pas avoir à en jeter et ainsi à conserver toutes les fibres.

chapitres précédents pour mettre à profit les principes de la Méthode.

Bon nombre d'entre vous ont vu leur silhouette se déformer à cause du suivi de régimes hypocaloriques qui étaient forcément restrictifs et limités dans le temps.

Avec un régime hypocalorique, on reprend tous les kilos perdus dès que l'on recommence à manger comme avant, on en reprend même plus, comme nous l'avons vu, en raison des frustrations que l'on a fait subir à son organisme.

Avec la méthode que je propose, il ne s'agit pas d'adopter pendant une courte période un mode alimentaire marginal, pour revenir ensuite à ses anciennes habitudes.

Dans la mesure où il n'y a pas de restriction en termes de quantité, nous allons être amenés à adopter de nouveaux principes, dont nous conserverons de nombreux aspects pour toujours.

Les kilos superflus que vous déplorez viennent de vos mauvaises habitudes alimentaires, et notamment du fait que vous consommez trop de mauvais glucides et de mauvaises graisses. Le nouveau mode alimentaire que vous adopterez sera forcément plus varié, plus harmonieux et surtout plus équilibré. Il n'y aura donc aucune raison, quand vous aurez obtenu les résultats escomptés, de revenir à l'alimentation désordonnée et perverse que vous aviez auparavant.

Le fait de passer des aliments de la colonne de gauche à ceux de la colonne de droite du tableau des index glycémiques devrait être suffisant pour obtenir une perte de poids substantielle. Dans ce cas, il faudra du temps, probablement plusieurs mois. Pour aller plus vite et surtout pour permettre au pancréas de se « refaire une santé », des mesures plus sélectives pourront être prises dans un premier temps. La méthode va donc se décliner en deux phases :

– la phase I qui est la période de perte de poids rapide et de renouveau en termes de vitalité ;

– la phase II qui est la période de croisière que l'on prolongera indéfiniment.

La phase I

Elle durera selon les individus et les objectifs d'un à plusieurs mois. C'est le temps nécessaire pour changer ses habitudes alimentaires, abandonner les mauvaises et adopter les bonnes (choix des « bons » glucides et des « bonnes » graisses). L'organisme va en quelque sorte se « désintoxiquer » et certaines fonctions métaboliques (sécrétion pancréatique) ne seront que peu sollicitées dans un but de normalisation.

Cette phase est facile à supporter car elle ne comporte aucune restriction en termes de quantité. Pour les « abonnés » aux régimes basses calories, ce sera même une joie car ils vont pouvoir enfin maigrir tout en se remettant à manger.

La PHASE I est en revanche sélective en ce sens que certains aliments seront exclus (mauvais glucides) ou consommés d'une certaine manière à un moment particulier de la journée.

Cette phase est facile à mettre en œuvre y compris et surtout si l'on prend ses repas à l'extérieur.

Ces derniers seront variés et l'alimentation sera équilibrée, riche en protéines, fibres, vitamines, sels minéraux et oligo-éléments. D'une manière générale, la PHASE I ne provoque aucune frustration, car l'individu qui mange à sa faim évite le risque de crise boulimique compensatrice. Il est heureux de constater, tous les jours, les bienfaits de son nouveau mode alimentaire.

Mais avant de rentrer dans le détail de cette PHASE I, il importe de passer en revue quelques points généraux ; lesquels n'en sont pas moins fondamentaux.

Trois repas par jour

La règle qui consiste à respecter les trois repas par jour pourrait paraître trop simple pour être mentionnée. Elle est pourtant de la plus grande importance. Elle implique en tout cas qu'il ne faut jamais sauter de repas et éviter naturellement le grignotage à l'américaine.

Ce sont généralement ceux qui ont peur de grossir qui s'aventurent à sauter des repas et notamment celui de midi.

« *Tu viens déjeuner ?* dit une secrétaire à sa collègue de bureau.

– *Non,* répond cette dernière, *ce soir je dîne chez des amis, alors tu comprends, je fais de la prévention, because ma ligne...* »

Voilà l'illustration d'une erreur colossale, journellement commise. Souvenez-vous de ce que nous avons vu dans le chapitre concernant les régimes hypocaloriques : le meilleur moyen de grossir, c'est de se priver de manger !

Si vous sautez un repas, votre organisme est en état de manque, il s'affole, se trouve donc sur la défensive au repas suivant et en profite délibérément pour faire des réserves. Ces réserves sont d'ailleurs d'autant plus substantielles que le repas est généreux.

La hiérarchie des trois repas

Lorsque l'on se lève le matin, l'estomac est théoriquement vide depuis au moins huit ou neuf heures.

Le petit déjeuner, premier repas de la journée, devrait donc être le plus copieux. C'est bien ce qu'il était autrefois. Aujourd'hui, c'est celui qui est le plus négligé. Pour beaucoup il se résume même à une simple tasse de café ou de thé, bue à jeun sans le moindre apport d'aliment solide.

Cette pratique est naturellement catastrophique sur le plan du métabolisme. D'aucuns objectent : « *Mais le matin, en dehors du fait que nous n'avons pas le temps, le vrai problème, c'est que nous n'avons pas faim.* »

La réponse est simple ! Si vous n'avez pas faim le matin, c'est que vous mangez trop le soir. C'est un peu le cercle vicieux.

Il faut donc « réamorcer la pompe » en quelque sorte, en allégeant considérablement (ou à la rigueur en supprimant) un jour, le repas du soir (au risque de paraître contradictoire avec ce qui a été dit au paragraphe précédent, mais le problème est différent).

Le déjeuner doit être normal, ou tout au moins suffisamment copieux pour permettre de prendre un bon relais par rapport au petit déjeuner.

Quant au dîner, il devrait être le plus léger possible. Et en tout cas le plus éloigné de l'heure du coucher. Car la nuit, l'organisme reconstitue ses réserves. Disons plus simplement qu'un même aliment mangé le soir sera plus « grossissant » que s'il l'avait été le matin ou à midi.

Nous reviendrons successivement sur ces trois étapes nutritionnelles de la journée, en précisant chaque fois ce qu'il convient de faire dans l'idéal, ou d'éviter.

Vous avez compris que, malheureusement, la plupart de nos contemporains font exactement le contraire.

Les conditions de la vie moderne nous ont, en réalité, conduits à hiérarchiser nos trois repas de façon inverse à ce qu'il convient de faire :

– le petit déjeuner est nul, voire le plus léger possible ;
– le déjeuner est normal, voire très souvent léger ;
– le dîner est toujours trop important.

Les arguments généralement invoqués pour excuser cette regrettable pratique sont que :

– le matin, on n'a pas faim et on n'a pas le temps (déjà vu) ;
– à midi, la priorité, c'est le travail, sauf repas professionnel ;
– le soir, c'est le seul moment de détente où toute la famille se trouve réunie, et l'occasion de se mettre à table devant de bonnes choses est d'autant plus appréciée que l'on a faim.

Une journaliste de la télévision, à qui l'on demandait un jour comment elle avait fait pour accepter d'animer les émissions du petit matin, ce qui impliquait qu'elle se lève à quatre heures, répondit : « *J'ai dû simplement changer mes habitudes !* » C'est la seule chose, vous ai-je dit, que je vous inviterai à faire.

Des milliers de personnes comme vous l'ont déjà fait, il n'y a donc pas de raison pour que vous n'y parveniez pas vous-même. Vous y arriverez de toute manière si vous le désirez vraiment. Votre réussite sera en tout cas à la mesure de votre détermination.

Le petit déjeuner

Comme nous l'avons précisé, il doit être copieux. Étant donné qu'il est la première étape de ce que sera votre nouvelle vitalité, il convient donc de lui consacrer le temps nécessaire.

Levez-vous un quart d'heure ou vingt minutes plus tôt. Ce sera d'autant plus facile que votre sommeil aura été très sensiblement amélioré par la mise en pratique de l'ensemble de nos recommandations, et notamment celles concernant l'organisation du repas du soir.

1) D'abord les vitamines

Comme le quota de vitamines est, pour beaucoup d'entre vous, très proche de la cote d'alerte et pour les autres, seulement un vieux souvenir, il va vous falloir reconstituer les stocks.

Il faut savoir que l'absence ou tout au moins l'insuffisance de vitamines a une responsabilité importante dans la fatigue. C'est principalement le cas des vitamines du groupe B et de la vitamine C. Certains pourraient penser qu'il suffit donc d'aller les chercher là où elles sont, c'est-à-dire dans les pharmacies.

Si cela est nécessaire, nous le ferons, mais seulement s'il n'existe pas de solution naturelle et ce, pour différentes raisons.

D'abord, pour une raison de principe. Si nous nous contentons d'accepter l'idée selon laquelle l'alimentation moderne est dépourvue de nutriments essentiels et qu'il suffit, pour rétablir la balance, de recourir aux produits de synthèse de l'industrie pharmaceutique, nous ne contribuerons pas à résoudre le problème dramatique de notre époque, où l'industrie agro-alimentaire ne se soucie absolument plus du contenu nutritionnel de ses productions.

Si demain l'air est pollué au point qu'il devient irrespirable, il sera probablement plus simple de conseiller à chacun de porter un masque ou encore de l'inviter à acheter régulièrement des doses d'oxygène, comme cela se fait déjà au Japon.

Il serait pourtant plus simple de supprimer la pollution, mais d'une part cela ferait un peu trop « écolo », et d'autre part, de nombreux marchés potentiels pourraient ainsi stupidement échapper aux plus malins. Ce serait en effet dommage.

Enfin, quel qu'en soit le dosage, les vitamines de synthèse sont moins bien assimilées que les vitamines à l'état naturel dans un aliment. Parce qu'il y a dans les produits naturels d'autres substances que l'on connaît mal et qui ont pour effet de potentialiser leur absorption.

Pour avoir sa dose journalière de vitamine B, il suffit de consommer de la levure de bière sèche qui est un produit tout à fait naturel. On en trouve un peu partout (grandes surfaces, pharmacies), ou dans les boutiques spécialisées[1]. Il faudra donc faire une cure de cette levure pendant au moins toute la PHASE I, puis un mois sur deux.

Non seulement, comme nous l'avons déjà dit, cette dose importante de vitamine B devrait contribuer à diminuer la fatigue, mais on devrait constater très rapidement des résultats au niveau de la dureté des ongles et de la beauté des cheveux. De plus, elle contient du chrome qui contribue à corriger l'hyperinsulinisme.

2) Fruits et vitamine C

C'est par l'ingestion d'un jus de fruits frais (citron, pamplemousse, ou encore orange) que l'on pourra commencer le petit déjeuner. On pourra encore prendre un fruit, le

1. Boutiques spécialisées Montignac. Demander les coordonnées en vous adressant à Fromentel, BP 131, 93352 Le Bourget Cedex. Tél. : 16 (1) 48 37 18 97.

kiwi étant le plus indiqué, car il contient cinq fois plus de vitamine C que l'orange, dans un volume plus réduit.

Si le fruit est pressé, il est impératif de le boire aussitôt, car tout retard entraîne une déperdition considérable des vitamines. Boire un jus de fruits du commerce est une bêtise, même s'il est « pur fruit », car il y a longtemps qu'il ne contient plus, ou presque, aucune vitamine.

Par ailleurs, il est important de noter que, quel que soit le fruit choisi pour le petit déjeuner, il est impératif de l'ingérer avant toute autre chose, c'est-à-dire quand on est à jeun.

Le fruit, contrairement aux traditions, ne doit jamais être consommé en fin de repas, car c'est un aliment dont le processus digestif est très court (de l'ordre d'un quart d'heure). Lorsque l'on mange un fruit, il passe dans l'estomac mais n'y séjourne pas, car il n'a rien à y faire. Il arrive ainsi rapidement dans l'intestin grêle où il est digéré et absorbé. Si un fruit est mangé en fin de repas, il arrive dans un estomac où le pylore est fermé à la suite de l'ingestion d'aliments (viande, poisson, graisses...), dont la digestion nécessite deux à trois heures.

Le fruit sera ainsi fait prisonnier dans un milieu chaud et humide qui le conduira à fermenter, perturbant le processus digestif des autres aliments et perdant du même coup l'essentiel de ses vitamines.

C'est pourquoi, en dehors du fait qu'il faut perdre l'habitude de manger les fruits à la fin des repas, il est nécessaire de commencer par eux en ce qui concerne le petit déjeuner.

Notre recommandation est même d'attendre un quart d'heure à vingt minutes après l'ingestion du fruit, de manière à permettre à ce dernier de parvenir dans l'intestin grêle et ainsi de ne pas risquer d'être bloqué dans l'estomac par l'ingestion d'un autre aliment.

En ce qui concerne les fruits cuits, la restriction n'est pas tout à fait la même, car ils ne risquent pas de fermenter. Nous serons amenés à avoir à leur égard une plus grande tolérance, notamment en ce qui concerne la marmelade sans sucre, d'autant qu'elle est moins riche en vitamine C.

Les différentes formules de petits déjeuners

L'objectif principal de la PHASE I est évidemment de perdre les kilos que l'on a en trop. Mais l'un des autres buts poursuivis, c'est aussi et surtout de donner au pancréas les chances de retrouver un fonctionnement correct. Comme nous l'avons vu dans les chapitres précédents, il a été en effet anormalement sollicité au niveau de sa production d'insuline par la consommation excessive d'aliments hyperglycémiants.

On a pu démontrer qu'un petit déjeuner composé de pain blanc, de sucre, de miel ou de confiture était à l'origine des baisses de forme (coups de pompe) constatées en fin de matinée. Ce pauvre pancréas, qui a été maltraité pendant de si longues années, a besoin en quelque sorte de se refaire une santé pour perdre cette hypersensibilité, responsable de ses tendances hyperinsuliniques. On va donc moins le solliciter pendant quelque temps, pour lui faire retrouver un fonctionnement normal. Toutes les formules de petit déjeuner que nous proposerons vont ainsi respecter ce principe.

1) Le petit déjeuner glucidique

Il doit être privilégié le plus souvent possible et notamment quand on est chez soi. Il sera composé sans restriction, en termes de quantité, au choix ou en totalité de:

Bons glucides:
- pain intégral;
- céréales complètes sans sucre;
- marmelade de fruits sans sucre.

Laitages:
- fromage blanc à 0% de matières grasses ou yaourt maigre.

Boissons:
- lait écrémé;
- café décaféiné;
- thé léger;
- chicorée;
- jus de soja.

De ce petit déjeuner, toutes les formes de graisses (beurre, margarine) ou de laitages entiers seront exclues.

a. Les bons glucides

Le pain intégral

Comme nous allons vous déconseiller la consommation de pain (sauf exception) au cours des deux autres repas, il est préférable, pour un bon équilibre alimentaire, d'en manger sans restriction au cours du petit déjeuner.

Du pain certes, mais pas n'importe lequel. D'abord il faut du pain intégral, c'est-à-dire fabriqué avec l'intégralité des composants du grain de blé. À ne pas confondre avec le pain complet, dont l'appellation est ambiguë, puisque la farine avec laquelle il est fabriqué n'est pas aussi « complète » qu'on le prétend. Elle comporte bien la plus grande partie des composants du grain de blé, mais une certaine quantité d'entre eux a malgré tout été éliminée et il est difficile de savoir dans quelle proportion.

Certains boulangers ajoutent même de la farine blanche dans leur pain complet, soit pour lui donner bonne figure, soit pour en faciliter la fabrication. Ainsi, on a du mal à trouver un vrai pain complet, fait exclusivement avec de la farine complète.

Quant au pain de son, c'est simplement un pain à base de farine blanche dans laquelle le boulanger ajoute du son[1].

Dans quelle proportion ? Le problème est bien là, car le professionnel est tenté de ne pas en mettre beaucoup. Non pas que cela coûte cher, mais le mélange devient ensuite beaucoup plus difficile à travailler. Un pain de son qui contient au moins 20 % de cette substance peut à la rigueur convenir, mais s'il a bien les fibres pour faire baisser la glycémie, il lui manquera toujours l'intégralité des vitamines et des sels minéraux.

1. Précisons ici que le son doit impérativement être d'origine biologique, ce qui est rarement le cas chez votre boulanger. Le son ordinaire est en effet un concentré de pesticides, d'insecticides et d'herbicides.

Si vous ne trouvez pas de vrai pain intégral chez votre boulanger, ce qui ne serait pas surprenant parce qu'il est encore rare, le mieux est de l'acheter par correspondance. Il est vendu grillé, ce qui permet une conservation de plusieurs mois. Son prix, très au-dessous de la moyenne, est d'autant plus compétitif que ce pain est fait au levain, avec des farines biologiques[1].

Que va-t-on mettre sur ce pain intégral ?

Plusieurs options sont possibles en fonction des goûts. On pourra y mettre du fromage blanc à 0 % de matières grasses, ou encore de la marmelade sans sucre, ou bien un mélange des deux.

La marmelade sans sucre n'a rien à voir avec la confiture allégée en sucre, dont il faut se méfier, puisque dans le meilleur des cas, elle n'est allégée que de 10 à 15 % de sucre. C'est-à-dire qu'au lieu d'en avoir 55 %, elle n'en a que 45 %.

La marmelade sans sucre, quant à elle, contient 100 % de fruits (cuits naturellement dans du jus de fruits), 0 % de sucre et de la pectine (fibre soluble). Vous pourrez aussi l'acheter par correspondance ou dans des magasins spécialisés.

Mais attention, si l'on choisit l'option du fromage blanc (avec ou sans marmelade), il est impératif que ce fromage soit à 0 % de matières grasses.

Les céréales

Dans le langage courant, les céréales du petit déjeuner, notamment celles que l'on donne aux enfants, sont surtout composées de pétales de maïs, de corn-flakes et de riz soufflé.

Si d'aventure, on avait oublié leur noble origine américaine, rappelons que ces produits sont abondamment sucrés, caramélisés, quand on n'y a pas ajouté du miel, ou encore du chocolat. Le tout est naturellement à proscrire en cette phase d'amaigrissement.

1. Vous pourrez obtenir la liste des boutiques distribuant les produits Montignac, ainsi que celle des fabricants de pain grillé intégral en vous adressant au service consommateur de New-Diet, B.P. 250, 92602 Asnières Cedex. Tél. : (1) 47 93 59 59.

Les céréales que nous recommandons, qui se présentent en flocons, sont naturellement des céréales complètes, issues de culture biologique. Elles ne comportent aucune adjonction de sucre, ou autre caramel.

Les mueslis, qui contiennent des noix, noisettes, amandes et raisins secs, peuvent aussi convenir, si vous n'avez que quelques kilos à perdre. Pour ceux qui en ont beaucoup (plus de dix), il est préférable d'attendre la PHASE II et de mettre toutes les chances de son côté pour s'en débarrasser au plus vite.

Flocons de céréales et mueslis peuvent être mélangés avec du fromage blanc à 0 % de matières grasses ou encore avec un yaourt et même avec du lait chaud ou froid (écrémé bien sûr).

Pour être digestes, les flocons de céréales devront être mastiqués lentement et bien imprégnés de salive. L'idéal est naturellement de fabriquer ces bouillies de céréales avec un appareil adéquat. C'est en effet lorsque la graine est fraîchement écrasée ou moulue que l'on peut en tirer le maximum de vitamines.

Un petit déjeuner tout fruits est également possible, par exemple si vous êtes en vacances dans un pays exotique. Mais ajoutez au moins un laitage écrémé pour avoir un apport de protéines et de calcium suffisant.

b. Les boissons

De la même manière qu'il faut manger au petit déjeuner, il est important de boire beaucoup. Il faut en effet réhydrater au maximum l'organisme au réveil.

Le café

En ce qui le concerne, il est préférable de se déshabituer (tout au moins en PHASE I) de la caféine, car chez certaines personnes sensibles, elle a pour effet de stimuler la sécrétion d'insuline lorsque le pancréas est en mauvais état. Certains auteurs lui attribuent néanmoins la propriété d'aider à faire fondre les graisses.

On a dit beaucoup de choses à propos du café et parfois des choses contradictoires... Profitons de l'occasion pour faire le point sur certains de ses aspects.

Il est vrai qu'autrefois le procédé industriel de décaféinisation était plus toxique que la caféine. Cela n'est plus le cas aujourd'hui. On peut donc boire, mais raisonnablement, du café décaféiné d'autant plus qu'il est devenu très bon, tout au moins en France où on le trouve désormais au percolateur dans les bars. Ce que l'on peut recommander pour le petit déjeuner, c'est soit du décaféiné, soit, et c'est de loin préférable, un mélange décaféiné-chicorée. Si l'on aime le café au lait et si on le supporte bien, il n'y a pas de raison de s'en priver.

Dire que c'est un poison est une affirmation gratuite, ce qui ne signifie pas pour autant que pour certaines personnes cela ne soit pas déconseillé. Tout est question de sensibilité individuelle. C'est parfois une déficience enzymatique qui est à l'origine d'une mauvaise digestion du lait, et de surcroît dans le mélange café/lait, où le café a modifié la structure du lait.

Le thé

Bien qu'il contienne un peu de caféine, on peut le prendre tel quel, à la condition qu'il ne soit pas trop infusé.

Le thé a des vertus diurétiques intéressantes et certains Asiatiques affirment aussi que quelques thés chinois contribuent à l'amaigrissement, mais cela n'a pas été scientifiquement prouvé.

Le lait

Il vaudra mieux le choisir écrémé, car le lait entier n'est pas très digeste pour un adulte et, en outre, il est trop riche en graisses saturées nocives.

Il sera par ailleurs préférable de le choisir en poudre, car on pourra obtenir une plus grande onctuosité lors de sa reconstitution en ajoutant un moindre volume d'eau.

c. Les édulcorants

Il est bien clair que le sucre blanc raffiné doit être banni à jamais, surtout au petit déjeuner.

Mais, derrière le sucre, il y a le goût sucré, et c'est précisément de lui qu'il va falloir progressivement se déshabituer.

Il convient donc, sinon de se désintoxiquer, du moins de se désaccoutumer du sucre, en prenant l'habitude de moins sucrer. Quelqu'un a dit un jour : *« Le sucre, c'est ce qui donne mauvais goût au café quand il n'y en a pas. »*

Pourtant, tous ceux qui ont abandonné le sucre dans leur café ne reviendraient pour rien au monde en arrière.

Pour diminuer sa consommation de sucre, on va pouvoir utiliser des édulcorants de synthèse comme l'aspartame. Beaucoup de choses ont été dites sur l'aspartame et il y a, à son sujet, une large controverse.

L'enjeu économique de ce produit étant considérable, ses détracteurs (les sucriers) comme ses partisans (les laboratoires qui le fabriquent) ont rivalisé d'études pour tenter de démontrer sa nocivité, ou au contraire son inocuité. L'aspartame en sort plutôt vainqueur.

Même s'il s'est avéré qu'il n'est pas toxique, rien ne prouve qu'il ne le devienne pas après une consommation prolongée sur de nombreuses années. C'est en fait le même problème qu'avec tous les additifs chimiques de l'alimentation. Qui peut dire quels seront leurs effets à long terme sur l'organisme ?

Notre recommandation sera donc d'en user (si nécessaire) avec une grande parcimonie. Il devrait seulement servir à traverser cette étape de transition et progressivement être, sinon abandonné, du moins utilisé très épisodiquement.

De récentes études, françaises et américaines, tendent à montrer que si l'aspartame n'est pas toxique par lui-même, il aurait cependant tendance, à terme, à déstabiliser le métabolisme, en perturbant la glycémie au repas suivant.

Pris lors d'un repas, il ne modifierait pas la glycémie, n'entraînant pas de risque de sécrétion d'insuline. En revanche, si le repas suivant contenait des glucides, la courbe de glycémie risquerait d'augmenter anormalement, même avec un glucide à index glycémique bas.

En PHASE I, le risque sera quelque peu limité dans la mesure où les repas sont soit protido-lipidiques, soit protido-glucidiques.

En PHASE II, le danger sera peut-être plus grand, mais nous y reviendrons. Voilà une raison supplémentaire de profiter de la PHASE I pour se débarrasser du goût sucré. Quant au fructose, dont les mérites ont été vantés, à la fois parce qu'il n'est pas carcinogène et que son index glycémique est bas, il est surtout recommandé pour la fabrication des desserts. On l'a cependant accusé de favoriser l'augmentation du taux des triglycérides. En réalité, cela n'est le cas que chez ceux qui ont un sérieux problème dans ce domaine et qui dépasseraient une consommation de plus de 100 g par jour, ce qui est énorme.

Le suivi des principes de la Méthode (comme nous le verrons ultérieurement) ayant pour conséquence de faire baisser les triglycérides d'une manière très substantielle, on pourra l'utiliser raisonnablement dans la confection des pâtisseries.

Petit déjeuner glucidique

RECOMMANDÉ	TOLÉRÉ	INTERDIT
Jus de fruits frais Un fruit (à manger 15 mn avant) Pain intégral Céréales brutes sans sucre Marmelade sans sucre Fromage blanc à 0 % Yaourt à 0 % Lait écrémé en poudre Café décaféiné Chicorée	Pain complet Pain au son Muesli Wasa fibres Pain noir allemand Pain grillé suédois Complet sans sucre Compote sans sucre Lait écrémé liquide Thé Café + chicorée	Pain blanc Biscottes Croissant Brioche Pain au lait Pain au chocolat Madeleines Confiture Miel Fromage blanc entier Yaourt entier Lait entier ou 1/2 écrémé Café normal Chocolat

2) Le petit déjeuner protido-lipidique salé

Autre variante du petit déjeuner, la formule qui consiste à manger de la viande, de la charcuterie, des œufs, du fromage, etc. C'est en quelque sorte le petit déjeuner anglo-saxon avec cependant une différence importante : il exclut totalement la présence de glucides, y compris les bons (pas de pain).

Petit déjeuner protido-lipidique

RECOMMANDÉ	TOLÉRÉ	INTERDIT
Œufs brouillés Œufs durs Œufs au plat Omelette Bacon Saucisses (chipolatas) Jambon de pays Jambon blanc Fromages	Jus de fruits (à boire 1/4 h avant)	Pain blanc Pain intégral Biscottes Croissant Pain au lait Pain au chocolat Madeleines Confiture Miel Céréales
Lait écrémé ou 1/2 écrémé Café décaféiné Chicorée	Lait entier Café + chicorée Thé	Café normal Chocolat Fruits

Autre réserve : ce petit déjeuner comportant une quantité notable de graisses saturées, il est impératif que ceux qui souffrent d'hypercholestérolémie l'excluent d'office.

Si on l'a adopté, il est préférable de faire un dîner sans lipides, centré sur les bons glucides et de prendre les fruits au goûter.

C'est en fait le type de petit déjeuner que l'on peut le plus facilement obtenir quand on est à l'hôtel, car le traditionnel buffet du matin offre généralement une large palette de possibilités. En ce qui concerne les boissons, les recommandations faites pour la formule glucidique sont exactement les mêmes.

Petit déjeuner tout fruits

RECOMMANDÉ	TOLÉRÉ	INTERDIT
Orange Mandarine Pamplemousse Kiwi Pomme Poire Mangue Fraises Framboises Mûres Figue Abricot Nectarine Prune	Raisin Cerises Noisettes Dattes Fruits secs	Banane Salade de fruits en conserve Fruits confits

Il faut ajouter à ce type de petit déjeuner un laitage écrémé (lait, fromage blanc, yaourt).

Les en-cas

Si vous avez l'habitude de grignoter quelque chose en fin de matinée, c'est probablement que vous faites un peu d'hypoglycémie. La mise en œuvre des recommandations de ce chapitre, qui notamment vous conduiront à adopter un petit déjeuner moins hyperglycémiant, devrait vous permettre rapidement de voir disparaître ce besoin de combler le petit creux de onze heures.

Dans l'hypothèse où vous souhaiteriez cependant continuer à manger quelque chose à l'occasion d'une pause, ce qui peut être une habitude professionnelle, profitez-en pour manger un fruit. Une pomme, par exemple, à moins que vous ne préfériez manger quelques amandes, noix ou noisettes (qui sont très riches en vitamines) ou même du pain intégral.

Vous pouvez aussi vous rabattre sur un morceau de fromage (allégé si possible). Il existe désormais des petits fromages en portions individuelles qui peuvent très facilement se transporter, sans pour autant dégager d'odeurs désagréables. Un œuf dur peut également convenir.

Le déjeuner

Le déjeuner devra lui aussi respecter l'un des objectifs fondamentaux poursuivis dans cette PHASE I, qui est de ne pas trop solliciter le pancréas.

Comme pour le petit déjeuner, il n'est pas limité en quantité. Il devra cependant être suffisant pour procurer un sentiment de satiété.

Il comprendra généralement :

– une entrée ;
– un plat principal accompagné d'un très bon glucide (à index glycémique très bas, comme par exemple des légumes verts) ;
– un fromage ou un yaourt.

Il sera consommé sans pain.

1) L'entrée

Elle pourra être constituée de crudités, de viandes, de poissons, d'œufs, de coquillages ou de crustacés.

a. Les crudités

C'est de loin l'entrée qu'il faut toujours privilégier. Les crudités comportent généralement une quantité importante de fibres, qui assurent une bonne réplétion de l'estomac.

Elles contiennent par ailleurs des sels minéraux et des vitamines, qui seront d'autant mieux assimilés que l'aliment n'est pas cuit. Parmi elles, on peut recommander :

– les tomates ;
– les concombres ;
– le céleri ;
– les champignons ;

- les haricots verts ;
- les poireaux ;
- les cœurs de palmier ;
- le chou (rouge ou blanc) ;
- le chou-fleur ;
- l'avocat ;
- les brocolis ;
- les artichauts ;
- les cornichons ;
- les radis.

Mais aussi toutes les salades :

- la laitue ;
- les endives ;
- la mâche ;
- le pissenlit ;
- la scarole ;
- le cresson.

Les crudités pourront être assaisonnées avec une vinaigrette normale, c'est-à-dire faite à partir de vinaigre, d'huile, de sel et de poivre et éventuellement d'un peu de moutarde.

Dans la mesure du possible, il faudra donner la priorité à l'huile d'olive qui assure une bonne prévention des maladies cardio-vasculaires.

Le céleri pourra être préparé en rémoulade, c'est-à-dire avec une sauce mayonnaise. De la même façon, on pourra ajouter au concombre soit un peu de crème fraîche allégée, soit, ce qui est de loin préférable, du fromage blanc à 0 % de matières grasses.

Naturellement, il faudra bannir les mayonnaises et les vinaigrettes toutes faites, qui comportent du sucre et d'autres additifs indésirables, comme l'amidon et diverses farines suspectes.

Parmi les crudités, il en est que l'on rencontre souvent au restaurant ou à la cafétéria et que l'on doit oublier pendant la PHASE I, ce sont :

- les carottes ;
- les pommes de terre ;
- le maïs ;

- le riz;
- le couscous (taboulé);
- les lentilles (seront réintégrées en PHASE II);
- les haricots secs (seront réintégrés en PHASE II).

Pourront être acceptés dans les salades: les noix, les noisettes et les pignons de pin.

Devront être en revanche refusés catégoriquement: les croûtons.

b. Les poissons

Usez et abusez du poisson chaque fois que l'occasion vous en sera donnée. Vous avez compris que plus le poisson était gras (sardine, hareng, maquereau, saumon sauvage), plus il contribuait à faire baisser le cholestérol, les triglycérides et à protéger les artères.

Ne vous privez donc pas de saumon, notamment celui qui est mariné à l'aneth dans l'huile d'olive (carpaccio). Lorsque vous êtes au restaurant, il constitue l'entrée idéale.

Rappelons, pour mémoire, la plupart des poissons ou crustacés qui peuvent également faire l'objet d'une entrée:

- les sardines (grillées ou à l'huile d'olive si possible);
- les maquereaux;
- les harengs (en évitant naturellement les indésirables pommes de terre);
- les anchois;
- le thon;
- les crevettes;
- les coquilles Saint-Jacques;
- les gambas et les scampis;
- la langouste et le homard;
- le crabe;
- le caviar et tous ses substituts;
- tous les autres coquillages.

Les langoustines et les huîtres, qui contiennent un peu de glucides, devront être évitées en PHASE I, notamment si le nombre de kilos à perdre est important. Elles seront réintégrées en PHASE II sans réserve.

Il est évident que toutes les terrines à base de poisson seront les bienvenues, à condition qu'elles soient « maison », c'est-à-dire qu'elles n'aient pas été fabriquées industriellement, ce qui est malheureusement de plus en plus fréquent.

Quand elles sont fabriquées dans le circuit de l'industrie alimentaire, les terrines, comme les plats tout préparés, contiennent de nombreux additifs : des liants à base de farine, de fécule ou d'amidon, du sucre sous toutes ses formes (sirop de glucose et autres polydextroses) et l'incontournable glutamate qui donne l'exceptionnel goût de « reviens-y ».

Prenez l'habitude de harceler vos fournisseurs pour qu'ils vous donnent la composition de leurs produits. Plus ils prendront conscience du problème et plus ils seront contraints d'y prêter attention.

c. Les charcuteries

Première recommandation en ce qui concerne les charcuteries : mettre la pédale douce et s'armer d'une certaine méfiance. D'abord, parce qu'elles contiennent une quantité importante de graisses saturées (variables selon les morceaux et les modes de fabrication). Ensuite, parce que celles qui se trouvent dans les grands circuits de distribution sont bourrées d'additifs (nitrites). Mais surtout, parce qu'elles sont faites avec des viandes de qualité douteuse ; généralement une viande de porc issue d'élevages concentrationnaires.

Limitez votre consommation, et assurez-vous toujours de la qualité.

Il y a encore quelques années, dans les bonnes familles de tradition française, qui n'avaient pas complètement coupé leurs racines avec leurs origines rurales, « on faisait le cochon ».

Cela consistait le plus souvent à le faire à moitié avec un paysan. On achetait deux petits cochons de lait que l'on donnait au fermier. Ce dernier les nourrissait traditionnellement et quand ils étaient adultes, l'un d'entre eux vous revenait. Restait à faire ce que l'on appelle la fameuse « cuisine du cochon ».

Dans tous les villages de France, vous trouverez en vous renseignant auprès du garde champêtre ou de la bonne du curé (s'il en reste encore un !) l'adresse d'une équipe de spécialistes qui viendra chez vous, ou dans la maison de campagne de vos amis, cuisiner votre cochon et vous concocter boudins, pâtés, rôtis, côtelettes et autres jambons, prêts, pour la plupart, à être mis dans le congélateur de votre appartement.

Ce sera forcément moins cher que si vous l'aviez acheté au rayon charcuterie de votre hypermarché, mais surtout incontestablement meilleur à tout point de vue, notamment pour votre santé et celle des vôtres. Mais cette « cochonnaille-partie » sera surtout une exceptionnelle occasion de renouer avec la nature et de vous ressourcer à vos origines.

d. Les œufs

Les œufs, quand ils sont frais et issus d'un élevage traditionnel, ont un jaune un peu cuivré. Ils présentent alors un intérêt nutritionnel exceptionnel, car on y retrouve de nombreuses vitamines (A, D, K, E, B8, B9 et B12), dont la teneur est naturellement fonction de leur qualité.

Les œufs contiennent certes des graisses saturées, mais elles sont peu assimilées en raison de la présence de lécithine.

Le risque cardio-vasculaire serait donc moindre en cas d'hypercholestérolémie. Les œufs peuvent faire l'objet d'entrées variées : œufs durs, œufs mayonnaise, omelettes, œufs au plat...

e. Les autres entrées possibles

Selon les circonstances et l'imagination de chacun, ou tout au moins du chef cuisinier, plusieurs aliments, appartenant aux catégories citées plus haut, pourront faire l'objet de mélanges harmonieux, ce qui sera le cas de la salade niçoise, ou de l'assiette landaise.

Au restaurant, si vous commandez une entrée comportant une certaine variété d'aliments, faites bien préciser au serveur ou au maître d'hôtel quelle en est la composition exacte. Car si vous n'y prenez garde, vous pouvez vous retrouver avec des carottes, du riz, du maïs ou des croûtons, mélangés au reste.

Faites attention notamment à cette fameuse salade aux lardons, où la présence de ces derniers est devenue de plus en plus symbolique au profit d'indésirables croûtons.

Parmi les autres entrées possibles, citons le fromage, qui est la plupart du temps un crottin de Chavignol chaud sur un lit de salade. Là encore, précisez qu'il est indispensable qu'il vous soit servi sans toast.

En ce qui concerne le foie gras, nous l'avons volontairement exclu de la rubrique charcuterie, car il s'agit d'un mets exceptionnel. Bien que cet aliment ait des vertus nutritionnelles encore méconnues, il fera l'objet d'une toute petite réserve de notre part, en ce qui concerne sa consommation en PHASE I. Il contient en effet une proportion importante de graisses mono-insaturées (acide oléique) qui ont la propriété de protéger le système cardiovasculaire.

Le foie gras est en effet un mélange de glucides (glycogène) et de lipides. C'est pourquoi il n'est pas recommandable en PHASE I, tout au moins à ceux qui ont de nombreux kilos à perdre.

Le toast est dans tous les cas de figure interdit en PHASE I.

f. Les entrées interdites

D'aucuns pourraient penser que tout ce qui n'est pas autorisé est interdit.

C'est faux ! Car il existe une telle variété de produits que nos listes ne pourront jamais être exhaustives. Dans la mesure où vous connaissez les règles de base de notre approche, il vous sera facile de déterminer si tel aliment (exotique par exemple), qui ne figure pas sur la liste, est acceptable ou non. Il suffira dans la plupart des cas de raisonner par analogie.

Il en est de même pour tout ce qu'il est impératif d'exclure de son alimentation. Au stade où vous en êtes, vous êtes forcément capable d'en faire vous-même l'inventaire, ou de découvrir le rare spécimen au détour d'une carte ou dans un coin de votre assiette.

Voici malgré tout une liste de la plupart d'entre eux :

- les bouchées à la reine, vol-au-vent et autres feuilletés ;
- les quiches et les « *pies* » à l'anglaise ;
- les soufflés à base de farine blanche ;
- les pâtes blanches ;
- le riz blanc (particulièrement celui qui est incollable) ;
- la semoule raffinée ;
- tout ce qui est à base de pommes de terre.

2) Le plat de résistance

Le plat de résistance du déjeuner sera toujours composé d'une viande, d'une volaille ou d'un poisson avec, comme accompagnement, les légumes qui figurent dans la liste des très bons glucides, c'est-à-dire ceux dont l'index glycémique est inférieur à 15. Ce seront donc, pour la plupart, des légumes verts comportant une quantité importante de fibres.

a. Les viandes

En dehors du fait qu'il est préférable de prendre du poisson si vous avez le choix, il convient de sélectionner, parmi les viandes, celles qui sont les moins grasses, de manière à limiter au maximum la consommation de graisses saturées.

Le bœuf, le mouton et le porc sont des viandes plutôt grasses (le cheval et le veau le sont moins). Les volailles leur sont donc supérieures sur ce plan. Même les magrets de canard contiennent un taux de graisses saturées très inférieur et une quantité de graisses insaturées (les bonnes) que seules les volailles peuvent se flatter d'avoir.

Naturellement, il faudra se méfier des ragoûts et autres daubes qui, dans de nombreux cas, vous seront servis au milieu d'une sauce « bétonnée » à la farine blanche, ce qui n'est heureusement plus jamais le cas dans les grands restaurants.

Méfiez-vous aussi des escalopes qui sont souvent panées, avec une chapelure indésirable selon nos principes.

Vous pourrez en revanche accepter une béarnaise, à condition qu'elle soit « maison ».

b. Les poissons

Tous, sans exception, pourront être choisis, avec pour seule réserve qu'ils ne devront être ni panés, ni roulés dans la farine, avant leur friture. Comme toujours, si vous êtes au restaurant, posez la question de la cuisson. N'acceptez que du poisson poché ou grillé.

Les sauces devront faire l'objet de la même méfiance que les viandes. La meilleure d'entre elles restera toujours le mélange de jus de citron et d'huile d'olive vierge, toujours très riche en vitamines, comme vous le savez.

Chez soi, le poisson surgelé est la meilleure garantie de fraîcheur. Achetez des filets de colin ou de cabillaud que vous ferez cuire tels quels, soit dans un court-bouillon simplifié fait avec des herbes de Provence (une cuillerée à soupe pour un litre d'eau), soit à feu très doux dans une poêle recouverte, dans laquelle vous aurez mis un filet d'huile d'olive.

c. Les accompagnements

Comme toujours, car cela doit être un réflexe avant de commander un plat au restaurant, vous poserez avec insistance l'éternelle question : « *Que servez-vous avec ?* »

Le garçon vous répondra neuf fois sur dix, persuadé que cela va vous faire plaisir : « *Des frites ou des pommes de terre sautées.* » Si vous demandez alors une autre garniture, il vous répondra invariablement : « *Du riz ou bien des pâtes.* »

J'ai souvent été tenté dans ces cas-là de forcer la porte du cuisinier pour aller lui renverser toutes ses casseroles de mauvais glucides sur la tête, afin de le punir d'être aussi peu créatif.

Si je ne l'ai jamais fait, c'est moins parce que je suis « bien élevé » que parce que je sais que le pauvre n'y est pour rien. *« À quoi bon faire autre chose,* me disent-ils tristement, *à partir du moment où 80 % des clients refusent de sortir des sempiternels pommes de terre, riz et pâtes ? »*

Quelques chefs, parmi les plus grands, s'ingénient même, à l'instar du dernier cuistot de nos cantines scolaires, à nous attirer dans leur sanctuaire après des semaines d'attente, pour nous concocter une petite purée de pommes de terre bien de chez nous. Ils continuent pourtant à garder l'admiration des meilleurs guides gastronomiques.

Comment une star de la cuisine peut-elle manquer à ce point de discernement, alors qu'elle est par définition une exception en termes de créativité ?

Que le fast-food du quartier ou la cantine de l'orphelinat n'aient pas « viré leur patate », on ne peut pas trop leur en vouloir. Mais qu'elle trône au beau milieu des plus grandes cartes gastronomiques, après avoir engraissé les cochons pendant des siècles, c'est franchement se moquer du monde, d'autant plus qu'elle nous est facturée comme s'il s'agissait de truffes.

Les exemples d'incohérence des habitudes alimentaires dans ce domaine ne manquent pas. Lorsque vous allez pour la première fois à la Guadeloupe, vous vous attendez que l'on vous serve ces exceptionnelles variétés de légumes exotiques dont parlent tous les livres de botanique. En fait, il n'en est rien car cette île de rêve, qui pourrait être une véritable oasis et exporter dans le monde entier ses exceptionnels légumes tropicaux, ne produit rien. La base de son alimentation est en fait constituée de riz blanc et de pommes de terre qui sont naturellement importés.

J'ai personnellement eu plus de mal à Pointe-à-Pitre qu'à Paris pour trouver un restaurant qui puisse servir une bonne purée de christophines, un aliment local pourtant exceptionnel.

De la même façon, on peut s'étonner que le riz créole puisse symboliser à ce point la cuisine locale dans ce pays, alors qu'il n'y a jamais été produit mais imposé par les Indiens, venus remplacer les esclaves noirs au moment de leur émancipation.

Lorsque vous êtes dans un restaurant, exigez donc que l'on vous donne autre chose que ce que l'on sert aux autres. En insistant un peu, vous serez même surpris de constater qu'il est toujours possible d'avoir des haricots verts, des épinards, du chou-fleur ou encore des brocolis.

S'il n'y a vraiment rien de tout cela, contentez-vous alors d'une salade et faites honte à votre hôte.

Les légumes que nous pouvons vous recommander en PHASE I sont les suivants :

- courgettes ;
- aubergines ;
- tomates ;
- brocolis ;
- épinards ;
- navets ;
- poivrons ;
- fenouil ;
- céleri ;
- oseille ;
- haricots verts ;
- blettes ;
- champignons ;
- salsifis ;
- chou ;
- chou-fleur ;
- choucroute ;
- choux de Bruxelles.

Mais la liste n'est sûrement pas exhaustive...

3) Fromage ou dessert ?

Dans la PHASE I, il faudra le plus souvent se contenter de fromage. Manger le fromage sans pain, me direz-vous, cela va être difficile.

En fait, c'est aussi simple que de ne pas sucrer son café. Quand on y est arrivé, on se demande comment on a pu faire autrement pendant si longtemps.

Une astuce, qui permet d'y parvenir sans transition, est celle qui consiste à manger le fromage avec la salade.

Autre possibilité pour remplacer le socle que pouvait constituer le pain : utiliser un morceau de fromage dur (hollande par exemple) pour manger un fromage mou (fromage frais).

Pour ceux et surtout celles qui ont vraiment l'intention de perdre du poids, qu'ils sachent qu'il n'est pas recommandé de consommer une quantité importante de fromage blanc, même s'il est à 0 % de matières grasses.

Le fromage blanc contient une quantité non négligeable de glucides (galactose) dans le petit-lait et en consommer beaucoup pourrait relancer en fin de repas une sécrétion plus importante d'insuline qui risquerait de faire stocker les graisses ingérées précédemment.

Une dose de 80 à 100 g devrait donc constituer un maximum. Dans la mesure du possible, il faudra toujours choisir des fromages blancs égouttés en faisselle, en évitant ceux qui sont battus.

Quant aux desserts, sauf exception, vous devrez tirer un trait dessus pendant la PHASE I car il y a peu de possibilité d'en consommer sans sucre et même sans fructose. À la maison, vous pouvez toujours faire des œufs à la neige ou des œufs au lait, au besoin édulcorés à l'aspartame, mais attention à ce que nous avons dit à son propos un peu plus haut.

Le déjeuner « sur le pouce »

Il est possible, pour différentes raisons, que vous n'ayez pas le temps de déjeuner normalement.

Autrefois vous aviez recours au sandwich qui est désormais, tout au moins en PHASE I, interdit de séjour. On verra qu'il pourra éventuellement réapparaître exceptionnellement en PHASE II, à condition qu'il soit composé de pain intégral.

Dans la mesure où nous avons expliqué qu'il était important de ne jamais sauter un repas, il va donc falloir trouver le moyen de vous restaurer un minimum. Plusieurs solutions peuvent être proposées.

1) Manger des fruits

Tous les fruits pourraient convenir, sauf la banane qui est beaucoup trop glucidique (index glycémique de 60).

Mangez par exemple trois ou quatre pommes ou bien alternez avec des oranges.

Vous pouvez aussi manger deux pommes avec 200 g de noix ou encore des noisettes ou des amandes (on en trouve des toutes décortiquées), vous les compléterez avec deux yaourts.

2) Manger du fromage

N'importe quel fromage peut aller, à condition qu'il soit le moins gras possible (sinon vous serez vite écœuré) et que son odeur soit compatible avec le lieu où vous le consommez (votre bureau par exemple).

Un petit pot de 250 g de fromage blanc à 0 % de matières grasses dans lequel vous mettrez quelques framboises, fraises ou encore kiwis peut constituer une variante.

Ce sont en effet les rares fruits, avec peut-être les mûres, qui font exception à la règle que nous avons posée, stipulant que les fruits doivent être mangés à jeun.

Ces quelques fruits ont un risque de fermentation extrêmement faible dans l'estomac. Les manger avec du fromage blanc à 0 % de matières grasses n'est donc pas une hérésie. Nous verrons plus loin qu'ils seront même acceptables à la fin d'un repas normal en PHASE II.

Deux ou trois œufs durs peuvent encore constituer un recours possible. Si l'on peut les alterner avec une petite tomate nature, ce sera moins bourratif.

3) Le pain

Se passer de pain aux deux repas principaux (s'ils contiennent des graisses) est un principe de base qu'il est important de respecter. Peut-être pensez-vous qu'on aurait pu être plus nuancé et n'interdire que le pain blanc.

Soit. Mais comment allez-vous faire pour avoir à votre disposition le pain intégral que vous avez peu de chances de trouver dans les restaurants que vous fréquentez ?

Ensuite, même s'il est intégral, le pain est superflu au cours d'un repas important. Il a l'inconvénient de gonfler dans l'estomac, donnant cette impression de lourdeur qui peut contribuer à amplifier ces somnolences bien connues.

Et puis, dans la PHASE I, le but est de stimuler le moins possible le pancréas. Dans un repas protido-lipidique, la moindre sécrétion d'insuline, même si elle n'est pas suffisante pour constituer des graisses de réserve, pourrait freiner la perte de poids. Vous ne grossiriez pas, mais vous ne maigririez pas non plus...

4) Le vin

Comme le pain, il vous est conseillé, dans la PHASE I de perte de poids, de vous en dispenser complètement, surtout si vous avez de nombreux kilos à perdre.

Si la surcharge pondérale n'est pas trop importante, vous pourrez à l'extrême limite conserver un demi-verre que vous boirez à la fin du repas, notamment avec le fromage.

Nous reviendrons en PHASE II sur la manière dont il doit être bu et sur les mauvaises habitudes dont il faudra se défaire.

Mieux vaut boire de l'eau en PHASE I ou encore du thé. Tous ceux qui ont essayé de boire du thé au cours d'un repas normal, comme le faisaient autrefois les Anglais, en ont découvert non seulement le plaisir, mais aussi les bienfaits. Le thé a en effet des vertus digestives que l'on peut aussi attribuer à toutes les boissons chaudes. C'est pourquoi, si vous préférez boire une tisane (sans sucre) avec votre repas, n'hésitez pas. Aucune n'est contre-indiquée, au contraire, elles sont toutes les bienvenues.

Le dîner

Comme nous avons déjà eu l'occasion de le préciser, le dîner devrait être le repas le plus léger de la journée. Malheureusement, il est souvent l'occasion d'un véritable festin, pris soit chez soi, soit à l'extérieur (sortie, invitation), dans le cadre de relations sociales, amicales ou professionnelles.

À la maison, il sera facile de changer ses habitudes. Le petit déjeuner étant désormais plus copieux et le déjeuner n'étant plus supprimé, le dîner pourra ne plus être aussi pantagruélique qu'il l'était autrefois.

On peut, de toute manière, raisonner selon le même principe que pour le déjeuner, en ce qui concerne sa composition, mais en limitant particulièrement les graisses, les quantités et en évitant la viande si l'on en a déjà pris à midi.

À la maison, on pourra, dans la mesure du possible, essayer de commencer par un bon potage de légumes, comme on les faisait autrefois : poireaux, céleri, navets, chou (pas de pommes de terre !), puis manger une petite omelette avec de la salade.

Mais le dîner sera surtout l'occasion de renouer avec les traditions perdues, en réhabilitant certaines légumineuses que l'on ne consomme plus aujourd'hui, comme les lentilles, les haricots ou les pois.

Il est en effet intéressant de pouvoir faire trois à quatre fois par semaine des dîners protido-glucidiques, c'est-à-dire composés essentiellement de glucides à index glycémique bas et très bas. La seule règle à respecter en PHASE I est de les faire cuire et de les consommer impérativement sans graisse.

On pourra commencer, par exemple, par un bon potage de légumes (sans pommes de terre ni carottes) ou un velouté de champignons ou de tomates, sans graisse, naturellement.

Les lentilles, les haricots ou les pois peuvent être accompagnés d'oignons, d'un coulis de tomates ou d'une sauce aux champignons (voir annexes).

Mais on pourra aussi manger un plat de pâtes intégrales, de riz complet ou encore de semoule intégrale[1] que l'on agrémentera de légumes et de sauce ou de coulis sans graisse. Ces aliments ont en outre l'intérêt de contenir des protéines végétales, des fibres, des vitamines B et de nombreux sels minéraux.

Le dessert d'un dîner glucidique ne pourra être composé que de fromage blanc ou de yaourt à 0 % de matières grasses (aromatisés éventuellement de marmelade sans sucre) ou encore de fruits cuits. On peut à la rigueur, dans ce type de repas, manger du pain intégral, mais cela risque d'être un peu bourratif.

Comme pour le déjeuner de PHASE I, les boissons conseillées seront l'eau, le thé léger ou encore les tisanes. Exceptionnellement, un tout petit verre de vin rouge.

Si vous avez fait un repas important à midi (repas professionnel par exemple) et que vous désiriez manger léger le soir, vous pouvez, là encore, ne consommer que des fruits et un yaourt, ou des céréales et un laitage écrémé.

1. Demander l'adresse des boutiques où ces produits sont disponibles ou comment se les procurer en téléphonant au 16 (1) 47 93 59 59.

Repas protido-lipidiques PHASE I avec glucides à index glycémique très bas

ENTRÉES

	CRUDITÉS	POISSONS	CHARCUTERIES	AUTRES
RECOMMANDÉS	Asperges Tomates Concombres Artichauts Poivrons Céleri Champignons Haricots verts Poireaux Cœurs de palmier Chou Chou-fleur Cornichons Avocats Germes de soja Laitue Endives Mâche Pissenlit Scarole Cresson Brocolis Radis	Saumon fumé Saumon mariné Sardine Maquereau Hareng Anchois Thon Foie de morue Crevettes Coquilles St-Jacques Gambas Scampi Langouste Homard Caviar Coques Praires Bigorneaux Crabe Bulots Calamars Seiches Pétoncles	Saucisson sec Jambon cru Jambon blanc Chipolata Saucisse sèche Museau Fromage de tête Viande des Grisons Frisée aux lardons Salade de gésiers Rillettes Pâtés	Mozzarella Chèvre chaud Ris de veau Cuisses de grenouille Escargots Omelette Œufs durs Œufs brouillés Œufs mimosas Aspic d'œufs Soupe de poissons
	INTERDIT	**À ÉVITER**	**À ÉVITER**	**À PROSCRIRE**
	Carottes Betteraves Maïs Riz Taboulé Lentilles Haricots secs Pommes de terre	Langoustines Huîtres	Foie gras Boudin blanc Quenelles Terrines contenant de la farine	Feuilletés Bouchées à la reine Quiches Crêpes Soufflés Blinis Toasts Croûtons Pizzas Beignets Fondue savoyarde

Repas protido-lipidiques PHASE I
avec glucides à index glycémique très bas

PLAT PRINCIPAL

	POISSONS	VIANDES	VOLAILLES	CHARCUTERIES, ABATS, GIBIERS
RECOMMANDÉS	Saumon Maquereau Thon Sardine Hareng Bar Cabillaud Colin Lieu Sole Limande Saumonette Lotte Merlan Morue Sandre Rouget Truite En général tous les poissons de mer et de rivière	Bœuf Veau Porc Mouton Agneau Cheval	Poulet Poule Chapon Pintade Dinde Oie Canard Caille Faisan Pigeon Lapin	Lièvre Lapin de garenne Chevreuil Sanglier Andouillette Boudin noir Jambon Cœur de bœuf Langue de bœuf Ris de veau Rognons Pieds de porc
	À PROSCRIRE	**À ÉVITER**	**À ÉVITER**	**À ÉVITER**
	Poisson pané	Morceaux trop gras	La peau	Foie

Repas protido-lipidiques PHASE I avec glucides à index glycémique très bas

ACCOMPAGNEMENTS

RECOMMANDÉS	À PROSCRIRE
Haricots verts	Couscous
Brocolis	Lentilles
Aubergines	Haricots secs
Courgettes	Petits pois
Épinards	Châtaignes
Champignons	Pommes de terre
Salsifis	Carottes
Céleri	Riz
Bettes	Pâtes
Oseille	
Endives	
Navets	
Poireaux	
Tomates	
Oignons	
Poivrons	
Ratatouille	
Chou-fleur	
Chou	
Choucroute	
Christophines	
Salades vertes	
Mousse de légumes (sans pommes de terre)	
Artichauts	

Repas protido-glucidique PHASE I riche en fibres

	ENTRÉES	PLATS	DESSERTS
Bons glucides au choix	Potage de légumes Velouté de champignons Soupe de potiron Velouté de tomates	Lentilles Haricots secs Pois, petits pois Fèves Riz complet Pâtes intégrales Semoule intégrale	Fromage blanc 0 % Yaourt 0 % Compote Fruits cuits Marmelade de fruits sans sucre
Recommandation	Sans graisses, sans pommes de terre ni carottes	Sans graisses, servis avec coulis de tomates ou sauce champignons ou encore un accompagnement de légumes	Sans graisses, sans sucre

Condiments, ingrédients, assaisonnements et épices divers

À CONSOMMER :				À PROSCRIRE
SANS RESTRICTION			EN QUANTITÉS RAISONNABLES	
Cornichons Pickles Petits oignons Vinaigrette maison Nuoc-mâm Olives vertes Olives noires Tapenade Sel de céleri	Huiles : olive tournesol arachide noix noisette pépins de raisin Citron Parmesan Gruyère	Persil Estragon Ail Oignon Échalote Thym Laurier Cannelle Basilic Ciboulette Sarriette Aneth	Moutarde Sel Poivre Mayonnaise Béarnaise Hollandaise Sauce crème fraîche	Fécule de pommes de terre Maïzena Tomato ketchup Mayonnaise toute faite Sauce béchamel Sauce farine Sucre Caramel Huile de palme Huile de paraffine

Recommandations particulières

1) Attention aux sauces

Les sauces traditionnelles et autres roux sont réalisés à base de farine blanche. Vous devez les fuir désormais comme la peste.

Les sauces de la nouvelle cuisine sont généralement le résultat d'un déglaçage du plat de cuisson avec un peu de crème fraîche, plus ou moins allégée. On obtient d'ailleurs à peu près la même chose avec du fromage blanc à 0 % de matières grasses.

Pour faire une sauce qui va bien avec une viande blanche, il suffit de mélanger crème fraîche allégée ou fromage blanc à 0 % avec de la moutarde bien parfumée, chauffer légèrement et servir sur la viande. Ajouter à cela des petits champignons de Paris émincés ne gâtera rien.

Si vous voulez faire une sauce bien épaisse sans farine, il y a une solution, c'est le champignon. Mais il vous faut pour cela un mixeur. Il suffit, en effet, de faire une véritable purée de champignons de Paris et d'ajouter du liquide de cuisson. C'est la meilleure manière de faire une succulente sauce, bien onctueuse, pour un civet de lapin ou de lièvre ou encore un coq au vin.

2) Appuyez sur le champignon

Le champignon de Paris est d'ailleurs un mets exceptionnel à tout point de vue, car il s'agit d'une excellente fibre contenant, en outre, beaucoup de vitamines.

On peut seulement déplorer qu'il ne soit pas plus utilisé en cuisine, comme c'est le cas à l'étranger.

En dehors des salades, dans lesquelles il peut être mangé frais, il peut faire l'objet d'un plat à lui seul ou, tout au moins, d'un accompagnement apprécié généralement par tout le monde.

Après avoir ébouillanté les champignons frais, les faire égoutter un quart d'heure. Puis, les couper en lamelles et les faire revenir tout doucement dans un peu d'huile d'olive, ajouter l'ail, le persil en fin de cuisson et servir.

3) Au sujet de la conservation...

Ceux qui ont des origines provinciales et surtout rurales se souviennent que leur mère ou leur grand-mère allait cueillir la salade au jardin quelques minutes avant que l'on se mette à table. Il en était d'ailleurs de même pour les fèves, les tomates et toutes les crudités en général. On pensait en effet, à l'époque, que cueillis au dernier moment, les légumes comme les fruits étaient meilleurs.

La tradition, mais surtout l'instinct des Anciens, les conduisait ainsi, sans le savoir vraiment, à préserver leur nourriture de la déperdition vitaminique, liée au temps de conservation.

Aujourd'hui, non seulement l'aliment à l'origine possède beaucoup moins de vitamines qu'autrefois, du fait de son mode de culture industriel, mais le laps de temps entre la cueillette et la consommation a été considérablement augmenté.

Les épinards issus de cultures intensives, c'est-à-dire dont le rendement à l'hectare est élevé, contiennent entre 40 et 50 mg de vitamine C pour 100 g de produit. Après une seule journée de voyage, ils ont déjà perdu 50 % de leur teneur vitaminique, soit environ 25 mg. Si nous les conservons deux jours dans un réfrigérateur, c'est un tiers de la vitamine C restante qui, à nouveau, sera perdu. Il en restera donc 16 mg. S'ils sont cuits à l'eau, ils en perdront encore 50 %.

Dans le meilleur des cas, il restera donc dans votre assiette quelque 8 mg de vitamine C.

Si, en revanche, vous êtes l'heureux possesseur d'un jardin potager et que vous y fassiez amoureusement pousser des épinards, comme le faisait votre grand-père, les 100 g de produit que vous allez cueillir contiendront au moins 70 mg de vitamine C. Si vous les mangez le jour même, il vous restera 35 mg de vitamine C, c'est-à-dire environ quatre fois plus que dans le cas précédent.

La déperdition vitaminique pour une salade est encore plus impressionnante. En moins d'un quart d'heure, elle a déjà perdu 30 % de ses vitamines et en une heure 48 %. On peut donc être affolé quand on sait que les salades qui arrivent dans nos assiettes ont déjà un long passé derrière elles (de deux à cinq jours), sans parler de celles qui sont vendues prêtes à l'emploi, dans un sachet en plastique et qui, non seulement n'ont plus aucune vitamine, mais dans de nombreux cas, nous offrent généreusement, au mieux leur lot de produits chimiques et au pire des salmonelles en guise de compensation.

De nombreux restaurants vous vantent les mérites de leurs poissons ou crustacés pêchés devant le client dans un vivier quelques minutes avant d'être servis. Pourquoi ne ferait-on pas la même chose avec les salades ?

Un chou-fleur entier perdrait selon les spécialistes quelque 2 % de ses vitamines toutes les heures. S'il est coupé en morceaux, il en perd 8 % tous les quarts d'heure et 18 % toutes les heures. Le couteau de cuisine est donc un instrument redoutable, mais sans commune mesure avec la râpe qui, elle, est sans pitié. Le chou rouge perdrait par exemple 62 % de sa vitamine C en deux heures.

La râpe est en effet un véritable instrument de torture végétale car elle multiplie par 200 la surface mise à nu du légume. Chou rouge, céleri ou radis sont ainsi soumis à une véritable DGV (Dévitaminisation à Grande Vitesse).

On peut ainsi imaginer avec quelques frissons l'état vitaminique dans lequel se trouvent les plats tout préparés du traiteur, sans parler des sachets préemballés que l'on trouve désormais dans les rayons des supérettes.

Ce sont d'ailleurs ces mêmes légumes qui sont soigneusement coupés et râpés d'avance (la veille, voire l'avant-veille) dans les cantines scolaires, celles des entreprises, comme celles des hôpitaux... « *À se demander ce que fait la police...* » ironisait un jour un journaliste, en faisant ce triste constat.

4) Contrôlez vos modes de cuisson

La cuisson est aussi l'ennemie des vitamines. Mais, contrairement à ce que l'on pourrait croire, c'est plus du temps de cuisson que de la température qu'il faut se méfier. Ainsi, le blanchiment (autour de 65 °C) détruirait

90 % de la vitamine C de l'épinard, alors qu'il n'en perdrait que 18 % à une température de 95 °C.

L'explication est simple : les enzymes (toujours gloutonnes), avides de vitamines et dont le rôle est de procéder à la destruction du produit dès qu'il n'est plus vivant (donc après l'arrachage), sont particulièrement actives entre 50 et 65 °C, alors qu'elles sont à peu près neutralisées à 95 °C. C'est ce qui fait qu'un aliment cuit se conserve mieux qu'un aliment cru.

Ainsi, selon des études faites notamment par les Allemands, les légumes perdraient plus de vitamines (C, B, B2) en étant cuits à l'étouffée qu'à la vapeur. Moins le temps de cuisson serait long, plus modeste serait la déperdition. C'est pourquoi il vaut mieux cuire à l'autocuiseur (cocotte minute) que de laisser mijoter à feu doux, comme nous y enjoint parfois la nostalgie du passé. Le progrès a quelquefois du bon.

Lors d'une cuisson à l'eau, il faut savoir cependant que l'essentiel des vitamines et des sels minéraux se retrouve dans l'eau de cuisson. Si les légumes sont de culture biologique, il est donc important de la récupérer, pour faire de la soupe par exemple. Dans le cas contraire on peut hésiter, car en plus des nutriments qui nous sont chers, l'eau de cuisson récupère tous les polluants déjà dénoncés (nitrites, insecticides, pesticides, métaux lourds...).

Par ailleurs, quand on cuit une graisse végétale dans une poêle, si l'on dépasse la température de 170 °C (ce qui se passe quand on fait cuire un steak), l'huile se sature et se transforme en une graisse aussi mauvaise que celle d'une viande, et risque alors d'avoir un effet néfaste sur le cholestérol. En outre, les grillades faites au barbecue sont depuis quelques années l'objet d'une très vive critique de la part des cancérologues.

Ils ont en effet remarqué que les graisses brûlées se transformaient en benzopyrène, substance hautement cancérigène. C'est pourquoi, il est plus que recommandé de faire cuire la viande sur des grils verticaux, de manière à obtenir un écoulement des graisses leur évitant d'entrer en contact avec la flamme.

Quant au four à micro-ondes, il suscite, depuis son introduction récente sur le marché domestique, une vive polémique. Personne ne lui reprochera son côté exceptionnellement pratique, qui répond bien aux impératifs de gain de temps de notre civilisation. Mais, quelle incidence réelle peut-il avoir sur la « vitalité » de l'aliment traité ? Pour l'instant on n'en sait trop rien, car les études qui ont été faites sont à la fois imprécises et contradictoires.

Mais quand on connaît le principe de base d'un four à micro-ondes, ce qu'ignorent la plupart des utilisateurs, il devient légitime de se poser des questions en ce qui concerne le devenir des vitamines, surtout lorsque l'on sait qu'elles sont d'une extrême sensibilité.

La cuisson d'un aliment au four à micro-ondes s'effectue par friction des molécules d'eau qu'il contient et la chaleur produite se transmet par conduction ou plus exactement par échange thermique. Dans quel état se retrouvent les éventuelles vitamines après avoir séjourné dans un milieu où les molécules d'eau ont subi une telle trituration atomique ? La question reste pour l'instant posée car les réponses tout à fait alarmistes qui ont déjà été faites ne sont pas suffisamment étayées sur le plan scientifique.

Il faudra probablement de nombreuses années d'observations avant que l'on puisse déterminer si ce mode de cuisson est aussi dangereux que certains le prétendent. Il a bien fallu plusieurs générations pour démontrer que le barbecue horizontal, utilisé depuis la nuit des temps, était cancérigène.

Dans le doute, il convient donc d'être prudent et de faire en sorte que le micro-ondes soit plus un appareil d'appoint pour réchauffer qu'un instrument utilisé systématiquement dans toutes les cuissons domestiques. C'est pourquoi l'utilisation trop fréquente, par les jeunes mères, de cet instrument en tant que chauffe-biberon est condamnable.

Elle l'est d'ailleurs d'autant plus que le bébé risque de se brûler sérieusement. Le contrôle de la température intérieure du liquide est en effet difficile, car il peut être brûlant, alors que la paroi extérieure du biberon est demeurée froide ou tiède.

En outre, il faut savoir que le micro-ondes ne stérilise pas le lait, contrairement à une cuisson normale.

5) Attention aux mauvaises graisses

Nous avons vu que certaines graisses, dites saturées, pouvaient avoir un effet pervers sur le système cardio-vasculaire. C'est le cas du beurre, de la crème, des graisses de viande et de charcuterie : bœuf, veau, porc, mouton. Une consommation excessive de ces aliments pourrait donc conduire à un risque d'élévation du taux de cholestérol.

À l'inverse, nous avons vu que d'autres graisses avaient au contraire la propriété de protéger nos artères : graisses de poisson, huile d'olive, de tournesol ou encore les graisses d'oie ou de canard. Dans les choix alimentaires que vous ferez en appliquant les règles concernant la PHASE I, il convient d'avoir en permanence à l'esprit le souci de bien équilibrer les différentes graisses.

Il est d'ailleurs souhaitable de limiter l'apport de viande et de charcuterie à trois fois par semaine, dont éventuellement une fois du boudin noir, compte tenu de sa richesse en fer. Il conviendra d'alterner la consommation de volailles (deux fois par semaine) et d'œufs (deux fois par semaine).

6) Quelques exemples de bons et mauvais équilibres lipidiques

• *Bon équilibre :*

Entrée	Saucisson ou Sardine
Plat principal	Poisson ou Côte de porc
Dessert	Fromage ou Yaourt entier

• *Mauvais équilibre :*

Entrée	Jambon ou Frisée aux lardons
Plat principal	Entrecôte ou Escalope normande
Dessert	Fromage ou Fromage blanc à la crème

EXEMPLE DE DEUX JOURS DE REPAS PHASE I		
Réveil 7 h 10	– le jus de 2 citrons pressés – 2 kiwis	– le jus d'un pamplemousse pressé – 1 poire, 1 kiwi
Petit déjeuner 7 h 30	– céréales (sans sucre) – 2 yaourts maigres – un café décaféiné	– pain intégral – marmelades de fruits sans sucre – un bol de lait écrémé
Déjeuner 12 h 30	– champignons à la grecque – saumon – petits légumes – fromage	– crudités : concombre, radis – entrecôte – brocolis – fromage
Goûter 16 h 30	– 1 pomme	– 1 pomme
Dîner 20 heures	– pintade – ratatouille – salade – yaourt nature	– soupe de légumes – pâtes intégrales aux champignons – yaourt maigre

Le reste du temps, c'est le poisson qui doit être privilégié. L'idéal serait de pouvoir faire au minimum trois dîners glucidiques sur sept. On aurait ainsi dix repas sur vingt et un (sept petits déjeuners et trois dîners) ne contenant aucune graisse et beaucoup de bons glucides.

7) Les boissons à proscrire

Limonades, sodas et autres jus de fruits reconstitués, ces boissons sont généralement préparées à partir d'extraits de fruits ou de plantes presque toujours synthétiques et ont toutes le même défaut majeur : elles contiennent beaucoup de sucre.

Elles sont donc condamnables et à exclure totalement, d'autant plus que le gaz artificiel qu'elles renferment a pour effet d'entraîner des intolérances gastriques chez certaines personnes.

Même s'ils sont faits à base d'extraits naturels, il faut se méfier des sodas qui peuvent être toxiques.

On remarque en effet dans les extraits naturels d'agrumes des traces importantes de substances nocives comme les terpènes.

Quant aux pires d'entre eux, ceux à base de cola, débordants de sucre (1 bouteille de 1,5 l contient l'équivalent de 35 morceaux de sucre !), ils devraient soit être interdits, soit faire l'objet d'un étiquetage spécial (comme celui qui se trouve sur les paquets de cigarettes), rappelant qu'ils peuvent être nuisibles pour la santé.

a. La bière

La bière est une boisson dont on ne peut faire usage qu'avec une très grande modération. Elle n'a en fait sa place ni en PHASE I ni même en PHASE II.

Il n'est pas nécessaire d'avoir séjourné en Allemagne pour savoir quels sont ses effets secondaires néfastes : ballonnements, mauvaise haleine et prise de poids.

Contrairement au vin, la bière contient le pire des glucides : le maltose (index glycémique de 110) dont la concentration est de 4 g par litre.

Il faut signaler par ailleurs que l'association alcool et sucre, ce qui est le cas de la bière, favorise l'apparition d'hypoglycémie à l'origine de fatigues (voir le chapitre 6 de la première partie).

b. Les alcools

Il est bien évident que dans la PHASE I, nous allons tirer un trait définitif sur les alcools de distillation, que ce soit ceux que l'on boit à l'apéritif (anis, whisky, gin, vodka...) ou comme pseudo-digestifs (cognac, armagnac, calvados, alcools blancs...).

À l'apéritif, il faudra vous contenter d'un Perrier ou d'un jus de tomates. En PHASE II, nous reviendrons à des pratiques beaucoup moins austères, en réintégrant le vin et notamment le plus prestigieux d'entre eux, le champagne.

Nous voici ainsi au terme de cette PHASE I, qui, encore une fois, n'est pas *restrictive* en termes de quantité (on doit toujours manger à sa faim), mais qui en revanche est *sélective*. Un certain nombre d'aliments ont été volontairement exclus au profit d'autres, dont les caractéristiques nutritionnelles sont supérieures.

Est-il besoin de rappeler que le pain blanc et tous ses dérivés (biscottes, toasts...) doivent disparaître des deux repas principaux (quand ils contiennent des lipides), mais qu'il est nécessaire de les retrouver sous leur forme intégrale au petit déjeuner.

Si, avant l'adoption de ces principes alimentaires, vous mangiez normalement du sucre ou que vous étiez un grand amateur de friandises ou de gâteaux, vous pourrez perdre au moins deux kilos dès la première semaine. Ne vous arrêtez surtout pas à ce moment-là, sinon vous auriez toutes les chances de reprendre en deux jours ce que vous avez perdu en huit.

Après cette première période, l'amaigrissement deviendra plus progressif et, dans la mesure où vous appliquerez scrupuleusement nos recommandations, la perte de poids sera régulière. Cette perte de poids devrait donc suivre un rythme soutenu, bien qu'elle soit liée à des facteurs individuels.

La phase II

C'est celle de la stabilisation pondérale définitive. Perdre du poids, c'est bien, mais n'atteindre son objectif que de façon éphémère est incohérent. Tout amaigrissement qui ne se conçoit pas dans une perspective à long terme est sans intérêt, voire néfaste.

Quelques grands principes sont à respecter pour parvenir à une stabilisation pondérale.

1 – Il faut s'être fixé un objectif réaliste, c'est-à-dire qu'il vaut mieux viser un poids raisonnable qu'on pourra maintenir, plutôt qu'un poids fantasmatique irréaliste. Vouloir descendre au-dessous d'un BMI de 20[1] est une erreur. Certaines femmes semblent ne pas avoir intégré ce postulat de base !

2 – Il faut savoir refuser les rationnements qui sont sources de frustrations. Car dès que la période de « régime » est finie, l'organisme se venge et n'a qu'une hâte : reconstituer ses graisses de réserve. Mais puisque vous allez adopter la méthode Montignac, qui est sélective et non pas restrictive, cet écueil ne vous guette pas.

3 – Il faut gérer toute perturbation psychique. La période d'amaigrissement est gratifiante, mais l'adoption de nouvelles habitudes alimentaires ne peut être que l'un des aspects d'une remise en cause fondamentale de son mode de vie.

4 – Il faut continuer à analyser ses rapports avec la nourriture et à les clarifier. Manger ne doit pas être une réponse au stress (ennui, anxiété, manque d'amour). Au

1. Voir le chapitre 1 de la seconde partie.

besoin, une action complémentaire peut s'envisager avec un psychologue spécialiste des comportements alimentaires.

On peut aussi continuer à pratiquer ou se décider à apprendre des techniques de gestion du stress comme la relaxation, la sophrologie ou le yoga.

5 – Si l'on s'est remis au sport pour accélérer la normalisation de la fonction insulinique, il convient de poursuivre la pratique de cette activité physique. Cela permet de continuer à affiner la silhouette, de lutter contre la cellulite et d'équilibrer le psychisme.

La méthode Montignac facilite la stabilisation pondérale pour plusieurs raisons :

• du fait de l'absence de limitation quantitative. Lors de l'arrêt de la PHASE I, il n'y a pas de risque d'avoir un « effet rebond » car l'organisme ne subit pas les effets pervers de la séquence privation-réalimentation normale ;

• l'acquisition de bonnes habitudes alimentaires en PHASE I se prolonge ensuite sans stress, d'autant que l'élargissement des choix permet de manger pratiquement de tout ;

• la bonne acceptabilité de la PHASE I et le bien-être qu'elle procure préviennent l'apparition de troubles du comportement alimentaire. Par son aspect éducatif, elle réalise une véritable thérapie comportementale.

Si vous avez mis en pratique les recommandations précises qui vous ont été données dans le chapitre précédent, vous devriez déjà en ressentir sérieusement les effets bénéfiques.

Il ne faut cependant pas omettre de signaler un risque de résistance de l'organisme, voire de manifestations d'hostilité, au moindre changement d'habitude alimentaire.

Pour quelqu'un qui a établi depuis des années une véritable dépendance à l'égard des mauvais glucides, il est probable que l'organisme ne se laissera pas faire facilement.

Comme pour l'alcool ou le tabac, on a souvent affaire à une véritable dépendance et, dans ce cas, le sevrage risque d'entraîner un manque.

L'organisme qui vit depuis longtemps sur des apports extérieurs permanents en glucose est devenu quelque peu paresseux, et comme un enfant à qui l'on céderait au moindre cri, il lui suffit de se mettre en hypoglycémie pour réclamer et obtenir du glucose. À quoi bon, dans ces conditions, se fatiguer à en fabriquer pour maintenir la glycémie à son taux normal ?

Le fait de réduire l'hyperglycémie va donc avoir pour effet de limiter les apports directs de glucose au glycogène, forçant ainsi l'organisme à le fabriquer à partir de ses graisses de réserve. Peu après la mise en œuvre des principes de la méthode qui vous a été proposée, vous risquez donc de vous retrouver devant un organisme qui oppose une résistance en refusant de fabriquer son propre glucose.

Vous pouvez donc vous retrouver à ce moment-là, très transitoirement, en hypoglycémie avec les symptômes que l'on connaît, c'est-à-dire principalement la fatigue.

Ne vous laissez pas faire ! Ne soyez pas tenté de reprendre, même provisoirement, quelque chose de sucré.

Ce sont les personnes fortes, pratiquant un sport, qui risquent surtout de rencontrer, dans les premières semaines de la PHASE I, une certaine résistance opposée par leur organisme à ces nouvelles habitudes alimentaires. Là aussi, le symptôme immédiat est une soudaine fatigue se signalant par des coups de pompe. Si la manifestation est légère, le mieux est de consommer des amandes ou des noisettes qui sont riches en nutriments.

Si la chute de tonus est plus sérieuse, on préférera des figues sèches ou des abricots secs qui sont, de toute manière, de « bons glucides ».

Très rapidement, l'organisme comprendra que l'on ne cède plus à la facilité et qu'il n'a d'autre solution que de réactiver ses fonctions naturelles, consistant à fabriquer son glucose à partir de ses propres réserves de graisse.

Pour les abonnées aux régimes basses calories, celles qui meurent de faim depuis longtemps et prennent deux kilos en regardant seulement la vitrine du pâtissier, il faut peut-être même s'attendre à une légère prise de poids, très provisoire, tout au plus deux ou trois kilos supplémentaires.

Il est en effet normal qu'un organisme à qui l'on a fait subir d'insoutenables frustrations depuis des années soit sur le qui-vive. Il est naturel qu'ayant subitement à sa disposition l'énergie minimum dont il avait besoin et dont on l'a toujours privé, il cède à la tentation de stocker quelque peu, mais cela ne dure que quelques jours. Si c'est votre cas, n'arrêtez surtout pas en vous remettant à un régime de famine, car vous ne feriez que consolider la situation. Au contraire, persévérez.

Très rapidement, votre organisme reprendra confiance et comprendra que vous ne lui voulez que du bien. En quelques jours, non seulement vous perdrez cette surcharge additionnelle, mais vous commencerez à voir apparaître les premiers résultats. Pour celles qui suivaient un régime hypocalorique très sévère, il faudra remonter doucement la ration calorique, tout en adoptant les choix conseillés par la Méthode. On évitera ainsi ce contraste trop brutal, souvent responsable d'une reprise pondérale transitoire instiguée par un organisme affamé qui raisonne encore en fonction de ses anciens réflexes hypocaloriques.

Il est possible aussi que vous ne perdiez pas de poids au début, alors que vous vous sentez maigrir, en ce sens que votre silhouette s'affine. L'explication, c'est que sortant de régimes hypocaloriques, votre masse musculaire est inférieure à ce qu'elle devrait être (déficit en protéines). Durant les premiers jours (ou même pendant quelques semaines), il s'opère un « transfert de masse », c'est-à-dire une perte réelle des graisses au profit d'une reconstitution des masses maigres.

Mais nous reviendrons plus en détail sur ce point dans la seconde partie.

La question qui brûle maintenant les lèvres de tout lecteur, c'est bien entendu de savoir combien de temps doit durer la PHASE I.

Je serais tenté de dire, au risque de faire sourire : « Un certain temps ! » Car tout dépend du nombre de kilos à perdre, de la sensibilité individuelle et de la rigueur avec laquelle les principes de la PHASE I ont été appliqués.

La normalisation du fonctionnement pancréatique, qui est l'objectif principal, doit se faire sur une période suffisamment longue (de quelques semaines à quelques mois) pour pouvoir se traduire par une amélioration durable de la fonction insulinique.

Puisqu'il faut donner une réponse à la question, disons qu'un minimum de deux à trois mois nous paraît souhaitable.

Mais la PHASE II n'est en fait que le prolongement naturel de la précédente, avec la possibilité d'introduire progressivement des écarts éventuels qu'il conviendra de gérer convenablement.

Le chapitre précédent aura en quelque sorte servi à vous débarrasser de vos mauvaises habitudes alimentaires pour en adopter de bonnes.

Vous allez donc pouvoir désormais fonctionner à partir de ces nouveaux réflexes, avec quelques aménagements permettant une plus grande souplesse dans l'application de certains principes.

Le petit déjeuner

Rien ou presque ne sera changé par rapport à nos recommandations antérieures. Continuez à respecter les principes qui consistent à faire toujours un petit déjeuner copieux, avec du pain intégral ou des céréales complètes. Si vous mangez du véritable pain intégral, vous y étalerez du beurre ou de la margarine si vous le souhaitez.

Il peut toutefois vous arriver, à l'occasion de déplacements ou de petits déjeuners professionnels, de ne pas avoir autre chose à votre disposition que des croissants ou des brioches. N'hésitez pas à en prendre si l'occasion est exceptionnelle et si cela vous fait plaisir.

Si vous avez fait une bonne PHASE I, votre pancréas devrait être capable de supporter une hyperglycémie, sans pour autant déclencher un hyperinsulinisme et une hypoglycémie réactionnelle. Le coup de pompe de onze heures ne devrait plus se voir.

En revanche, si vous choisissez parfois le petit déjeuner protido-lipidique salé, continuez à ne pas consommer de pain, c'est une habitude qu'il est nécessaire de ne jamais perdre. Nous en reparlerons d'ailleurs à propos du déjeuner.

En PHASE II, autant on pourra accepter l'écart exceptionnel qui consiste à manger un croissant ou une brioche, autant il ne faudra jamais déroger à la règle du fruit ou du jus de fruits qui doivent toujours en principe être consommés avant le petit déjeuner. Il ne faut pas confondre écart et erreur.

Le déjeuner

Le déjeuner, s'il est exceptionnel (repas d'affaires, de famille, etc.), peut être précédé d'un éventuel apéritif. Nous ne l'avons pas pour l'instant mentionné parce qu'il était exclu en PHASE I.

1) L'apéritif

Il y a plusieurs principes importants à respecter à propos de l'apéritif.

D'abord en ce qui concerne sa nature. Il doit être le moins alcoolisé possible. C'est pourquoi il faut privilégier les alcools naturels de fermentation et condamner les alcools de distillation, qui sont des produits moins assimilables par l'organisme. Il convient donc d'abandonner les alcools durs du type whisky, gin, vodka, etc.

Le fait qu'on en ressente le besoin indique que l'on est toujours dans un processus alcoolique. C'est ce qui explique que les amateurs d'alcools durs les prennent sans eau et à jeun.

Comme ils sont plus ou moins en hypoglycémie, l'alcool va faire remonter provisoirement leur glycémie, en leur procurant l'impression fugitive d'un coup de fouet.

Une telle pratique favorise aussi les accès de fatigue, fréquents après les repas.

Il est donc préférable de boire du vin ou encore du champagne, ou un équivalent (saumur méthode champenoise, crémant...).

La mode du vin à l'apéritif, qui consiste à servir un vin blanc fruité comme le vin d'Alsace, ou le sauternes ou même ses excellents substituts que sont le montbazillac, le barsac, le loupiac et le sainte-croix-du-mont, est une pratique à encourager.

Mais, de grâce, supprimons à jamais cette déplorable habitude qui consiste à ajouter à un vin blanc, ou pire encore à un champagne, une liqueur destinée, dans la plupart des cas, à masquer sa médiocre qualité ! Le kir, sous toutes ses formes, devrait être interdit, n'en déplaise à feu son inventeur, le chanoine qui lui a laissé son nom.

Nous savons que liqueur égale sucre, et que sucre plus alcool conduisent à coup sûr à l'hypoglycémie, c'est-à-dire à l'énorme coup de pompe.

Tous les punchs, portos et autres sangrias sont d'ailleurs à mettre dans le même panier. C'est la boisson idéale pour vous couper les jambes et vous assommer pour le reste de la journée ou de la soirée.

Autre principe extrêmement important à appliquer dans tous les cas de figure : ne jamais boire quoi que ce soit à jeun ! À part de l'eau. Si vous adhérez aux principes de cet ouvrage, si vous en devenez un adepte, battez-vous à nos côtés pour faire valoir ce précepte et surtout pour faire changer les habitudes des professionnels.

Les conventions sociales veulent en effet que l'on serve d'abord la boisson et que, longtemps après, on apporte la nourriture, ce qui reste d'ailleurs une éventualité. Dans le meilleur des cas, ce que l'on vous propose est naturellement composé exclusivement de mauvais glucides.

S'il n'y a qu'un seul principe que le lecteur doive retenir de ce livre, ce doit être celui qui consiste à ne jamais boire la moindre boisson alcoolisée à jeun. Le négliger, c'est immanquablement déclencher une petite catastrophe métabolique.

Il faut donc manger avant de boire de l'alcool, manger certes, mais pas n'importe quoi.

Pour éviter que l'alcool ne passe directement dans le sang, après une métabolisation directe, il importe de fermer d'abord l'estomac au niveau du pylore, qui est un sphincter situé entre l'estomac et le début de l'intestin grêle. Pour cela il convient de manger des protéines et des lipides, dont la lente digestion implique que l'estomac soit fermé.

Ce que nous proposons, avant l'absorption d'une boisson alcoolisée, c'est donc de manger quelques cubes de fromage (le gruyère peut très bien convenir) ou encore quelques rondelles de saucisson ou de saucisse sèche[1]. On peut même considérer que ce début de bol alimentaire, bloqué dans l'estomac, va aider, en quelque sorte, à neutraliser le peu d'alcool bu, en l'absorbant en partie.

En tapissant l'estomac, les lipides peuvent par ailleurs contribuer à éviter ou, tout au moins à limiter, l'absorption de l'alcool à travers ses parois. C'est d'ailleurs pour la même raison que l'on prétend diminuer l'effet de l'alcool en buvant préalablement une cuillerée d'huile d'olive.

2) Le vin

Comme le dit le docteur Maury, *« le vin s'est laissé enfermer dans un ghetto, celui des boissons alcooliques[2] ».*

On peut donc regretter que dans de nombreux cas on lui ait préféré des jus de fruits synthétiques sucrés, dont les conséquences sur le métabolisme sont souvent plus regrettables.

Bu en quantité raisonnable (environ deux à trois verres par jour au milieu des repas), le vin est une boisson excellente, car il est à la fois digestif, tonique, anallergique et

1. Excluez les saucisses ordinaires qui contiennent de nombreux additifs.

2. Dr Maury, *La Médecine par le vin,* éd. J'ai lu n° 7016.

bactéricide. Il contient par ailleurs une quantité importante d'oligo-éléments.

Comme pour l'apéritif, ce n'est pas le vin qui est responsable des somnolences après le repas, c'est la manière dont il est bu. Quand on ne prend pas d'apéritif et que l'on se met à table dans un restaurant, la première chose que fait le garçon après que l'on a commandé, c'est d'apporter le vin, de le déboucher et de remplir le verre de chaque convive.

Si l'on boit, et l'on est tenté de le faire, on se retrouve dans le même cas de figure qu'avec l'apéritif.

De deux choses l'une : ou bien on attend d'avoir commencé à manger, ou bien on demande quelque chose à manger (fromage, saucisson, olives) pour fermer le pylore.

À table, il faut donc toujours attendre d'avoir mangé l'entrée avant de commencer à boire du vin.

Plus on attendra, mieux ce sera, car plus l'estomac sera rempli et moins les effets négatifs de l'alcool se feront sentir.

L'idéal serait donc de ne commencer à toucher à son verre de vin qu'au milieu du repas.

Si vous respectez cette pratique, non seulement vous ne connaîtrez plus jamais de somnolences après les repas, mais en plus vous digérerez mieux.

Boire du vin à table implique, comme nous l'avons indiqué, que les quantités, forcément raisonnables, soient toujours proportionnelles à celles de la nourriture ingérée auparavant.

Si l'on boit alternativement du vin et de l'eau, l'eau bue sur le vin risque de le diluer et ainsi de le métaboliser plus rapidement, alors qu'il aurait pu être maintenu prisonnier dans le bol alimentaire et absorbé ensuite avec lui au cours de la digestion.

On peut donc en conclure qu'entre boire de l'eau ou du vin lors d'un repas, il faut choisir, et que c'est l'eau bue sur le vin qui n'est pas souhaitable.

3) Le pain

Même en PHASE II, il est souhaitable de continuer à respecter le principe qui consiste à supprimer le pain aux deux repas principaux.

Le pain doit être l'affaire du petit déjeuner. C'est à ce moment-là qu'il a sa place dans l'alimentation quotidienne. Mangez-en à volonté. Entretenez-en le culte car il le mérite bien. Faites des kilomètres pour aller le chercher. Faites-le vous-même si nécessaire. Continuez à le vénérer comme un aliment exceptionnel, mais oubliez-le aux deux autres repas.

La suppression du pain aux deux repas principaux est encore une question de principe. Si vous avez réussi à vous en passer en PHASE I, il faut continuer, et ne pas récidiver, sauf exception (écarts).

Le pain blanc, c'est comme la cigarette. Quand on s'est déshabitué, il ne faut pas revenir en arrière, sinon c'est de nouveau l'escalade.

Vous avez certainement remarqué autour de vous comment d'anciens fumeurs, après avoir arrêté de fumer pendant longtemps, s'y sont progressivement remis. Après une longue période d'abstinence, qui a fait l'admiration de leur entourage, ils s'accordent un jour un gros cigare (le cigare, disent-ils, cela n'a rien à voir avec la cigarette).

Et puis, n'ayant pas toujours de gros cigares à leur disposition, ils acceptent de petits cigares, puis c'est le cigarillo. Et un jour, n'ayant pas de cigarillos, ils reviennent à la cigarette et c'est la rechute.

Le pain, même intégral, alourdit considérablement un repas important, chargé de lipides.

Faites l'expérience : prenez un repas copieux, comportant par exemple deux entrées, un plat principal, du fromage et même un dessert. Si vous respectez les principes de notre méthode, aussi bien dans la composition des plats que dans la manière de boire le vin, vous arriverez à la fin léger comme une plume, et malgré la quantité importante de nourriture que vous aurez ingérée, vous digérerez sans problème et n'aurez pas de somnolences.

Un ou deux morceaux de pain sur un repas comme celui-ci vont vous donner une impression désagréable de ballonnement et perturber votre digestion.

Ne prenez, pour rien au monde, le risque de revenir en arrière.

S'il est une chose qu'il faut proscrire et condamner fermement, c'est cette déplorable habitude qu'ont les gens, quand ils s'assoient autour d'une table, de se jeter (hypoglycémie oblige) sur le pain et éventuellement de le beurrer.

Avec le verre de vin ou l'apéritif à jeun, c'est 50 % de leur vitalité qui est amputée pour le reste de la journée.

Les écarts

Gérer son alimentation, c'est gérer son équilibre pondéral, c'est gérer sa performance, mais aussi ses écarts. Cela veut dire que si l'on applique les principes de notre méthode avec une certaine constance, on peut, de temps en temps, se permettre un écart, sans préjudice aucun pour les résultats généraux obtenus.

Cela peut être un soufflé qui contiendra un peu de farine blanche, ou encore des pâtes fraîches qui débarquent sans crier gare au détour d'un plat, ou encore une petite timbale de riz blanc.

Mais le plus souvent, l'écart sera fait sur le dessert. Car autant il est possible d'éviter certains aliments en entrée ou en plat principal, en les laissant discrètement de côté quand on est invité, autant il est difficile de refuser catégoriquement le dessert qui peut être à la fois sucré et contenir des farines blanches. Une fois n'est pas coutume.

Ce qu'il faut éviter, en revanche, c'est de multiplier les écarts, au point que l'on revienne progressivement à ses anciennes habitudes.

Si vous aimez les pommes de terre et que vous souffriez d'en être privé, faites-vous plaisir une fois de temps en temps. Mais, comme avec tous les aliments hyperglycémiants, ce qu'il est important de faire, c'est de les accompagner de fibres pour limiter la montée de la glycémie. Si vous aimez les frites au point de vouloir en faire un écart, ne les mangez surtout pas avec de la viande, mangez-les avec de la salade. Vous pourrez même faire un repas entier uniquement de frites et de salade. Vous aurez en quelque sorte limité les dégâts.

Avec les carottes, le problème est le même. Si vous désirez en manger, accompagnez-les toujours d'un autre aliment contenant beaucoup de fibres.

En PHASE I, les seuls accompagnements qui avaient été acceptés étaient les glucides à index glycémique très bas, qui contiennent peu de glucose et beaucoup de fibres.

Durant la PHASE II, on va pouvoir réintégrer, en accompagnement des viandes et des poissons, des glucides à index glycémique bas (riz complet, pâtes intégrales, lentilles, haricots secs...). On considérera le petit salé aux lentilles ou le gigot flageolets comme de petits écarts. Mais l'on pourra aussi, à condition que cela soit exceptionnel, se permettre un *grand* écart qui correspondra à un accompagnement à index glycémique élevé (riz blanc, pommes de terre).

Certains aliments avaient par ailleurs fait l'objet de quelques réserves en PHASE I, notamment pour ceux qui avaient beaucoup de poids à perdre. C'était le cas des huîtres, des langoustines et du foie gras, pour lesquels il n'y a désormais plus aucune restriction.

En ce qui concerne les fruits, on continuera naturellement, en PHASE II, à les consommer à jeun. Une exception pourra cependant être faite avec les fruits rouges : fraises, framboises et mûres. Ces fruits pourront être mangés à la fin du repas, avec éventuellement de la crème fouettée non sucrée (Nata). Ils ne risquent pas en effet de générer une perturbation de la digestion par une fermentation intempestive.

Le dîner

Les principes généraux que nous avons définis pour le dîner en PHASE I sont les mêmes en PHASE II, à la différence près que certains écarts pourront éventuellement être faits au dîner, en lieu et place du déjeuner. Mais attention, cela ne veut pas dire pour autant que d'importants écarts puissent être aussi faits à chaque repas de la journée.

La règle de base d'une bonne gestion dans ce domaine, c'est précisément de les accepter ou de les éviter en les étalant dans le temps. Trop d'écarts dans une même journée risquent de vous rappeler de mauvais souvenirs, dans les vingt-quatre heures qui suivront, avec un retour à des fatigues, coups de pompe et autres somnolences, dont vous aviez complètement perdu l'habitude, sans compter la prise de poids, naturellement.

Prenez par ailleurs la résolution de ne jamais accepter un écart s'il ne vous apporte pas en contrepartie un réel plaisir. Refusez par exemple toute friandise de bas étage, comme ces bonbons ou ces barres au chocolat vendus dans les grandes surfaces.

L'écart doit toujours être une concession à la qualité ou à la gastronomie.

Acceptez un succulent croissant au beurre, fait avec amour par un artisan pâtissier. Refusez catégoriquement ces infâmes produits industriels, vendus par les croissanteries des halls de gare.

Du sandwich intégral au fast-food diététique

Si vous avez à votre disposition du pain intégral, vous pouvez toujours envisager de vous faire un sandwich à la viande maigre, au saumon fumé ou aux crudités. À condition que cela reste exceptionnel.

On pourrait de la même façon envisager une forme de « restauration rapide », dont les principaux plats (pizzas, tartes, petits pains...) seraient fabriqués à partir de farines non raffinées et de produits d'origine biologique.

Le « nouveau hamburger » serait somme toute acceptable, si on lui restituait ses fibres, ses sels minéraux et ses vitamines, en le privant de son sucre, de la plus grande partie de ses graisses saturées et de ses résidus de pesticides.

Le casse-croûte biodiététique de demain pourrait bien réussir à concilier les enfants du progrès avec les nostalgiques du mode alimentaire des Anciens.

Gérer sa performance, c'est donc gérer son alimentation. Mais cette nouvelle approche de la nutrition, si révolutionnaire, naturelle et réaliste soit-elle, ne doit pas pour autant donner lieu à des comportements excessifs.

Manger n'importe quoi, n'importe où et n'importe comment, au gré de la facilité, des sollicitations mercantiles et dans l'insouciance la plus totale, est certes condamnable, car il s'agit bien d'un comportement irresponsable.

Devenir un obsédé de la qualité nutritionnelle de l'alimentation, ou un parano de la culture biologique mériterait le même type de réprobation, car ce serait tomber dans un autre extrême.

La nouvelle conscience acquise désormais en matière de nourriture ne justifie pas pour autant que l'on fasse exclusivement ses courses dans les magasins diététiques, qui d'ailleurs n'offrent pas forcément toutes les garanties. Elle n'oblige pas non plus à renier les nombreux bienfaits de la société moderne, y compris ceux de la consommation.

Elle doit surtout conduire chacun à un meilleur discernement dans ses choix alimentaires qui, dorénavant, devront être faits dans une optique plus salutaire.

La qualité des aliments que nous mangeons, comme la salubrité de l'air que nous respirons, conditionne notre état.

De la même manière que nous cherchons à changer d'air et à mieux nous oxygéner, entretenons la plus grande diversité alimentaire, recherchons dans la nourriture la délectation du palais et le plaisir, redécouvrons ces variétés de goûts que nous avions perdues, cultivons le sens sacré de la gastronomie et respectons l'authentique, le naturel, le pur produit de notre bonne vieille terre nourricière.

La mise en œuvre de la PHASE II

La PHASE II est plus subtile à gérer que la PHASE I car ses principes sont moins stricts. Il n'y a pas, comme en

PHASE I, d'un côté des choses que l'on ne peut faire et de l'autre des choses qu'il faut faire. C'est beaucoup plus subtil que cela. On peut tout faire à condition de ne pas en faire trop. L'exagération est à bannir.

Là où il faut être clair, c'est qu'il n'est pas question, après avoir obtenu des résultats en termes d'amincissement et de regain de vitalité, de revenir à nos anciennes habitudes alimentaires. Sinon, les mêmes causes produisant les mêmes effets, il y a des chances pour que les kilos et les coups de pompe reviennent.

Cela veut dire que les principes de base de la PHASE I seront conservés à jamais, mais appliqués avec peut-être moins de rigueur.

Dans la PHASE I, il n'était pas question de faire le moindre écart. La PHASE II est précisément celle des écarts.

Mais il va falloir les gérer correctement, c'est-à-dire ne jamais perdre de vue que les principes de la PHASE I, à quelques corrections près, doivent toujours constituer la base de repli.

La PHASE II est une phase de liberté, mais pas n'importe laquelle. C'est en fait une liberté surveillée qui doit très rapidement devenir une seconde nature.

La gestion des écarts est tout un art, mais cela peut être fait dans l'application de certaines règles. Comme vous le savez, il y a les petits écarts et les grands écarts.

Les petits écarts sont les suivants :

– un verre de vin ou de champagne à l'apéritif en ayant mangé au préalable fromage, saucisson ou olives...

– deux verres de vin au cours du repas ;

– un dessert au fructose (mousse ou fruit) ou un dessert au chocolat noir riche en cacao[1] ;

1. Voir le livre *Recettes et Menus Montignac,* éd. J'ai lu n° 7079, qui propose six desserts classés « faible écart » et quatorze desserts classés « très faible écart ». (* Petit écart ; ** Écart important.)

– un plat de bons glucides avec une graisse végétale (une assiette de lentilles avec un filet d'huile d'olive, un plat de haricots secs avec une viande maigre) ;

– un toast intégral avec du foie gras ou du saumon ;

– une tranche de pain intégral avec du fromage.

Les grands écarts sont les suivants :

– un verre d'apéritif + trois verres de vin au même repas ;

– une entrée comportant un mauvais glucide (soufflé, quiche, feuilleté) ;

– un plat principal comportant un mauvais glucide (riz blanc, pâtes blanches, pommes de terre) ;

– un dessert comportant un mauvais glucide (sucre, farine blanche).

En réalité, tous les écarts sont possibles, mais il faut comprendre que tous les petits écarts seront relativement bien encaissés par un organisme qui a fait une bonne PHASE I et s'y maintient continuellement. Les grands écarts sont eux aussi normalement absorbés, à condition que leur fréquence soit raisonnablement épisodique.

C'est l'aiguille de la balance qui devra servir d'indicateur pour décider des corrections. Si l'on voit que le poids revient, cela peut être pour deux raisons. Soit le pancréas n'a pas encore retrouvé un niveau de tolérance acceptable, soit la fréquence des écarts est trop élevée. Avec un peu de bon sens, les mesures appropriées seront prises en conséquence.

En réalité, la gestion des écarts est beaucoup plus facile dans les faits qu'on ne peut l'imaginer en théorie.

Car la conséquence de trop nombreux écarts ne se manifeste pas seulement par un risque de prise de poids.

C'est généralement au niveau de la forme, de l'endurance, en un mot de la vitalité, que les écarts alimentaires se mesurent le mieux. Dès que l'on est allé un peu trop loin, on en voit tellement vite les conséquences sur l'organisme que les mesures de correction sont prises automatiquement, d'instinct pourrait-on dire.

Règles générales de la PHASE II.

1 – *Ne jamais faire plus de deux petits écarts dans le même repas.*

Exemple :

ACCEPTABLE	NON ACCEPTABLE
2 verres de vin 1 mousse au chocolat > 70 % de cacao	1 apéritif 2 verres de vin 1 petit salé aux lentilles

2 – *Ne jamais faire plus d'un repas comportant un petit écart par jour.*

Cela veut dire que l'un des deux repas sera en PHASE I élargie.

3 – *Ne jamais faire plus d'un repas sur trois comportant un grand écart et un repas sur quatre comportant un grand écart et deux petits écarts.*

Exemple :

REPAS AVEC UN GRAND ÉCART**	REPAS AVEC UN GRAND ÉCART** PLUS UN PETIT ÉCART*
Avocat Colin, brocolis Tarte aux pommes** 1 verre de vin	Huîtres Gigot, flageolets* Profiteroles** 3 verres de vin

EXEMPLES DE MENUS PHASE II

JOURNÉE N° 1

Petit déjeuner

Fruit
Pain intégral + marmelade sans sucre
Margarine allégée
Café décaféiné
Lait écrémé

Déjeuner

Avocat vinaigrette
Steak haricots verts
Crème caramel
*Boisson : 2 verres de vin**

Dîner

Soupe de légumes
Omelette aux champignons
Salade verte
Fromage blanc égoutté
Boisson : eau

JOURNÉE N° 2

Petit déjeuner

Jus d'orange
*Croissants + brioches***
Beurre
*Café + lait**

Déjeuner

Crudités (tomates + concombre)
Filet de colin grillé
Épinards
Fromage
Boisson : 1 verre de vin seulement

Dîner

Artichauts vinaigrette
Œufs brouillés à la tomate
Salade verte
Boisson : eau

JOURNÉE N° 3

Petit déjeuner

Fruit
Pain intégral
Beurre allégé
Café décaféiné
Lait écrémé

Déjeuner

*Apéritif : apéricubes + 1 verre de vin blanc**
Saumon fumé
Gigot de mouton aux flageolets
Salade verte
Fromage
*Mousse au chocolat**
*Boisson : 3 verres de vin***

Dîner

Soupe de légumes
Tomates farcies (*voir* Recettes et Menus Montignac)
Salade verte
Fromage blanc à 0 % de matières grasses
Boisson : eau

JOURNÉE N° 4

Petit déjeuner

Œufs brouillés
Bacon
Saucisse
Café ou décaféiné + lait

Déjeuner

1 douzaine d'huîtres
Thon grillé à la tomate
*Tarte aux fraises**
*Boisson : 2 verres de vin**

Dîner

Potage de légumes
Gratinée de chou-fleur
Salade verte
1 yaourt
Boisson : eau

JOURNÉE N° 5 (GRAND ÉCART)

Petit déjeuner

Jus d'orange
Céréales ou fromage blanc à 0 % de matières grasses
Café ou décaféiné + lait écrémé

Déjeuner

Foie gras
Saumon grillé + épinards
*Fondant au chocolat amer***
*Boisson : 3 verres de vin**

Dîner

*Soufflé au fromage**
*Petit salé aux lentilles***
Fromage
Œufs à la neige
*Boisson : 3 verres de vin***

Note : La journée n° 5 n'est donnée qu'à titre d'exemple. En aucun cas elle ne constitue une recommandation, notamment en ce qui concerne la quantité de vin, qui est excessive, puisque six verres excèdent largement le demi-litre, déjà considéré comme un maximum à ne pas dépasser dans une journée. Ce type d'écart devra donc être très exceptionnel.

JOURNÉE N° 6 (RETOUR COMPLET EN PHASE I)

Petit déjeuner

Pain intégral
Fromage blanc à 0 % de matières grasses
Café ou décaféiné + lait écrémé

Déjeuner

Crudités (concombre, champignons, radis)
Colin poché sauce tomate
Fromage
Boisson : eau, thé ou tisane

Dîner

Soupe de légumes
Jambon blanc
Salade verte
1 yaourt

JOURNÉE N° 7

Petit déjeuner

Pain intégral
Fromage blanc à 0 % + marmelade sans sucre
Café ou décaféiné
Lait écrémé

Déjeuner

Salade d'endives
Entrecôte aux haricots verts
Fraises + crème fouettée sans sucre
Boisson : 1 verre de vin

Dîner

Fruits :
1 orange, 1 pomme, 1 poire
150 g de framboises
Boisson : eau

JOURNÉE N° 8

Petit déjeuner

Pain intégral
Beurre allégé
Café ou décaféiné
Lait écrémé

Déjeuner

Cocktail de crevettes
Thon + aubergines
Salade verte
Fromage
*Boisson : 2 verres de vin**

Dîner

Potage de légumes
Plat de lentilles
Fraises
Boisson : 1 verre de vin

6

La fatigue : et si c'était l'alimentation ?

Si vous avez l'occasion, un jour, de consulter un médecin pour un problème de fatigue, il est improbable qu'il procède à un interrogatoire alimentaire et encore plus improbable qu'il s'efforce de déceler les possibles carences en vitamines et en sels minéraux.

Il y a peu de chances également qu'il cherche à identifier les choix alimentaires pouvant déclencher directement ou indirectement des baisses sensibles de tonus, générales ou passagères.

L'hypoglycémie : trop simple pour y penser !

Un automobiliste est subitement contraint de s'arrêter sur le bord de la route. Son véhicule, pourtant quasiment neuf et bien entretenu, est manifestement en panne.

Remorqué jusqu'au garage le plus proche, il fait alors l'objet d'un examen mécanique attentif. Mais en vain, car rien ne peut expliquer la panne. Transféré chez le spécialiste de la marque, les hypothèses les plus extrêmes sont envisagées. On démonte, on prend le risque de changer des pièces essentielles, on remonte : toujours rien ! Et puis, l'énigme est enfin découverte : il n'y avait plus d'essence.

Le diagnostic de l'hypoglycémie est un peu comme celui de la panne d'essence : il est trop simple pour qu'on y pense.

Au Moyen Âge, une partie de la population a commencé à s'entasser dans des villes aux ruelles étroites encombrées de monceaux d'ordures et d'excréments, au beau milieu desquels grouillaient les porcs, pullulaient les rats et s'agitaient les mouches.

La lèpre, la peste, la typhoïde, le choléra, la dysenterie décimèrent alors le bon peuple pendant des siècles jusqu'au jour où l'on eut l'idée qu'il pouvait y avoir un lien de cause à effet et que quelques mesures d'hygiène pouvaient être salutaires. Ces terribles fléaux étaient à l'époque ce qu'on a appelé par la suite des maladies de civilisation, comme le furent un peu plus tard la petite vérole, la tuberculose ou encore la syphilis.

Si l'on fait aujourd'hui la liste des maladies de la civilisation moderne, on ne manque pas de noter, entre autres, le diabète, le cancer, les maladies cardio-vasculaires et depuis peu le sida.

Il en est pourtant une qui, bien que caractéristique de notre époque, est volontiers oubliée : c'est l'hypoglycémie.

Mais, si l'on peut admettre que c'est une affection dont on ne meurt pas, on peut affirmer en revanche qu'elle empêche dramatiquement de vivre ceux qui en sont affectés.

1) Glycémie : hyper et hypo

Nous avons vu, dans les chapitres précédents, que le glucose était le carburant de l'organisme, celui dont avaient notamment besoin pour fonctionner les muscles et surtout le cerveau.

Son absence provoquerait la mort, son insuffisance peut se traduire de différentes manières, et principalement par la fatigue.

Nous savons que le glucose transite par le sang et que son taux moyen, à jeun, se situe aux alentours d'un gramme par litre de sang.

Pour maintenir le taux à ce niveau idéal, l'organisme fait successivement appel à deux sources d'approvisionnement :

– le glycogène, qui est un stockage tampon au niveau du foie et des tissus musculaires ;

– la néoglucogenèse, qui correspond surtout à une transformation des graisses en glucose.

Lorsque le taux de sucre (glucose) augmente, ce qui est le cas après l'absorption de glucides, on est en hyperglycémie. Lorsqu'il baisse, c'est-à-dire quand il devient inférieur à 0,60 g/l, on est en hypoglycémie.

2) Un symptôme peut en cacher un autre...

Si l'on prend un petit déjeuner composé de bons glucides, c'est-à-dire ceux dont l'index glycémique est bas, la glycémie va raisonnablement monter, par exemple jusqu'à 1,25 g/l et, sous l'action d'une faible sécrétion d'insuline, elle va progressivement redescendre légèrement au-dessous de sa valeur normale et se stabiliser de nouveau rapidement à 1 g/l.

Si, en revanche, le petit déjeuner est composé de mauvais glucides (pain blanc, miel, confiture, sucre...), le pic glycémique pourra s'élever, par exemple, jusqu'à 1,80 g/l. La sécrétion pancréatique d'insuline sera alors importante, disproportionnée même, si le pancréas n'est pas en bon état.

De la sorte, l'hyperinsulinisme aura pour effet de faire anormalement baisser la glycémie, puisqu'elle pourra descendre jusqu'à 0,45 g/l, provoquant ainsi, quelque trois heures après l'ingestion, une hypoglycémie.

Lorsque la glycémie baisse brutalement, le sujet pourra se plaindre de troubles associant pâleur, palpitations, sueurs, angoisses, tremblements, ou subitement une très grande faim. À l'extrême, il pourra perdre connaissance : c'est le classique malaise hypoglycémique.

Un médecin consulté fera aisément le diagnostic et donnera les conseils appropriés pour éviter les récidives, après avoir probablement effectué un bilan visant à éliminer toute autre probabilité d'affection grave.

La plupart des individus, pour lesquels on diagnostique une hypoglycémie, auront tendance à croire que s'ils sont dans cet état, c'est que probablement ils manquent de sucre. Or, c'est exactement le contraire ! Si le malaise intervient par exemple en fin de matinée, il est vraisemblablement consécutif à une absorption beaucoup trop importante de « mauvais » glucides au petit déjeuner, lequel aura été essentiellement composé d'aliments hyperglycémiants.

En d'autres termes, si l'on est en hypoglycémie à onze heures, c'est parce que à huit heures, on était en hyperglycémie. C'est pourquoi, on appelle cette affection l'hypoglycémie réactionnelle. Paradoxalement, c'est l'abus de sucre qui entraîne un déficit, toujours par hypersécrétion d'insuline interposée. Un symptôme peut en cacher un autre.

3) L'hypoglycémie fonctionnelle

Le plus souvent, la glycémie baisse progressivement et donne alors des signes plus banals, se prêtant moins facilement au diagnostic : maux de tête, bâillements, coups de pompe, manque de concentration, trous de mémoire, troubles de la vision, frilosité, mais aussi, selon les individus, irritabilité et agressivité.

Les sujets féminins semblent d'ailleurs plus sensibles et manifestent parfois, d'une manière plus évidente, certains symptômes : celui de la frilosité par exemple. Il est courant de remarquer, dans les bureaux, que c'est toujours en fin de matinée que les femmes éprouvent le besoin de « mettre une petite laine », alors que la température n'a pas changé pour autant.

Il est facile de noter, dans son entourage familial ou professionnel, que certaines personnes deviennent progressivement nerveuses, instables, agressives même, au fur et à mesure que l'heure habituelle de leur repas arrive.

Quant aux bâillements et autres somnolences, qui ne manquent pas d'animer les participants des réunions dans les entreprises, ils en sont bien aussi les signes évidents.

Une enquête menée en France, au sujet des accidents survenus sur les autoroutes, a montré que plus de 30 % d'entre eux étaient dus à une perte de la vigilance consécutive à une baisse de la glycémie.

Les directeurs du personnel savent bien, d'ailleurs, que les accidents du travail (en usines ou sur machines) sont toujours plus nombreux à certaines heures de la journée.

Ils sont pour la plupart liés à un relâchement de l'attention, probablement en rapport avec une baisse anormale de la glycémie.

Les symptômes de l'hypoglycémie fonctionnelle font fréquemment partie des plaintes des patients qui consultent leur médecin, en pensant qu'ils sont victimes de fatigues chroniques ou d'insuffisance circulatoire cérébrale. En réalité, ils ne sont que la conséquence indirecte de mauvaises habitudes alimentaires : trop de sucre, trop de pain blanc, trop de pommes de terre, trop de pâtes et de riz blancs, pas assez de fibres.

Pendant longtemps on a cru que seuls les sujets qui avaient tendance à grossir pouvaient être victimes d'hypoglycémie. Des études ont montré que tout le monde, y compris les maigres, pouvait en être aussi affecté. La différence se situe au niveau du métabolisme. Les uns grossissent, les autres pas.

On peut ainsi mesurer l'erreur stupide qui consiste à grignoter un mauvais glucide chaque fois que l'on se trouve en hypoglycémie, ce que dénoncent les symptômes de la faim et du coup de pompe.

Les industriels de l'agro-alimentaire n'ont pas manqué, d'ailleurs, d'exploiter ce marché juteux en proposant les fameuses barres pseudo-chocolatées, composées pour la plupart de plus de 80 % de sucres et autres composants glucosés.

Certaines marques vont même, dans des publicités quasi mensongères, jusqu'à évoquer abusivement « la forme » tandis que d'autres promettent un véritable redémarrage (« ça repart ») qui n'est en réalité que celui d'un nouveau cycle (hyper/hypo), constituant le moyen idéal de fidéliser le client à un véritable cercle vicieux.

Consommer des sucreries, surtout entre les repas, a en effet pour résultat d'entretenir, sinon d'aggraver, la situation.

La montée de la glycémie est d'ailleurs aussi rapide et élevée que sa baisse.

C'est précisément le cycle infernal dans lequel se trouvent tous ceux qui sont victimes du grignotage. Le stade extrême est naturellement celui où se complaisent les Américains, qui mangent et boivent en permanence des aliments hyperglycémiants (Coca, hamburgers, frites, pop-corn...), avec les conséquences hypoglycémiques secondaires que l'on connaît. S'ils s'arrêtent, ce peut être dramatique, car ils sont véritablement dans un système de dépendance totale.

Les médecins américains connaissent ceux que l'on appelle les « *carbohydrates cravers* », c'est-à-dire les « toxicos du mauvais glucide ». Il existe même toute une littérature, aux États-Unis, pour montrer le lien étroit qui existe entre cette « extrême dépendance au sucre » et la violence.

De nombreuses études, réalisées notamment dans les pénitenciers, ont montré que la plupart des délinquants étaient des hypoglycémiques chroniques. Certains auteurs vont même jusqu'à penser que c'est ce qui explique la plus grande criminalité chez les Noirs, que la misère conduit à avoir une alimentation encore plus hyperglycémiante que les Blancs. Le fait que l'obésité soit plus importante chez eux procède de la même logique.

Il faut savoir, par ailleurs, que l'hypoglycémie est l'une des explications les plus probantes de l'alcoolisme.

Lorsqu'une boisson alcoolisée est bue à jeun, elle passe directement dans le sang, et se manifeste aussitôt par une montée de la glycémie. Cette dernière va automatiquement générer une importante sécrétion d'insuline qui provoquera une hypoglycémie réactionnelle.

Or, l'alcool, particulièrement chez un alcoolique, empêche le relâchement du glucose stocké dans le foie (glycogène), affaiblissant les possibilités de la néoglycogenèse. Donc, de deux choses l'une, ou bien l'alcoolique reste en hypoglycémie, ce qui lui est physiquement insupportable, ou bien il reprend une nouvelle quantité d'alcool pour en sortir. Le langage populaire est d'ailleurs tout à fait significatif quand il parle de « remontant ».

Le nouveau verre d'alcool va en effet remonter la glycémie et provoquer chez le buveur cet immense soulagement. On comprend dès lors l'erreur stupide qui consiste à faire boire à un alcoolique, pour le sevrer, des jus de fruits ou des boissons sucrées en lieu et place de l'alcool, car tant que l'hypoglycémie chronique n'aura pas été enrayée, l'individu se trouvera à n'importe quel moment en situation de rechute.

Les adolescents qui « carburent » en quelque sorte au Coca ou autres boissons sucrées se trouvent en réalité dans la même logique « hyper/hypo » et c'est probablement ce qui explique pourquoi ils n'ont jamais été aussi lymphatiques et paresseux qu'aujourd'hui.

Le plus grave, c'est que, comme l'ont montré des scientifiques américains et français, l'adolescent ayant abusé pendant des années de boissons hyperglycémiantes se trouve forcément prêt à passer sans transition à l'alcoolisme.

Un médecin universitaire de Washington nous rapportait dernièrement que c'est selon lui ce qui expliquerait la recrudescence dramatique de l'alcoolisme sur les campus américains.

En France, les adolescents qui, à quinze ans, ont déjà collectionné les « cuites » sont légion, et les éducateurs le savent bien. On raconte que dans une petite ville de province où se trouve un grand internat privé, le « panier à salade » local ramène régulièrement au collège, le mercredi soir, des jeunes élèves dans un état d'ébriété avancée.

On se contente, dans le meilleur des cas, d'étouffer l'affaire. Il faut dire que si l'on se hasardait à découvrir le véritable responsable : « la dérive alimentaire de notre société », on ne récolterait que ricanements et haussements d'épaules.

Il n'empêche que la « soif d'aujourd'hui », celle de notre jeunesse, celle du monde de demain, est étanchée par des boissons qui créent une véritable dépendance et les Coca-dollars, eux, peuvent être impunément blanchis par des investissements dans des publicités de prestige ou des stratégies marketing de génie.

Le coup de pompe de l'après-repas (la somnolence postprandiale) est une véritable hantise pour tous ceux qui travaillent. Eh bien, il faut savoir que cette somnolence postprandiale, comme l'appellent les médecins, est le signe d'une hypoglycémie ! Celle-ci est la conséquence directe de la manière déplorable avec laquelle le repas a été organisé, et le « sandwich-bière » en est certainement l'illustration la plus aberrante.

Contrairement à ce que pensent beaucoup de gens, ce n'est pas forcément le vin qui est responsable de la somnolence, mais la manière dont il est bu, à jeun pour une bonne partie. Il faut savoir par ailleurs que l'alcool potentialise l'effet des sucres, ce qui explique qu'absorbé avec des aliments hyperglycémiants (pain blanc, pommes de terre, pâtes, pizza...), il génère plus rapidement une hypoglycémie. C'est pourquoi, il n'y a rien de tel pour vous couper les jambes qu'un kir, une bière ou un whisky-Coca, surtout pris à jeun.

Ce qu'il faut retenir, c'est qu'une grande partie des fatigues chroniques ou passagères (coups de pompe), dont sont victimes nos contemporains sont liées à des hypoglycémies consécutives à une mauvaise alimentation.

On sait par ailleurs que les facteurs émotionnels peuvent aussi agir sur la glycémie et se traduire par une baisse de la vigilance en provoquant une sécrétion anormale d'adrénaline ou d'insuline, qui entraîne une hypoglycémie.

Avant de terminer ce chapitre, il est important de préciser que l'hypoglycémie (et ses symptômes) est une notion relative liée à une sensibilité individuelle.

Vous avez certainement remarqué que dans une pièce où règne une température constante, certains se couvrent alors que d'autres se découvrent. Cela veut dire qu'à température égale, les uns ont froid, alors que les autres ont trop chaud.

De la même manière, les nutritionnistes ont enfin admis l'idée selon laquelle chaque individu avait un système de thermorégulation qui lui était propre et qu'une ration alimentaire qui rassasiait quelqu'un pouvait en affamer un autre.

En matière d'hypoglycémie, c'est la même chose. Cela veut dire que l'apparition des symptômes est une notion biologique toute relative d'un individu à l'autre.

Certaines personnes vont se trouver à la limite de l'évanouissement avec 0,70 g/l de sucre dans le sang, alors que d'autres se sentiront parfaitement bien avec 0,50 g/l. C'est pourquoi il a toujours été difficile de déterminer à quel niveau paramétrique se situent les facteurs de déclenchement. Par ailleurs, le malaise ressenti peut, au début, être dû à une sécrétion d'adrénaline liée par exemple à un stress. Si on dose à ce moment la glycémie, elle est normale.

Par contre, quelques heures plus tard, elle pourra être basse et donc responsable de la persistance de l'état de fatigue.

L'école scientifique moderne, par essence rigoriste, et on ne peut que l'en féliciter, a cependant ce défaut de n'accepter un phénomène comme scientifiquement exact que lorsqu'il a pu être vérifié statistiquement de la même façon chez une population importante de sujets, car elle part du postulat selon lequel tous les individus sont identiques. Ce qui se vérifie sur l'un doit forcément se vérifier sur l'autre.

C'est d'ailleurs en vertu de ce principe de base que l'homéopathie (pourtant admise comme une thérapeutique efficace dans de nombreuses affections) n'a jamais été officiellement reconnue. Elle est même rejetée, toujours par principe, par les autorités médicales, en dépit de sa pratique par les médecins.

L'homéopathie ne peut en effet faire l'objet d'aucune « preuve » dans la mesure où elle échappe au modèle classique de contrôle scientifique, car elle est fondée par nature sur la sensibilité individuelle. Comment pourrait-on mesurer un champ avec une balance ?

Tout le monde reconnaît aujourd'hui que la variation de la glycémie sanguine explique la plupart des symptômes que nous avons définis, mais certains s'opposent encore par principe à en établir officiellement la corrélation, dans la mesure où les valeurs de déclenchement sont variables d'un individu à l'autre.

Le bon sens, l'observation et l'expérience finiront bien par l'emporter.

Les autres causes de la fatigue

1) Les mauvais choix en macronutriments

La fatigue peut être causée par un apport insuffisant en protéines.

Un régime trop restrictif, ou mal équilibré, peut en effet manquer de protéines. Cette carence relative entraîne plusieurs conséquences :

– prise de poids en raison de troubles métaboliques ;

– fonte musculaire, d'où une sensation de fatigabilité au moindre effort ;

– ralentissement de la croissance chez l'enfant.

Un excès de lipides, lors d'un repas, peut aussi se traduire par une baisse de tonus.

L'excès de graisses ralentit considérablement la digestion qui peut durer quatre à cinq heures. D'où une sensation de pesanteur gastrique désagréable et la survenue d'une somnolence.

2) Les carences en micronutriments

Un déficit en vitamines B peut aussi entraîner l'apparition d'une fatigue. Cela se voit plus volontiers chez l'alcoolique, la femme enceinte qui vomit et le sportif.

Sachez que les vitamines B, solubles dans l'eau, disparaissent volontiers dans l'eau de cuisson des légumes et des féculents, qu'il conviendrait donc de conserver pour faire un potage.

Autres causes de fatigues dues à une carence en micro-nutriments :

– lorsque le taux sanguin de la vitamine B6 est abaissé par la prise de la pilule ;

– lorsque la vitamine B9 (ou acide folique) se trouve en quantité insuffisante, ce qui est le cas de la femme enceinte et des vieillards ;

– lors d'une carence en vitamine B12, ce qui se voit volontiers chez les végétariennes ;

– le déficit en vitamine C, lequel est préoccupant chez les fumeurs ou les personnes qui ne mangent pas assez de fruits ou de crudités. Cette carence favorise également les infections et gêne l'absorption du fer ;

– le magnésium, ingéré en quantité insuffisante, favorise la spasmophilie et rend plus vulnérable au stress ;

– la carence en fer, très fréquente chez la femme, est source d'anémie, d'infections et de fatigue ;

– la carence en antioxydants (bêta-carotène, vitamines C et E, zinc et sélénium) empêche de bien lutter contre les radicaux libres responsables d'un vieillissement précoce, de maladies cardio-vasculaires et de cancers.

3) La mauvaise gestion des boissons alcoolisées

La manière dont on va absorber une boisson alcoolisée peut avoir une incidence sur la vitalité. C'est pourquoi il ne faut jamais boire une boisson alcoolisée à jeun, car cela favorise des céphalées, des vertiges ou des accidents divers (travail, circulation) par baisse de la vigilance. L'excès d'alcool pendant les repas aboutit aux mêmes troubles.

La femme montre une plus grande sensibilité que l'homme, pour une même dose d'alcool, car elle a un équipement enzymatique moins performant au niveau du foie.

L'alcool favorise secondairement une déshydratation par augmentation de la diurèse et de la perspiration.

Or, une déshydratation de 1 % diminue de 10 % la force musculaire. Si on atteint 2 %, la force musculaire est abaissée de 20 %... D'où une sensation de fatigabilité anormale même en dehors d'une activité physique intense.

4) L'hypersensibilité à la pollution alimentaire

On connaît mal les effets sur l'organisme de l'absorption chronique, pendant des dizaines d'années, de pesticides, d'herbicides, de fongicides, de nitrates, de résidus d'antibiotiques, de plomb et de mercure.

Pourtant, on a déjà rencontré des cas d'intoxication aux bêta-agonistes des abats, des allergies à certains colorants, sans parler des diarrhées dues à des salmonelles et des quelques rares épidémies de listériose ou de trichinose.

TABLEAU DES VITAMINES

VITAMINE	RÔLE	SOURCES	RISQUES ACCRUS	SIGNE DE CARENCE
A rétinol	Croissance Vision État de la peau	Foie, jaune d'œuf, lait, beurre, carottes, épinards, tomates, abricots	Tabagisme Alcoolisme Contraception orale Hépatite virale Traitement par barbituriques	Troubles de la vision nocturne Sensibilité à la réverbération Sécheresse de la peau Intolérance cutanée au soleil Sensibilité aux infections ORL
Provitamine A bêta-carotène	Protection contre les maladies cardio-vasculaires, le vieillissement et les cancers	Carottes, cresson, épinards, mangues, melon, abricots, brocolis, pêches, beurre		
D calciférol	Minéralisation du squelette et des dents Métabolisme phosphocalcique	Foie, thon, sardine, jaune d'œuf, champignons, beurre, fromage Le soleil	Absence d'exposition au soleil Abus de crème solaire écran total Personnes âgées qui ne sortent pas	Enfant: rachitisme Personnes âgées: ostéomalacie (+ ostéoporose) = déminéralisation osseuse
E tocophénol	Action antioxydante contre les radicaux libres et protection des acides gras polyinsaturés Protection cardio-vasculaire et prévention de certains cancers	Huiles, noisettes, amandes, céréales complètes, lait, beurre, œufs, chocolat noir, pain complet		Fatigabilité musculaire Risques d'accidents cardio-vasculaires Vieillissement cutané
K menadione	Coagulation sanguine	Fabriquée par les bactéries du côlon Foie, chou, épinards, œufs, brocolis, viande, chou-fleur	Traitement antibiotique de longue durée Abus de laxatifs Enfant prématuré	Accidents hémorragiques
B1 thiamine	Fonctionnement neuromusculaire Métabolisme des glucides	Levure sèche germes de blé, porc, abats, poisson, céréales complètes, pain complet	Alimentation hyperglycémiante Diabète Alcoolisme Grossesse Traitement par diurétiques	Fatigue, irritabilité, Troubles de la mémoire Manque d'appétit, dépression, faiblesses musculaires
B2 riboflavine	Métabolisme des glucides, lipides et protides Respiration cellulaire Vision	Levure sèche, foie, rognons, fromage, amandes, œufs, poisson, lait, cacao	Alcoolisme Non-consommation de laitages ou de fromages	Dermite séborrhéique, acné rosacé, photophobie, cheveux fragiles et ternes, lésions: lèvres, langue perlèche
PP ou vitamine B3 ou niacine ou acide nicotinique	Fourniture d'énergie par l'oxydo-réduction	Levure sèche, son de blé, foie, viande, rognons, poisson, pain complet, dattes, légumes secs, flore intestinale	Alcoolisme Traitement antiparkinsonien Régime végétalien Abus de maïs	Fatigue Insomnie Anorexie État dépressif Lésions de la peau (lucite) et des muqueuses

TABLEAU DES VITAMINES

VITAMINE	RÔLE	SOURCES	RISQUES ACCRUS	SIGNE DE CARENCE
B5 acide pantothénique	Intervient dans de nombreux métabolismes énergétiques Maintien de la peau, des muqueuses, des cheveux	Levure sèche, foie, rognons, œufs, viande, champignons, céréales, légumineuses	Alcoolisme Abus de conserves et de surgelés	Fatigue, maux de tête, nausées Vomissements Troubles caractériels Hypotension orthostatique Chute des cheveux
B6 pyridoxine	Métabolisme des protéines Synthèse de la lécithine Intervient dans 60 systèmes enzymatiques	Levure sèche, germes de blé, soja, foie, rognons, viande, poisson, riz complet, avocats, légumes secs, pain complet	Contraception par la «pilule» Alcoolisme	Fatigue État dépressif Irritabilité Vertiges Nausées Lésions de la peau Désir de sucreries Maux de tête dus aux glutamates
B8 ou biotine ou vitamine H	Participe à de multiples réactions cellulaires	Flore intestinale, levure sèche, foie, rognons, chocolat, œufs, champignons, poulet, chou-fleur, légumineuses, viande, pain complet	Traitement antibiotique prolongé Abus d'œufs crus	Fatigue, manque d'appétit, nausées, fatigue musculaire, peau grasse, chute des cheveux Insomnie, dépression Troubles neurologiques
B9 acide folique	Métabolisme des protéines Fabrication cellulaire	Levure sèche, foie, huîtres, soja, épinards, cresson, légumes verts, légumes secs, pain complet, fromage, lait, germes de blé	Alcoolisme, grossesse Personnes âgées De nombreux médicaments Cuisson des aliments Anémie	Fatigue, troubles de la mémoire, Insomnie, état dépressif Confusion mentale (vieillard) Retard de cicatrisation Troubles neurologiques
B12 cyanocobalamine	Synthèse des globules rouges Réactions enzymatiques Bon état des cellules nerveuses et de la peau	Foie, rognons, huîtres, hareng, poisson, viande, œufs	Régime végétarien Carence en cobalt	Fatigue, irritabilité, pâleur Anémie, manque d'appétit Troubles du sommeil Douleurs neuromusculaires Troubles de la mémoire Dépression
C acide ascorbique	Rôles métaboliques multiples tissulaires ou cellulaires (absorption du fer) Piège les radicaux libres Formation du collagène et du tissu conjonctif Formation des anticorps Synthèse de la L-carnitine Lutte contre le stress	Baies d'églantier, cassis, persil, kiwis, brocolis, légumes verts, fruits (agrumes), foie, rognons	Tabagisme Non-consommation de fruits et légumes crus Régime macrobiotique Stress Infection traînante	Fatigue, somnolence Manque d'appétit Douleurs musculaires Faible résistance aux infections Essoufflement rapide à l'effort

Dans tous les cas de figure ces symptômes se traduisaient aussi par une certaine fatigue.

C'est pourquoi il est important de choisir, si possible, des aliments provenant de l'agriculture biologique car ils sont plus riches en micronutriments et exempts de produits chimiques indésirables.

7

La prévention des maladies cardio-vasculaires

Les citoyens modernes (les hommes bien plus que les femmes) constituent statistiquement une population à haut risque en ce qui concerne les maladies cardio-vasculaires.

On dénombre en effet chaque année, en France, environ 110 000 infarctus et 50 000 décès imputables à l'athérome coronarien.

Pourtant, même si ce chiffre est élevé, rapporté à la population, la France se trouve en queue de peloton, juste avant le Japon qui présente le score le plus bas. C'est en effet trois fois moins qu'aux États-Unis, quatre fois moins qu'en Finlande (le pays le plus exposé) et loin derrière le Royaume-Uni, le Canada, la Norvège et l'Allemagne.

Si l'hypercholestérolémie est un facteur de risque que de nombreuses études ont pu mettre en évidence, il en est d'autres beaucoup plus importants encore, qui sont le tabagisme, l'hypertension artérielle, l'hérédité, le diabète, « *et tout ce que nous ignorons sans doute encore* », disent les spécialistes.

Tout le monde sait que les maladies cardio-vasculaires sont les causes les plus fréquentes de mortalité dans le monde. Mais, comme se plaît à le faire remarquer le professeur Apfelbaum, on ignore souvent que l'âge moyen de la mort par maladies cardio-vasculaires se situe entre soixante-dix et soixante-quinze ans, c'est-à-dire assez proche de l'espérance moyenne de vie actuelle.

Le risque vasculaire est différent chez l'homme et chez la femme

Chez l'homme, il se situe surtout entre 35 et 55 ans. La femme dispose quant à elle d'une protection hormonale jusqu'à la ménopause.

Au-delà seules celles qui ne prennent pas de traitement hormonal sont exposées.

Le risque ne devient net qu'aux environs de soixante-dix ans avec le vieillissement artériel.

Par ailleurs, toutes les études internationales montrent que partout où l'on a réussi à faire baisser le cholestérol comme facteur de risque, la mortalité par infarctus du myocarde a été réduite, mais le plus surprenant, c'est que la mortalité totale n'a pas diminué pour autant.

C'est en l'occurrence ce qui s'est passé aux États-Unis où, depuis 1985, une vaste campagne anticholestérol a été lancée et se traduit aujourd'hui par des comportements qui tournent à l'hystérie et à la paranoïa, comme seuls les Américains savent les déclencher.

Tous les moyens ont été mis en œuvre, dans ce pays, pour réduire le taux particulièrement élevé des maladies cardio-vasculaires. « *Toutes les quatre-vingt-dix secondes, un Américain mourait d'une crise cardiaque* », soulignait le docteur Lenfant. Car il faut savoir que quarante millions d'adultes ont, dans ce pays, un taux de cholestérol très supérieur à la normale.

À travers une dizaine d'associations professionnelles médicales, de compagnies d'assurances, d'industries pharmaceutiques et agro-alimentaires, s'est créé un comité d'experts chargé d'édicter des « recommandations ».

Ces conseils ont été diffusés à grand renfort médiatique auprès des différents groupes de la population. Des brochures destinées à l'éducation des patients ont été distribuées par le biais de cent cinquante mille médecins. Des cours spéciaux ont été donnés aux diététiciennes et aux infirmières, ainsi qu'aux professionnels de la santé.

Cette vaste campagne intitulée « *know your cholesterol numbers* » (connaissez votre taux de cholestérol) a forcément influencé les habitudes de vie américaines. Il faut dire que, parallèlement, l'industrie alimentaire s'est empressée d'exploiter ce nouveau marché du « *no cholesterol* » (pas de cholestérol). C'est ainsi que tout ce qui contenait la moindre proportion de graisse a été débarrassé de l'intruse. Le beurre, qui s'appelle désormais « *I can't believe it's not butter* » (je ne peux pas croire que ce n'est pas du beurre), est à l'image de son célèbre cousin le *Canada Dry* : « Ça ressemble à du beurre, ça a le goût du beurre, mais ce n'est pas du beurre. » C'est tout simplement un produit synthétique de plus, lui tenant lieu de pseudo-substitut.

La charcuterie et le fromage font, entre autres, l'objet des mêmes traficotages industriels. Les graisses sont enlevées et l'on reconstitue le tout pour lui donner bonne figure, avec l'avantage pour le consommateur d'avoir le goût des graisses sans pour autant en avoir.

Le professeur Slama, qui condamne ces pratiques manipulatoires, a bien raison de croire que l'organisme humain ne se laissera pas ainsi berner sans réagir d'une manière ou d'une autre. Quand on connaît la complexité des multiples mécanismes qui se mettent en œuvre au moment de l'ingestion d'un aliment (neurotransmetteurs, hormones, enzymes), ne serait-ce qu'à partir de son goût, on peut craindre les pires dérèglements.

Ces pratiques sont d'autant plus suspectes, à nos yeux de Français, qu'avec une alimentation traditionnelle, authentique et gastronomique de surcroît, notre pays est parmi les meilleurs du monde, en ce qui concerne les statistiques de mortalité coronarienne.

Mais ceci n'est pas une raison suffisante pour négliger l'hypercholestérolémie. Sans en faire un thème de nature obsessionnelle, comme aux États-Unis, il convient cependant d'en mesurer objectivement les implications pour notre santé et de voir quelles précautions d'ordre alimentaire il convient simplement d'adopter pour s'en prémunir.

Le cholestérol « c'est bon pour la santé » !

Le cholestérol n'est pas forcément l'intrus que l'on croit. C'est au contraire une substance indispensable à notre organisme.

Il faut préciser par ailleurs qu'il a deux origines : 70 % sont synthétisés par le foie, c'est-à-dire fabriqués par l'organisme lui-même, et 30 % seulement viennent de l'alimentation.

Autrement dit, vous pouvez très bien avoir un régime alimentaire sans aucun apport extérieur de cholestérol (si vous ne mangez que des carottes à l'eau par exemple) et vous retrouver avec un taux de cholestérol sanguin élevé et critique, pour d'autres raisons. C'est ce qui fait dire au professeur Apfelbaum que « *le cholestérol alimentaire et le cholestérol sanguin n'ont qu'un lien très faible, et chez certains, nul* ».

Le cholestérol est en effet une molécule indispensable à la fabrication des membranes des cellules, de certaines hormones et de la bile. Il est véhiculé, dans le sang, par des protéines qui lui servent en quelque sorte de « transporteurs ». Il en existe deux catégories :

– ***les lipoprotéines de faible densité,*** ou LDL (Low Density Lipoproteins), qui distribuent le cholestérol aux cellules et notamment à celles des parois artérielles qui sont victimes de ces dépôts graisseux.

C'est pourquoi le LDL-cholestérol a été baptisé « mauvais cholestérol » car il recouvre, à la longue, l'intérieur des vaisseaux, qui s'encrassent.

Cette obturation des artères peut entraîner un accident cardio-vasculaire :

- en raison d'une artérite des membres inférieurs ;
- en raison d'une angine de poitrine ou d'un infarctus du myocarde ;
- en raison d'un accident vasculaire cérébral pouvant entraîner, éventuellement, une paralysie.

– ***les lipoprotéines de haute densité,*** ou HDL (High Density Lipoproteins), qui conduisent le cholestérol jusqu'au foie pour qu'il y soit éliminé.

On a appelé le HDL-cholestérol le « bon cholestérol », car il ne fait aucun dépôt vasculaire. Il a, au contraire, la propriété de nettoyer les artères de leurs dépôts athéromateux. On comprend ainsi que plus le taux de HDL est élevé, plus le risque d'accidents cardio-vasculaires diminue.

Les dosages sanguins

Les normes actuelles sont beaucoup moins laxistes que celles qui ont prévalu pendant de nombreuses années. Trois notions doivent être retenues :

1 – le cholestérol total doit être inférieur ou égal à 2 g par litre de sang ;

2 – le LDL-cholestérol doit être inférieur à 1,30 g/l ;

3 – le HDL-cholestérol doit être supérieur à 0,45 g/l chez l'homme et 0,55 g/l chez la femme.

Les risques cardio-vasculaires

Les risques cardio-vasculaires sont multipliés par deux si le taux de cholestérol est de 2,2 g/l et par quatre s'il est supérieur à 2,6 g/l. Toutefois, on a pu observer que 15 % des infarctus survenaient chez des sujets ayant un pourcentage de cholestérol total inférieur à 2 g/l. C'est pourquoi cette notion n'a qu'une signification toute relative.

Ce qui est le plus important, c'est le dosage LDL et HDL, mais surtout le rapport entre le cholestérol total et le HDL, celui-ci devant impérativement être inférieur à 4,5.

45 % des Français ont des taux supérieurs à la normale et environ huit millions de nos contemporains ont un cholestérol total supérieur à 2,5 g/l. Or, quand on sait que faire baisser le cholestérol de 12,5 % permet de diminuer de 19 % le taux d'infarctus du myocarde, on a tout intérêt à prendre cette question au sérieux.

Les impératifs nutritionnels à mettre en œuvre

En cas d'hypercholestérolémie, le médecin pourra prescrire certains médicaments, mais cela doit rester le recours ultime.

Une bonne gestion de son alimentation sera, dans la plupart des cas, suffisante.

Voici donc les conseils que vous pouvez suivre pour faire diminuer votre taux de cholestérol, s'il est trop élevé, mais aussi pour vous en prémunir.

1) Perdre du poids

On a pu constater que l'amaigrissement (en cas de surcharge pondérale) conduisait dans la plupart des cas à une amélioration de tous les paramètres biologiques. La diminution du taux de cholestérol est certainement celle qui va apparaître le plus vite, à condition toutefois de ne pas faire l'erreur de consommer de mauvais lipides en excès.

2) Limiter l'apport alimentaire en cholestérol

Certains aliments contiennent un taux élevé de cholestérol, c'est le cas du jaune d'œuf et des abats. L'O.M.S. (l'Organisation mondiale de la santé) a pendant longtemps préconisé de ne pas dépasser un apport journalier de cholestérol de 300 mg. Or, des travaux récents ont prouvé que, paradoxalement, cet aspect de la diététique était très secondaire et qu'un apport alimentaire de 1 000 mg de cholestérol par jour n'entraînait qu'une augmentation de 5 % environ de la cholestérolémie.

De récentes publications ont montré que les œufs avaient un effet beaucoup moins important que ce que l'on a cru pendant longtemps. Il semble en effet que la quantité importante de lécithine qu'ils contiennent neutralise leur contenu en cholestérol.

On pourra donc négliger la quantité de cholestérol contenue dans les aliments mais il faudra, en revanche, tenir compte du degré de saturation des acides gras ingérés.

3) Choisir ses lipides

Nous avons vu, dans le chapitre concernant la composition nutritionnelle des aliments, que les graisses devaient être classées en trois catégories.

a. Les graisses saturées

Ce sont celles que l'on trouve dans la viande, les charcuteries, les œufs, le lait, les laitages, le fromage et l'huile de palme, mais aussi, aujourd'hui, dans les biscuits, les gâteaux et les viennoiseries.

Ces graisses augmentent théoriquement le taux de cholestérol total et surtout le LDL-cholestérol, lequel se dépose sur les parois artérielles et favorise les accidents vasculaires.

Quant aux volailles, à condition d'en ôter la peau, leur taux de graisses saturées est faible. Leur consommation aurait donc peu d'effet sur l'élévation de la cholestérolémie.

b. Les graisses polyinsaturées d'origine animale ou végétale

– Les acides gras polyinsaturés d'origine animale sont essentiellement contenus dans les graisses de poisson.

On a longtemps pensé que les Esquimaux, qui consomment une nourriture composée essentiellement de graisses de poisson, n'étaient pas sujets aux maladies cardio-vasculaires pour des raisons génétiques. On s'est par la suite rendu compte que c'était précisément la nature de leur nourriture qui constituait le meilleur facteur de prévention.

La consommation de graisses de poisson entraîne en effet une baisse du LDL-cholestérol et des triglycérides, mais elle rend aussi le sang plus fluide, d'où un moindre risque de thrombose.

On comprend ainsi que, contrairement à ce que l'on a pu croire pendant longtemps, plus le poisson est gras, plus il a une action bénéfique sur le cholestérol. Il faut donc encourager la consommation de saumon, de thon, de maquereaux, d'anchois et de harengs.

– Les acides gras polyinsaturés d'origine végétale ont été pendant longtemps privilégiés car ils font baisser le cholestérol total. Mais on s'est aperçu qu'ils faisaient certes baisser le LDL-cholestérol (ce qui est souhaitable), mais qu'ils diminuaient aussi le HDL-cholestérol, ce qui n'est pas bon.

On les trouve dans les huiles de tournesol, de colza, de noix et de pépins de raisin. Ils sont par ailleurs très sensibles à l'oxydation, et l'on sait qu'une huile oxydée est dangereuse pour les artères.

De même, transformés en margarine, ils aggravent leur cas puisqu'une étude récente, effectuée sur 17 000 infirmières américaines, a montré que les margarines favorisaient les dépôts graisseux dans les vaisseaux.

c. Les graisses monoinsaturées

Ce sont celles que l'on devra privilégier. Leur chef de file est l'acide oléique que l'on trouve notamment dans l'huile d'olive et l'huile de colza.

On peut dire que l'huile d'olive est le champion toutes catégories des graisses qui ont une action bénéfique sur le cholestérol. Elle est en effet la seule qui réussisse à faire baisser le mauvais cholestérol (LDL) et à faire augmenter le bon (HDL).

Certains auront compris que le thon à l'huile d'olive devient ainsi un véritable antidote contre le cholestérol.

Désormais, nous savons également que les graisses d'oie et de canard, ceux notamment qui sont engraissés pour produire le foie gras, appartiennent aussi à cette catégorie des acides gras monoinsaturés.

Foie gras, magrets et autres confits d'oie et de canard peuvent donc être consommés avec bonne conscience, car ils ont un effet bénéfique sur le système cardio-vasculaire.

4) Augmenter sa ration en fibres alimentaires

La présence de fibres dans le tube digestif améliore en effet le métabolisme des lipides.

On a pu également remarquer que la consommation de pectine (en mangeant par exemple des pommes) entraînait une baisse sensible du taux de cholestérol, ce qui est aussi le cas de toutes les fibres solubles, telles que les gommes des haricots blancs, ou celles qui sont contenues dans les algues (alginates).

5) Boire un peu de vin

Le professeur Masquelier a montré que l'alcool augmente le taux de « bon cholestérol » (HDL-cholestérol) et que les polyphénols qu'il contient protègent les parois des vaisseaux.

Les statistiques prouvent de manière évidente que les pays dont la population boit régulièrement du vin (France, Italie, Espagne, Grèce...) sont parmi ceux dont le taux de mortalité par maladies cardio-vasculaires est le plus faible.

6) Améliorer son hygiène de vie

Le stress, le tabagisme et la sédentarité ont eux aussi une action négative sur le cholestérol et les artères. Une meilleure hygiène de vie s'impose donc non seulement en tant que mesure curative, mais aussi en tant que mesure préventive.

Le régime méditerranéen

Il constitue la meilleure prévention cardio-vasculaire possible car il associe :

- *beaucoup de poisson (mais peu de viande) ;*
- *des légumes et notamment des oignons ;*
- *des légumineuses (haricots blancs, lentilles, fèves, pois chiches) ;*
- *des fruits : agrumes et fruits oléagineux (noix) ;*
- *du pain riche en fibres ;*
- *des laitages fermentés (yaourt) ;*
- *de l'ail ;*
- *de l'huile d'olive (mais peu de beurre) ;*
- *du vin.*

La Crète, dont la population consomme du vin et beaucoup d'huile d'olive, est la région d'Europe où le taux de maladies cardio-vasculaires est le plus faible.

7) Penser à réduire l'hyperinsulinisme

De nombreux praticiens américains sont étonnés par le fait que la suppression du cholestérol alimentaire, comme la suppression des graisses, chez leurs patients atteints d'hypercholestérolémie n'entraîne pas forcément une réduction substantielle de leur cholestérol.

On a pu, en revanche, démontrer que l'adoption d'une alimentation à index glycémique bas, conduisant à la suppression de l'hyperinsulinisme, entraînait invariablement une régularisation optimale des paramètres sanguins (cholestérol, triglycérides) alors que, paradoxalement, la consommation de graisses et de cholestérol alimentaire n'avait pas diminué. Dans certains cas elle avait même augmenté.

C'est le constat statistique qu'a pu faire, auprès de ses patients, le docteur Morrison C. Bethea, chirurgien en cardiologie, au Mercy-Baptist Hospital de La Nouvelle-Orléans après avoir adopté la méthode Montignac dans son service.

8) Prévenir l'excès de triglycérides dans le sang

Cette anomalie, même isolée, est maintenant reconnue comme un facteur de risque cardio-vasculaire à part entière. Elle est due, le plus souvent, à un excès d'alcool ou de sucre.

Sur le plan pratique, il faudra donc :

- manger souvent des poissons gras ;
- prendre des glucides à index glycémique bas ;
- éviter les sucreries et les boissons alcoolisées.

9) Ce qu'il faut savoir

Selon le professeur Serge Renaud, spécialiste des lipides, et directeur de recherche à l'INSERM, certaines études tendraient à montrer que, dans le fromage, les acides gras saturés responsables du cholestérol formeraient avec le calcium des sels insolubles qui seraient mal absorbés au niveau intestinal. Il y aurait ainsi beaucoup moins de risques à manger du fromage, pour le cholestérol, qu'on a pu le penser jusqu'alors.

D'autres travaux montrent aussi que la fermentation des fromages au lait cru, qui se fait naturellement, conduit à une véritable transformation de la nature des graisses. C'est la structure moléculaire de la graisse saturée qui est en fait modifiée au point de neutraliser complètement son absorption intestinale.

Le fromage traditionnel, au lait cru, n'aurait donc ainsi aucun effet pervers sur le système cardio-vasculaire (voir schéma ci-après).

Les graisses alimentaires (lipides) sont formées à 98 % de triglycérides constitués par l'union d'une molécule d'alcool (le glycérol) et de trois molécules d'acides gras.

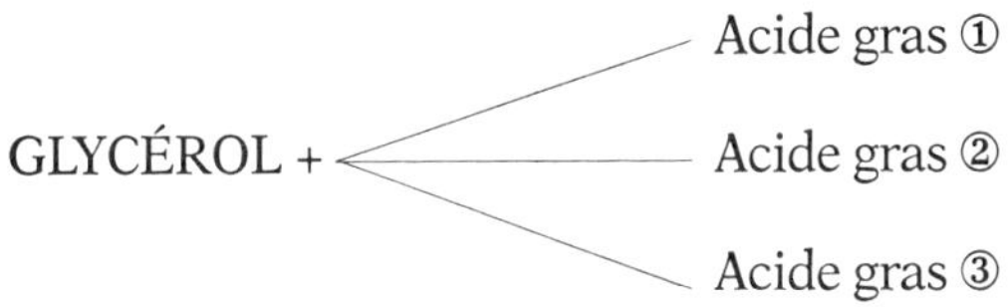

Dans les graisses saturées, seuls les acides gras en position ② sont bien absorbés par la paroi intestinale. Or, la fermentation naturelle du lait cru, qui modifie la structure moléculaire des graisses, supprime en grande partie les acides gras en position ②.

Ainsi, même si dans un fromage au lait cru la quantité de graisses saturées est importante, son absorption intestinale est réduite. Il faut savoir par ailleurs qu'un taux élevé de cholestérol, malgré une faible consommation de graisses saturées, peut être lié à une carence en vitamine PP.

Résumé des mesures à mettre en œuvre pour ceux qui ont une hypercholestérolémie

- Perdre du poids, si on est obèse.
- Diminuer sa consommation de viande (max. : 150 g/jour).
- Choisir des viandes peu grasses (cheval, bœuf maigre).
- Les remplacer le plus souvent par des volailles (sans la peau).
- Éviter la charcuterie grasse et les abats.
- Préférer les poissons (min. 300 g/semaine).
- Manger peu de beurre (max. 10 g/jour) et de margarine.
- Prendre du lait écrémé et des laitages à 0 % de matières grasses. Manger des yaourts.
- Augmenter sa consommation de fibres (fruits, céréales, légumes et légumineuses).
- Majorer sa consommation d'acides gras mono et polyinsaturés végétaux (olive, tournesol, colza, maïs).
- Assurer un apport suffisant en vitamines A, PP, C et E, en sélénium et en chrome (levure de bière).
- Boire (éventuellement) du vin riche en tanins (max. 1/2 bouteille/jour) car il contient des polyphénols.
- Contrôler son stress.
- Pratiquer éventuellement un sport d'endurance.
- Cesser de fumer.

8

Alimentation et sport

Si le hasard vous conduit à vous promener bien avant les lueurs de l'aube dans les rues de New York, vous ne manquerez pas de remarquer les joggeurs américains suant sang et eau, dès cinq heures du matin, dans leurs petites tenues de circonstance.

En dépit d'une pollution extrême, dont leurs poumons activés profitent allégrement, ces sportifs de la première heure sacrifient à un rituel désormais inscrit dans le manuel du parfait citoyen américain.

Mis à part quelques marathoniens d'opérette, le gros du bataillon de ces « dératés » matinaux est en effet constitué par des individus qui pensent que seul un gros effort physique quotidien est capable de maintenir une forme de rêve et surtout de leur éviter de devenir ces *bibendums* que sont déjà leurs compatriotes.

Toute l'Amérique s'est d'ailleurs mise au diapason depuis des années et, malgré l'augmentation permanente du poids moyen du citoyen, l'on reste convaincu dans ce pays que la meilleure façon de maigrir est de limiter les calories d'un côté et d'en dépenser beaucoup de l'autre.

Beaucoup plus raisonnables, les Parisiens, quant à eux, se contentent de quelques tours du lac du bois de Boulogne, le samedi matin, et ce parcours est davantage une occasion d'oxygénation hebdomadaire ainsi qu'un bon prétexte pour rencontrer les copains. Nombreux sont ceux, d'ailleurs, qui prolongent cet effort musculaire par un solide repas « bien de chez nous », ne serait-ce que pour se redonner les forces qu'ils n'ont pas forcément perdues par ailleurs.

En 1989, un sondage effectué par un grand hebdomadaire français indiquait que 66 % de nos compatriotes pensent que la meilleure façon de maigrir est de faire du sport.

C'est en effet une idée reçue qui est d'autant plus surprenante que tous ceux qui ont essayé y sont rarement parvenus. Car, perdre du poids en se remuant sans changer ses habitudes alimentaires est totalement illusoire.

On ne peut pas nier pour autant que le sport augmente les dépenses énergétiques, mais la dépense est en réalité beaucoup plus faible qu'on ne l'imagine.

SPORT EFFECTUÉ EN CONTINU	TEMPS POUR PERDRE 1 KG DE GRAISSE EN FAISANT DU SPORT	
	HOMME (heures)	FEMME (heures)
Marche normale	138	242
Marche rapide	63	96
Golf	36	47
Vélo	30	38
Natation de détente	17	21
Jogging	14	18
Tennis	13	16
Squash	8	11

Les travaux du docteur de Mondenard montrent en effet que pour perdre un kilo de graisse, dans le cadre d'une activité physique, il convient d'y consacrer de nombreuses heures.

On a pu ainsi démontrer qu'une personne voulant perdre cinq kilos en quatre mois, uniquement en faisant du sport, devrait faire une heure et demie de jogging, cinq jours par semaine.

C'est l'endurance qui paie !

Ce que doivent savoir tous les candidats à l'exercice physique, c'est que c'est le prolongement de l'effort, au-delà d'un certain seuil, qui permet d'obtenir des résultats au niveau de la perte de poids. C'est ainsi qu'une heure d'effort musculaire continu sera beaucoup plus efficace que trois fois trente minutes dans la même journée.

Au repos, l'organisme utilise les acides gras circulant dans le sang comme carburant ainsi que l'ATP des muscles.

Dès que l'effort physique intense démarre, il va « pomper » dans le glycogène musculaire, lequel s'épuiserait en vingt minutes environ si on ne comptait que sur lui.

À partir de vingt-cinq minutes d'effort, la moitié de l'énergie dépensée va venir du glycogène, et l'autre moitié, de la transformation des graisses de réserve (lipolyse).

Puis, après quarante minutes d'effort, c'est en majorité les graisses qui sont utilisées, pour protéger le glycogène restant. C'est donc à partir de quarante minutes d'un effort continu, en endurance, et avec une intensité submaximale que l'on fait fondre les graisses de réserve.

Dans l'hypothèse où l'on ferait trois fois vingt minutes de sport de détente dans la journée, on comprend dès lors que la source de carburant étant le glycogène, ce dernier possède, chaque fois, le temps de se reconstituer en puisant directement dans l'alimentation.

Pour obtenir des résultats probants, il faut pratiquer un sport d'endurance (vélo, jogging, natation...), au minimum trois fois par semaine, en maintenant un exercice soutenu pendant une durée minimale de quarante minutes. Une interruption de trois jours annulerait tous les efforts obtenus précédemment.

Il importe par ailleurs que le sportif adopte des habitudes alimentaires conformes aux principes exposés dans ce livre de manière, notamment, à supprimer tout risque d'hypoglycémie[1].

Il est également nécessaire de démarrer progressivement, en évitant de prolonger tout d'un coup la durée de l'effort, sans entraînement. L'organisme a besoin de s'habi-

1. L'alimentation du sportif de haut niveau est beaucoup plus complexe et fait appel à d'autres règles nutritionnelles propres à chaque spécialité, qui sont trop spécifiques pour être évoquées dans cet ouvrage.

tuer, à travers des paliers successifs, à modifier ses fonctionnements physiologiques.

Le sport peut être bénéfique

Il peut en effet être bénéfique s'il est pratiqué intelligemment, avec pour principale finalité de permettre une bonne hygiène de vie et une meilleure oxygénation.

On pourrait presque dire, en fait, que le corps humain (comme chacune de ses fonctions) « ne s'use vraiment que si l'on ne s'en sert pas ».

L'exercice physique est donc une forme de régénération permanente qui permet, entre autres, de lutter contre le vieillissement en améliorant le fonctionnement cardiaque et pulmonaire.

Même si le poids reste stable, le muscle, en travaillant, remplace progressivement la graisse, ce qui permet un affinement de la silhouette.

L'activité musculaire peut par ailleurs être une aide efficace à la « restauration » de notre organisme, c'est-à-dire à cette « mise à niveau » que nous avons entreprise à travers les recommandations de cet ouvrage.

Il faut savoir en effet que la tolérance au glucose s'en trouve améliorée et que l'hyperinsulinisme (facteur d'hypoglycémie et d'obésité) en est diminué de manière appréciable. C'est surtout par ce biais que le sport est utile, en accélérant la correction de l'hyperinsulinisme.

On peut ajouter que l'hypertension artérielle comme l'hypercholestérolémie en sont nettement améliorées quand elles existent[1].

Sur le plan psychologique, la pratique raisonnable d'un sport peut donc être tout à fait salutaire, ne serait-ce que par la découverte de son corps et l'impression réelle d'une certaine jeunesse. Ressentie peut-être au départ comme un *pensum*, elle devient rapidement, au fur et à mesure de

1. Chez un homme de plus de quarante ans, il est impératif, avant d'entreprendre un sport, de faire un bilan cardio-vasculaire avec électrocardiogramme d'effort.

APPORTEZ-NOUS VOTRE TÉMOIGNAGE

Madame, Monsieur,
Après la lecture du livre de Michel MONTIGNAC vous avez sans doute appliqué sa méthode avec sérieux. Dans ce cas, nous souhaiterions que vous ne restiez pas anonyme.
Faites-nous part de vos impressions ainsi que des résultats que vous avez obtenus, pour vous comme pour votre entourage.
Veuillez donc répondre au questionnaire confidentiel qui sera traité par le docteur Hervé ROBERT qui travaille avec nous. Vous nous aiderez dans nos recherches et contribuerez ainsi à nous faire progresser.

QUESTIONNAIRE CONFIDENTIEL– SECRET MÉDICAL
À adresser au Dr Hervé ROBERT, Institut Vitalité et Nutrition.
1, rue Robin, 95880 Enghien-les-Bains

NOM —————————— PRÉNOM ——————
ADRESSE ————————————————
————————————————————
PROFESSION —————————— DATE DE NAISSANCE ———
TÉLÉPHONE (facultatif) personnel ——————————
professionnel ——————————

ANTÉCÉDENTS FAMILIAUX :

Père : obésité □ OUI □ NON Taille —— Poids ——
Mère : obésité □ OUI □ NON Taille —— Poids ——

	Sexe	Âge	Poids	Taille
Frères et sœurs :				

Si vous ne savez pas les chiffres exacts, donnez-les approximativement.

ANTÉCÉDENTS PERSONNELS :
Étiez-vous obèse dans l'enfance ? □ OUI □ NON
Votre poids à l'âge de 20 ans ————
Votre poids le plus faible ———— et le plus élevé ———— à l'âge adulte
À quel âge a débuté votre obésité ? ————
Avez-vous pris du poids : □ progressivement
□ brusquement (cause ?) ————
Mangez-vous : □ beaucoup □ très peu □ normalement
Avez-vous tout le temps faim ? □ OUI □ NON
Faites-vous du sport ? □ NON □ OUI Lesquels ? ————
Faites-vous des repas d'affaires ? □ tout le temps □ parfois □ jamais
Avez-vous du diabète ? □ OUI □ NON
Avez-vous un excès de cholestérol ? □ OUI □ NON
Avez-vous une hypertension artérielle ? □ OUI □ NON
Avez-vous des troubles circulatoires ? □ NON □ OUI Lesquels ? ————
Tabac : □ N'a jamais fumé □ Fume combien par jour ? ————
□ A arrêté de fumer. Quand ? ————
Prise de poids NON □ OUI □ combien de kg ————
Vous sentez-vous stressé dans votre vie quotidienne ?
□ Souvent □ Parfois □ Rarement
Aimez-vous le sucre et les desserts ? □ OUI □ NON

Aimez-vous les sauces, les aliments gras, les frites ? □ OUI □ NON
Buvez-vous régulièrement des apéritifs et du vin ? □ OUI □ NON
Grignotez-vous entre les repas ? □ OUI □ NON
Avez-vous déjà traité votre obésité ? □ OUI □ NON
Avez-vous déjà suivi un régime hypocalorique ? □ OUI □ NON
Résultat : □ Bon au début, avec rechute ensuite □ Mauvais
Avez-vous déjà pris des coupe-faim ? □ OUI □ NON
des diurétiques ? □ OUI □ NON
des extraits thyroïdiens ? □ OUI □ NON

Pour les femmes :
Gonflez-vous ou prenez-vous du poids avant les règles ? □ OUI □ NON
Avez-vous gardé un poids excessif après une grossesse ? □ OUI □ NON
Prenez-vous des hormones ? □ OUI □ NON
(pilule, traitement de la ménopause) ?

Si vous prenez des médicaments pour un quelconque problème de santé, indiquez leur nom :

Au début de l'application de la méthode Montignac :
Âge —— Taille —— Poids —— Tour de taille ——
Date de mise en route de la Méthode ——— Tour de hanches ———
État général : □ en pleine forme □ forme variable □ souvent fatigué
Coups de pompe après les repas : □ souvent □ parfois □ rarement

Au bout de 15 jours : Poids ———
Vitalité : □ accrue □ inchangée □ fatigue
Coups de pompe après les repas : □ souvent □ parfois □ rarement

Au bout d'un mois : Poids ———
Vitalité : □ accrue □ inchangée □ fatigue
Coups de pompe après les repas : □ souvent □ parfois □ rarement

Au bout de 2 mois : Poids ——— □ Phase 1 □ Phase 2
Vitalité : □ accrue □ inchangée □ fatigue
Coups de pompe après les repas : □ souvent □ parfois □ rarement

Au bout de 3 mois : Poids ——— □ Phase 1 □ Phase 2
Vitalité : □ accrue □ inchangée □ fatigue
Coups de pompe après les repas : □ souvent □ parfois □ rarement

Au bout de 4 mois : Poids ——— □ Phase 1 □ Phase 2
Vitalité : □ accrue □ inchangée □ fatigue
Coups de pompe après les repas : □ souvent □ parfois □ rarement

---

Nom et adresse de votre médecin traitant :

Il est souhaitable de vous faire faire une prise de sang avant la mise en route de la Méthode et d'en refaire une seconde, 2 ou 3 mois après. Soyez aimable de nous transmettre les résultats :

	1re prise de sang : date	2e prise de sang : date
glycémie à jeun		
glycémie post-prandiale		
acide urique		
cholestérol total		
HDL-cholestérol		
triglycérides		

Commentaires, suggestions et critiques :

l'amélioration des performances, une véritable source de bien-être.

En améliorant d'une manière générale le métabolisme, l'activité physique pourra constituer, après l'amaigrissement, une garantie supplémentaire de stabilisation du poids et de maintien de la forme.

Ne pas se tromper d'objectif

Nos contemporains ont malheureusement des attitudes parfois un peu trop extrémistes en ce qui concerne le sport. Entre le speudo-sportif fumeur et « alcoolo » qui passe l'essentiel de son temps, et la troisième mi-temps, au comptoir du bistro ou devant sa télévision, et le vieux beau qui se tue à vouloir rester jeune en singeant les professionnels, il y a une juste mesure que seule la sagesse vous fera trouver.

Les arrêts de travail du lundi matin ne sont pas seulement dus aux abus alcooliques et autres excès alimentaires du week-end, ils sont aussi imputables à l'imprudence de beaucoup qui, sans habitude ni entraînement, et en s'hydratant mal, ont mal jugé, dans l'euphorie, de leurs véritables capacités.

Une saine gestion de son alimentation, ainsi qu'un maintien raisonnable et régulier d'activités physiques sont les conditions nécessaires pour accepter avec sérénité, jeunesse et optimisme, les années qui s'accumulent. Mais c'est aussi un état d'esprit.

Quand on voit certaines personnes qui s'obstinent à attendre cinq minutes l'ascenseur pour monter au premier étage, ou à prendre leur voiture pour aller acheter leurs cigarettes chez le buraliste d'à côté, on ne peut avoir à leur égard que le même sentiment de pitié que celui que l'on a pour ceux qui ne se nourrissent que de hamburgers et de Coca.

La femme est un être fragile... C'est en tout cas l'idée que l'on s'en est faite depuis toujours, au point de l'avoir qualifiée de « sexe faible ».

Pourtant, les scientifiques nous assurent aujourd'hui qu'elle est beaucoup plus résistante que l'homme, et pas seulement parce qu'elle est plus performante en termes de durée de vie.

L'homme, nous dit-on, ne serait pas capable de supporter physiquement l'épreuve de la maternité et la femme serait donc paradoxalement plus « résistante » que lui tout en étant plus fragile...

En fait, elle est surtout plus sensible, mais aussi plus complexe. Sa vie est en effet rythmée par un système hormonal compliqué qui, de la puberté à la ménopause, en passant par la grossesse, fait subir à son corps moult transformations.

Au même titre qu'un moteur hypersophistiqué, l'organisme féminin est sensible aux moindres modifications. C'est pourquoi il est doté d'un système de régulation plus fin et, par conséquent, fait preuve d'une plus grande vulnérabilité aux mauvais traitements.

Dès lors, on comprend mieux pourquoi la femme est « réellement » plus sensible aux médications qui lui sont administrées que l'homme, et pourquoi leurs effets secondaires éventuels sont plus marqués.

Enfin, on comprend encore mieux pourquoi cette extrême sensibilité, lorsqu'elle est conjuguée à de mauvaises habitudes alimentaires, a des conséquences d'autant plus manifestes, au niveau pondéral, qu'elle est aggravée par des bouleversements hormonaux.

Après avoir indiqué, dans la première partie, quelles sont les règles nutritionnelles qu'il convient d'adopter de manière générale, pour perdre définitivement du poids et être en meilleure santé, je vous propose de voir, dans cette seconde partie, comment les femmes peuvent les appliquer pour en optimiser les résultats.

SECONDE PARTIE

1

Variations autour d'une image : le corps féminin

Imaginons que nous soyons en l'an 2500 et que les historiens du moment décident de rechercher quelles étaient les formes du corps féminin au XXe siècle. Après avoir compulsé les nombreux journaux féminins de l'époque et constaté que toutes les photos qu'ils contiennent exhibent des silhouettes longilignes dont la minceur, voire la maigreur, sont le point commun, nos observateurs ne manqueraient certainement pas d'en déduire que c'est ainsi que tout le monde était à cette période.

Nous commettons exactement la même erreur aujourd'hui lorsque nous contemplons *les Trois Grâces* de Raphaël, *les Sirènes* de Rubens, ou, plus près de nous, les nus de Renoir, les sculptures de Maillol ou les baigneuses de Courbet. Le moins que l'on puisse dire, c'est que toutes ces œuvres d'art représentent des femmes bien en chair et qu'il est apparemment logique de penser que toutes les femmes étaient aussi rondouillardes et potelées autrefois.

Il serait bien plus pertinent de se demander si les peintres du passé cherchaient, dans leurs œuvres, à projeter la réalité du moment ou s'ils ne désiraient pas plutôt représenter un certain idéal « féminin ».

De la même manière, les magazines modernes s'efforcent, aujourd'hui, de façon évidente de développer l'image d'un corps féminin atypique qui n'est, en fait, que la projection du rêve de leurs lectrices.

Les canons de la beauté

Nous n'avons, en somme, que le culte de ce qui est rare et exceptionnel. Être gros, autrefois, était un signe de réussite sociale : cela signifiait que l'on avait une table « bien garnie » tous les jours et les moyens de pouvoir se nourrir abondamment. La maigreur et la minceur (on employait le mot « décharné » à l'époque) étaient monnaie courante.

C'est pourquoi les formes généreuses et les rondeurs opulentes, qui relevaient de l'exception, correspondaient aux canons de la beauté.

Il faut également savoir que l'approvisionnement alimentaire pouvait autrefois être aléatoire, et ce pour la majorité de la population. Les guerres, les jacqueries, les mauvaises récoltes pouvaient à tout moment déboucher sur une disette, voire une famine. Manger à sa faim chaque jour était un luxe, c'est pourquoi les masses graisseuses que l'on pouvait avoir la chance de posséder constituaient une réserve précieuse pour le cas où un rationnement était imposé par les circonstances.

La surcharge pondérale, quand elle existait, représentait donc une sorte d'« assurance tous risques » contre les aléas des récoltes et n'avait pas un caractère négatif comme aujourd'hui. Elle était vécue comme une sécurité d'autant plus recherchée qu'elle était rare.

L'embonpoint était aussi, autrefois, un critère de bonne santé et par conséquent de robustesse. En d'autres mots, la femme bien en chair ne pouvait être qu'une bonne génitrice, laquelle accueillerait sans problème, dans ses flancs généreux, une grossesse jugée prometteuse. Cette représentation idéalisée de la femme est encore en vigueur dans un certain nombre de pays du tiers monde et notamment au Maghreb.

Afin d'expliquer l'évolution de l'esthétique féminine, les sociologues ont tendance à dire que les canons de la beauté se sont progressivement transformés avec l'évolution de la mode.

D'autres pensent plutôt que la mode n'a jamais fait que précéder un mouvement qui n'attendait qu'un « moyen » pour pouvoir s'exprimer de lui-même.

C'est ainsi que l'influence du couturier Paul Poiret, au début du siècle, a certainement contribué à faire basculer les choses lorsqu'il proposa la suppression du corset.

Désormais, la femme n'allait plus chercher à cacher son corps sous d'amples vêtements en ayant recours à de multiples artifices. Les robes allaient, au contraire, mouler les formes et souligner le galbe. Quelques années plus tard, le mouvement de libération des femmes aidant, on alla même jusqu'à nier les principes de la féminité en proposant des modèles quasi androgynes.

L'inquiétude de la gent masculine vis-à-vis d'une sexualité féminine soudain éclairée par la psychanalyse freudienne allait avoir de plus grandes répercussions encore sur les idées. L'érotisme tendait d'ailleurs à disparaître progressivement des représentations picturales et certains peintres n'hésitèrent pas à « massacrer » le corps féminin en le représentant, comme Picasso ou Buffet, sous une forme décharnée ou des contours géométriques.

Parallèlement à ces phénomènes socioculturels, deux facteurs allaient être déterminants pour accentuer encore le poids de la minceur : la généralisation de l'embonpoint, voire de l'obésité, dans un pays leader tel que l'Amérique et, d'autre part, la découverte faite par la médecine du fait que la surcharge pondérale était en réalité un facteur de risque sérieux pour la santé.

Celles qui sont grosses dans leur tête

Avoir un corps « normal », pour autant que cette normalité soit définissable (car c'est souvent une notion individuelle), est un souhait légitime pour chacune. L'ennui, c'est que bon nombre de femmes mettent la barre un peu haut, ou plutôt trop bas, en considérant que les mannequins de leurs magazines préférés sont des étalons dont les 90, 60 et 90 de mensurations restent incontournables.

Notre société est malheureusement celle de la standardisation et, à partir du moment où l'on ne correspond pas aux critères reconnus, on est vite rejeté dans le clan des marginaux, des « moches » et, par conséquent, des non-désirables.

La jeune fille qui n'est pas « aux normes » pense indubitablement qu'aucun garçon ne tentera de la séduire ; la femme mariée quelque peu rondelette redoute que son mari ne la trompe avec une créature de rêve, et la femme aimée (quand elle a tendance à s'empâter) a peur d'être délaissée pour une jeunette aux formes irréprochables et insultantes, dans la pleine fleur de ses vingt ans.

Pourtant, elles ne sont parfois « grosses » que dans leur tête, imputant aux kilos en trop la responsabilité de tout ce qui ne va pas dans leur vie. Quoi qu'il en soit, la meilleure façon de procéder consiste à faire un diagnostic sérieux.

Un certain nombre de tables de calcul de poids idéal plus ou moins fantaisistes ont circulé, ces dernières années, indiquant quel était le poids idéal à partir de la taille. Certaines étaient trop sévères, d'autres beaucoup trop laxistes.

Comment calculer votre poids idéal ?

Il existe actuellement deux approches de calcul du poids idéal, que l'on retrouve désormais mentionnées dans la plupart des manuels.

1. La formule de Lorentz

$$\text{Poids idéal} = (\text{taille en cm} - 100) - \frac{(\text{taille} - 150)}{2}$$

Ainsi, si vous mesurez 1,70 m, vous devez peser soixante kilos, ce qui semble à peu près normal.

En revanche, si vous mesurez 1,50 m, votre poids idéal sera de cinquante kilos, ce qui semble un peu excessif.

2. Le BMI (Body Mass Index) ou formule de Quetelet

Il s'agit certainement de la formule de calcul la plus intéressante qui soit. Elle est en tout cas internationalement reconnue à ce jour.

Elle indique le rapport du poids (en kilos), divisé par la taille (en mètres et au carré).

$$BMI = \frac{P}{T^2}$$

À l'aide des données ci-dessous, vous pourrez découvrir instantanément la valeur de votre BMI :

- Pour un BMI de 20 à 23 : vous avez une corpulence normale ;
- Pour un BMI de 24 à 29 : vous avez une surcharge pondérale ;
- Pour un BMI supérieur à 30 : on peut parler d'obésité.

Contrairement à la formule de Lorentz, cette formule a l'avantage de vous donner une fourchette de « normalité » permettant de ne pas vous focaliser sur le poids lui-même.

Géographie des graisses

Paradoxalement, la balance n'est pas toujours le meilleur outil pour apprécier une surcharge pondérale, car votre poids est en fait l'addition de diverses masses : celle du squelette, des muscles, des viscères, de l'eau et de la graisse.

Or, l'obésité ne se définit que comme un excès de graisses. Chez la femme, la masse graisseuse représente environ 25 % du poids du corps. Une sportive, qui pourra avoir un poids un peu plus élevé, dû essentiellement à une importante masse musculaire, ne sera pas grosse pour autant.

D'autre part, l'eau, qui représente à elle seule les deux tiers du poids de votre corps, peut aussi facilement donner lieu à des mouvements pouvant facilement provoquer des variations de poids, de l'ordre de un à deux kilos, notamment avant ou après les règles.

Vous en concluerez que *« maigrir »* et *« perdre du poids »* sont deux choses différentes. Maigrir, c'est perdre uniquement de la graisse excédentaire, alors que l'on peut perdre du poids en ne perdant que de l'eau, d'où l'inutilité des diurétiques que l'on prescrit dans l'amaigrissement, sans parler de leurs dangers.

1) La mesure de votre volume graisseux

Il existe aujourd'hui un moyen permettant de mesurer exactement le volume graisseux, il s'agit de l'impédancemétrie. Vous êtes branché sur un appareil (comme pour un électrocardiogramme), et vous voyez s'inscrire sur un écran votre masse d'eau, celle de vos muscles et celle de votre masse graisseuse.

Cet appareil permet de mesurer avec précision le volume graisseux d'une personne et de pouvoir suivre son évolution tout au long de la phase d'amaigrissement. Malheureusement, très peu de médecins nutritionnistes en sont aujourd'hui équipés.

De plus, cet instrument ne fait qu'identifier le volume de la masse adipeuse sans déterminer sa répartition géographique dans l'organisme. On pourra le faire, en revanche, au moyen d'un scanner ou, plus simplement, en mesurant le rapport du tour de taille (au nombril), sur le tour de hanches. Dans tous les cas de figure, il doit être inférieur à 0,85. Voyons à présent quelles sont les différentes catégories d'obésité.

2) L'obésité androïde

Un rapport trop élevé caractérise l'obésité androïde, laquelle prédomine sur le haut du corps : visage, cou, thorax, abdomen (au-dessus du nombril).

On sait désormais que cette surcharge pondérale, de type androïde, prédispose à certaines complications métaboliques : diabète, hypertension artérielle, hyperinsulinisme, hypercholestérolémie, hypertriglycéridémie et maladies coronariennes...

Dans ce type d'obésité, les cellules graisseuses (ou adipocytes) sont hypertrophiées par un excès de graisse, mais leur nombre reste le plus souvent normal. L'amaigrissement sera, dans ce cas, relativement facile à obtenir.

3) L'obésité gynoïde

Lorsque la masse graisseuse prédomine surtout dans la partie inférieure du corps (partie basse de l'abdomen, hanches, cuisses, fesses), on parle d'obésité gynoïde.

Dans ce cas, les atteintes métaboliques mentionnées plus haut sont rares, mais on trouve souvent une insuffisance veineuse ainsi qu'une arthrose des genoux et des hanches. Le préjudice est ici autant mécanique qu'esthétique. Il est d'ailleurs d'autant plus durement ressenti qu'il touche principalement les femmes et que s'y associe très fréquemment une autre disgrâce : la cellulite.

4) Les dépôts graisseux profonds

Un troisième type de répartition adipeuse a récemment été identifié. Il s'agit d'un excès de graisses abdominales au niveau des viscères. Ce dépôt adipeux profond, souvent invisible « extérieurement », dans la mesure où le tour de taille semble tout à fait normal, est cependant dangereux car il s'accompagne d'un risque élevé de diabète ou de maladies cardio-vasculaires.

Les femmes qui fument sont particulièrement exposées à ces dépôts graisseux profonds associés à un poids normal.

Donnez-vous un objectif réaliste !

Même si votre balance, comme nous l'avons vu, ne permet d'apprécier qu'imparfaitement la surcharge pondérale, elle reste toutefois l'instrument le plus utilisé pour apprécier la progression de l'amaigrissement à partir de l'objectif que l'on s'est fixé.

Or, cet objectif doit être réaliste ! Il est utopique, pour une femme de cinquante ans, de vouloir retrouver le poids de ses vingt ans, d'autant que le bon démarrage d'un projet d'amaigrissement se fait toujours mieux dans un contexte d'espoir réaliste plutôt qu'avec la perspective décourageante d'un poids mythique à atteindre coûte que coûte.

Mais, la question que l'on doit aussi se poser, avant d'entreprendre cet amaigrissement, c'est de savoir ce que l'on cherche vraiment en voulant perdre du poids. Sera-t-on capable d'assumer sa nouvelle image corporelle ? Car s'intéresser tout d'un coup à son poids traduit parfois une autre problématique latente, un conflit familial ou conjugal par exemple.

Le problème éventuel est d'ailleurs d'autant plus sérieux que la nécessité de maigrir n'est pas toujours justifiée. Certaines femmes peuvent ainsi souffrir de troubles psychiques dont la perte de poids sera le révélateur. Chez d'autres, à l'inverse, la surcharge pondérale est un rempart inconscient que l'on érige contre le monde et souvent, contre les hommes. Redevenir un être sexuellement désirable devient alors insupportable.

Il est bien évident que l'autodiagnostic est, dans ce cas, bien difficile. Une profonde réflexion peut éventuellement conduire à se poser les bonnes questions.

Quoi qu'il en soit, même si toutes les femmes n'ont pas forcément le besoin de maigrir, il n'y a jamais eu de contre-indication, que je sache, à vouloir corriger de mauvaises habitudes alimentaires – ce que nous avons d'ailleurs recommandé dans la première partie de cet ouvrage.

Si l'on ne se sent pas tout à fait le courage d'entreprendre une phase I, avec un objectif substantiel de perte de poids, la mise en œuvre des principes généraux de la Méthode (PHASE II) sera suffisante. Elle permettra non seulement d'obtenir une modification corporelle, d'autant plus acceptable qu'elle sera très progressive, mais aussi d'adopter définitivement un mode alimentaire plus riche sur le plan nutritionnel, ce qui ne pourra vous conduire qu'à retrouver une meilleure santé physique et morale.

2

La symbolique de l'aliment

Chacun sait que l'on ne se nourrit pas seulement d'aliments, mais qu'à travers eux nous mangeons aussi des symboles. Manger fait en effet référence à la mère, ou tout au moins à l'enfance, c'est-à-dire à l'éducation. La manière avec laquelle nous nous nourrissons a, par ailleurs, une dimension culturelle : culture nationale, régionale ou même religieuse.

Or, certaines femmes ont perdu (ou n'ont jamais connu) cette relation privilégiée avec l'aliment. Elles passent à table pour manger, comme on va au garage pour faire le « plein d'essence ».

Bien souvent, elles ne s'assoient même pas. Le café du matin est pris debout quand elles ont déjà enfilé leur manteau, et à midi, le sandwich ou autre hamburger est avalé en un temps record alors qu'elles sont seules, accoudées à la tablette qui fait face au mur du fast-food.

C'est ainsi que bon nombre d'entre nous ont peu à peu perdu les notions de « structuralité » et de « convivialité » du repas, ce qui les a conduits à grignoter à tout bout de champ, comme le chien qui va, quand il en sent le besoin, manger ses croquettes dans sa gamelle. Jamais l'aphorisme de Brillat-Savarin, qui disait : « *L'animal se nourrit, l'homme mange et seul l'homme d'esprit sait manger* », n'a eu autant de sens.

Le désintérêt que l'on porte à l'égard de l'aliment, réduit à sa seule fonction organique comme on le voit aux États-Unis, ne peut conduire qu'à une véritable délinquance alimentaire, source de surcharge pondérale et de maladies métaboliques (diabète, affections cardio-vasculaires...).

C'est alors la porte ouverte à la déstructuration alimentaire dont les étapes sont le plus souvent le grignotage et l'impasse sur le déjeuner ; le dîner pléthorique devenant l'unique vrai « repas » de la journée.

Un sondage paru dans *ELLE*, en octobre 1991, montrait que 15 % des Françaises considèrent que manger est une corvée et qu'il s'agit de quelque chose dont on essaie de se débarrasser le plus vite possible en expédiant le repas.

L'aliment-refuge

La mauvaise éducation alimentaire commence souvent au berceau. Lorsque le bébé se met à pleurer, la mère assimile souvent cette manifestation de détresse à la faim. Or, le nourrisson peut avoir simplement « faim » de présence et de tendresse. Si chaque fois qu'un bébé pleure on le calme en lui donnant à manger, une fois devenu adulte, il gardera ce réflexe. À un manque de tendresse ou d'amour, il répondra par un apport de nourriture.

L'oralité, premier « acte sexuel » du nourrisson, et étape initiatique de son développement psycho-affectif, pèsera lourd sur son vécu ultérieur, non seulement dans le domaine alimentaire, mais aussi dans celui de ses relations avec les autres. Le fait de manger, même à l'âge adulte, peut remplacer l'amour absent, car si l'autre n'est pas disponible, la nourriture, elle, est toujours là, à portée de la main.

Le premier trouble minime du comportement alimentaire se manifeste donc par la consommation répétitive, non motivée par la faim, de petites quantités d'aliments : c'est le grignotage. L'habitude de la cigarette canalise souvent le même type d'angoisse.

Au stade suivant, le sujet connaît des impulsions soudaines et irrésistibles, qui le poussent à consommer abondamment tel ou tel aliment en dehors des heures habituelles des repas et indépendamment d'une sensation de faim. Au-delà du plaisir initial, le sujet ressent également un grand sentiment de culpabilité.

Lorsque le produit est à base de sucre, on aboutit parfois à une véritable dépendance car l'aliment sucré est alors assimilé aux récompenses de l'enfance. C'est aussi un « aliment-plaisir » dont l'ingestion peut déclencher la sécrétion d'endorphines dans le corps. Cette « morphine interne », sécrétée par l'organisme lui-même, provoquera une sensation de bien-être.

Au pire, les troubles du comportement alimentaire peuvent aboutir à l'apparition d'un irrésistible désir de manger : la boulimie. Les quantités de nourriture absorbées sont alors considérables et ensevelies avec gloutonnerie, au-delà de toute satiété. Cette perversion de l'acte nutritif est telle que, pour ne pas grossir, les boulimiques n'hésitent pas à se faire vomir.

Certaines femmes, lorsqu'elles prennent conscience de leur conduite anormale, peuvent, en s'autodépréciant, dériver vers un état dépressif et, par effet de balancier, tomber alors dans une anorexie caractérisée par la disparition de la sensation de faim et une grande perturbation des rapports entretenus avec la nourriture. Malgré l'absence de désordres psychiatriques préalables, la perte de poids peut devenir une obsession.

Le trouble conduit ces jeunes anorexiques (elles ont généralement moins de vingt-cinq ans) à un poids inférieur à quarante kilos, ce qui nécessite souvent une hospitalisation et parfois la mise en réanimation afin d'éviter une mort qui reste encore trop fréquente (10 % des cas).

Mais, si certains troubles alimentaires peuvent être favorisés par des conduites inadaptées dans la petite enfance, ils sont aussi souvent la conséquence de restrictions alimentaires imposées à l'âge adulte. Les régimes hypocaloriques, toujours proposés comme traitement de l'obésité, induisent eux aussi l'apparition de troubles psychologiques conduisant à la boulimie et à l'anorexie.

La frustration qu'ils entraînent aboutit en effet à une obsession de la nourriture et à des rituels alimentaires pervers. Le sujet devient irritable, il connaît des humeurs fluctuantes et, lors d'un défaut de la vigilance, « craque » et développe des comportements compulsifs. Cet échec à dominer ses impulsions alimentaires détériore l'estime de soi et peut entraîner une dépression nerveuse.

L'aliment-plaisir : une nourriture de civilisé

À l'inverse de l'aliment-refuge, qui se présente comme la réponse à une frustration, l'aliment-plaisir correspond à la satisfaction légitime d'un double besoin : l'un physiologique, celui de se sustenter, et l'autre psychologique, de nature hédonique ; encore qu'il soit difficile de dissocier les deux.

L'art de la gastronomie consiste bien, d'ailleurs, à exacerber toutes les subtilités des saveurs dans le but d'une satisfaction optimale du goût.

Il s'agit là d'un raffinement à travers lequel on a toujours cherché à donner aux aliments toute leur plénitude, conférant ainsi à la nourriture une véritable dimension culturelle ne pouvant être dissociée du degré de civilisation.

Chez l'homme, le repas satisfait traditionnellement à un rituel, et c'est précisément dans sa relation à la nourriture qu'il s'est progressivement civilisé depuis son origine.

Le repas pris en commun, avec des membres de la famille ou des amis, la communion autour d'aliments ayant fait l'objet de préparations préalables, ne serait-ce que la cuisson, ont toujours été la marque de son évolution.

Les ethnologues savent bien que la sophistication du rituel des repas est proportionnelle au développement de la civilisation en question.

Dans la tradition bourgeoise, le repas a toujours été considéré comme un moment privilégié de la journée. C'était une véritable cérémonie qu'il était de très mauvais goût de troubler.

Dans l'une de ses nouvelles, Maupassant raconte ainsi l'histoire d'un aristocrate déchu qui, s'étant retiré dans une cabane de bûcheron au milieu de la forêt, ne sacrifiait pas moins au rituel en portant tous les soirs l'habit pour dîner. Cela, par simple respect pour le moment sacré que représentait toujours à ses yeux le repas.

Il y a malheureusement, aujourd'hui, une rupture avec la tradition que l'on peut analyser comme une régression culturelle.

D'abord, parce que le passage du savoir culinaire traditionnel ne se fait plus entre mères et filles. Ensuite, parce que la femme travaillant, les repas sont pris le plus souvent à l'extérieur. Enfin, quand on est de retour à la maison, le temps de préparation du repas étant réduit à sa plus simple expression, on a alors recours aux plats tout préparés, aux surgelés et au micro-ondes.

Le temps consacré aux repas a encore été mis à rude épreuve par le développement des activités de loisirs : la télévision, les jeux vidéo, le club de fitness... N'étant plus considéré comme un moment d'intégration sociale, le repas est de plus en plus assimilé à une perte de temps. Cela explique également pourquoi on ne veut pas dépenser plus pour sa nourriture que ce qui correspond à la stricte nécessité, c'est-à-dire le minimum.

Or, cette désaffection progressive de nos contemporains pour le repas et la nourriture en général a contribué à faire oublier l'aliment-plaisir, dont on redécouvre aujourd'hui la dimension nutritionnelle, au profit de l'aliment coupe-faim, pratique et bon marché.

C'est dans ce climat de dégradation des valeurs culinaires et gastronomiques que se sont développés, particulièrement chez les femmes, les comportements alimentaires anarchiques que nous avons largement dénoncés plus haut. Ce sont elles qui sont responsables du surpoids, de la fatigue et de nombreuses maladies dites de civilisation.

Dès lors, on comprend mieux comment, dans un tel contexte, a pu se développer la mode des substituts de repas (sachets de protéines), qui représente aujourd'hui la principale roue de secours de tous ceux qui souhaitent se débarrasser de leurs kilos superflus.

La nécessité d'une redécouverte

Voilà pourquoi on ne pourra jamais entreprendre avec efficacité l'application des principes nutritionnels contenus dans ce livre si l'on n'a pas, au préalable, redécouvert le rôle et l'intérêt de la nourriture et du repas en particulier.

Il faudra procéder à une véritable reconquête de l'aliment de façon à ne plus le considérer comme un ennemi, mais comme un véritable ami. Pour mieux le découvrir, l'apprivoiser, le maîtriser, il suffira d'apprendre à l'aimer. Qui, mieux qu'une femme, peut comprendre qu'amour et plaisir ne peuvent être dissociés ?

3

L'adolescente

L'adolescence est une étape capitale dans la vie d'un être humain, et particulièrement pour les sujets de sexe féminin. C'est en effet au cours de cette période que le corps de la petite fille se métamorphose complètement, sous l'effet de multiples bouleversements organiques ainsi que d'une véritable explosion hormonale, pour devenir celui d'une femme.

Dès lors, on imagine bien l'importance que va pouvoir revêtir le mode alimentaire.

C'est pourquoi je vous propose, dans ce chapitre, de faire tout d'abord le tour de la question en établissant, en quelque sorte, le constat des dégâts, puis de procéder ensuite à l'inventaire de toutes les solutions et recommandations appropriées.

Halte à la délinquance alimentaire !

Toutes les enquêtes qui font état des habitudes alimentaires des adolescentes françaises sont préoccupantes.

En quantité, l'apport énergétique est plutôt correct, puisqu'il se situe aux environs des 2 000 calories par jour et que 7 % seulement des adolescentes sont de grosses mangeuses.

La répartition des apports dans la journée laisse en revanche à désirer. Les statistiques concernant le petit déjeuner, qui ne représente que 15 % de l'apport alimentaire, sont édifiantes :

– 30 % des adolescentes prétendent ne pas avoir faim au réveil ;
– 24 % disent ne pas avoir le temps de manger le matin ;
– 7 % ne prennent jamais de petit déjeuner.

En somme, plus de 60 % des adolescentes négligent l'un des principaux repas de la journée, pratique qui aboutit à la multiplication des collations entre les repas et conduit volontiers au grignotage.

Or, ces « en-cas » sont faits, le plus souvent, de viennoiseries, de pâtisseries, de confiseries ou de friandises salées et de boissons sucrées. Plus rarement de fruits, d'où une surconsommation de mauvais glucides (sucres et farine blanche), de graisses saturées et de sel, mais surtout une consommation d'aliments appauvris sur le plan nutritionnel (manque de vitamines, de sels minéraux et d'oligo-éléments).

Une étude du Val-de-Marne, réalisée en 1988, montre bien l'ampleur du déficit des apports en micronutriments, par rapport aux quantités souhaitables.

MICRONUTRIMENTS	DÉFICIT DES APPORTS CHEZ L'ADOLESCENTE
Calcium	– 35 %
Magnésium	– 30 %
Fer	– 44 %
Zinc	– 29 %
Vitamine E	– 78 %
Vitamine B9	– 78 %
Vitamine B2	– 17 %
Vitamine B6	– 85 %
Vitamine B12	– 5 %
Vitamine C	– 2 %
Vitamine A	– 75 %

C'est ainsi que l'on note d'importantes carences en calcium, magnésium et vitamines, pourtant particulièrement indispensables dans cette période où les transformations du corps sont importantes.

Les résultats s'expliquent par la priorité qui est donnée, à tort, à certains aliments au détriment d'autres, déconsidérés au point que certaines n'hésitent pas à les qualifier de « dégoûtants ». Ce sont bien entendu ceux qui sont d'une richesse exceptionnelle en micronutriments.

ALIMENTS PRIVILÉGIÉS	ALIMENTS DÉCONSIDÉRÉS
Jus de fruits du commerce	Cervelle
Crêpes	Tripes
Pizzas	Rognons
Glaces	Ris de veau
Frites	Andouillettes
Tartes salées (quiches)	Foie
Viennoiseries	Œufs
Pâtisseries	Fromages fermentés
Purée de pommes de terre	Huîtres
Pâtes blanches	Boudin noir
Carottes	Vin
Jambon blanc	
Yaourts aux fruits	
Fruits rouges (fraises, cerises, framboises)	

En 1990, l'étude du C.R.E.A. (le Centre de Recherche sur l'Enfant et l'Adolescent) montrait que certains aliments étaient même inconnus de la plupart des filles : brocolis, rhubarbe, cresson, oseille... (pour plus de 50 %), pois cassés, potiron, céleri et salsifis (pour plus de 30 %).

De même, on pouvait y découvrir que :

- 15 % des jeunes filles ne mangent jamais de fruits ;
- 27 % ne boivent jamais de lait ;
- 30 % ne mangent jamais de fromage.

On apprenait par contre que la consommation de boissons sucrées (jus de fruits industriels ou Coca) était particulièrement importante, ce dont on se doutait.

BOISSONS SUCRÉES	CONSOMMATION JOURNALIÈRE
• de 0 à 25 cl	52 %
• de 25 à 50 cl	23 %
• de 50 à 75 cl	10 %
• de 75 à 100 cl	8 %
• de 100 cl à +	7 %

L'étude comportait également bien d'autres informations intéressantes pouvant nous éclairer sur les habitudes de consommation des adolescentes.

Consommation de boissons alcoolisées chez des adolescentes de seize ans :

- 56 % des adolescentes consomment régulièrement un alcool fort (et pour 10 % plusieurs fois par semaine) ;
- 25 % consomment régulièrement de la bière (1 litre en moyenne par semaine) ;
- 21 % consomment régulièrement du vin (50 cl en moyenne par semaine).

D'autres enquêtes nous ont amenés à constater que :

- 33 % des adolescentes ont déjà été ivres au moins une fois avant leurs seize ans (45 % dans les lycées professionnels et 17 % dans les collèges) ;
- 22 % d'entre elles se « défoncent » à l'alcool plus de dix fois par an, surtout dans les milieux défavorisés.

Le tabagisme, caractéristique de l'adolescence, n'est pas moins alarmant :

TRANCHES D'ÂGE	% D'ADOLESCENTES QUI FUMENT
• de 10 à 11 ans	5,5 %
• de 12 à 13 ans	7,5 %
• de 14 à 15 ans	21 ,5 %
• de 16 à 17 ans	42,5 %
• de 18 à 24 ans	65,5 %

À seize ans, le pourcentage de jeunes filles fumant plus de douze cigarettes par jour était :

- en seconde .... 17 %,
- en première .... 30 %,
- en CAP .... 48 %,
- en stage professionnel .... 61 %.

Aujourd'hui, les adolescentes qui ont pour priorité leurs études sont le plus souvent déchargées des tâches ménagères, au même titre que les garçons. Il s'en suit naturellement une fréquente méconnaissance de la cuisine, par absence de transmission technique et culturelle de la part de la mère. Plus de 30 % d'entre elles sont même incapables de faire cuire un œuf !

De cette rupture avec la tradition est né un certain désintérêt pour le repas, sa préparation et, par voie de conséquence, pour la gastronomie en général.

On comprend que, dans ce contexte, le plat tout préparé ou le fast-food puissent constituer la meilleure réponse à la nécessité de s'alimenter.

Le repas, qui a complètement perdu sa dimension conviviale, n'est plus le lieu d'échanges privilégié qu'il était autrefois. D'ailleurs, si l'on demande à des adolescentes ce qu'elles préfèrent comme activité pour passer un bon moment, elles répondent :

- aller au cinéma pour 28 % d'entre elles ;
- écouter de la musique pour 24 % ;
- faire du sport pour 19 % ;
- discuter pour 17 % ;
- lire pour 11 % ;
- partager un bon repas pour 0,6 % seulement.

Pour une éducation du « bien-manger »

Compte tenu du triste constat que nous venons de faire, il conviendra tout d'abord que les adolescentes prennent conscience de l'importance de leur mode alimentaire eu égard à leur santé présente et future.

Contrairement à ce que croient certains, le corps d'une adolescente, même s'il est déjà formé, n'est pas pour autant arrivé à son stade de maturité. Il n'est pas encore « adulte ». Il lui faudra donc une alimentation adéquate pour finir sa croissance. D'une alimentation correcte dépendront, de plus, ses performances physiques et intellectuelles présentes, mais aussi son état de santé futur.

Voici les quelques conseils généraux que je leur adresse.

1) Avoir un apport protéique suffisant

Il devra être calculé à raison de 1,2 g par kilo de poids et sera fourni par la viande, le poisson, les œufs, le fromage, mais aussi les protéines végétales (soja, légumineuses, aliments complets, céréales, fruits oléagineux).

2) S'assurer un apport calcique satisfaisant

Ceci implique la consommation d'un laitage ou d'un fromage, à chacun des trois repas.

Cet apport en calcium permettra, non seulement d'achever la construction du squelette, mais encore d'assurer la prévention de risques pendant les futures grossesses et surtout après la ménopause (risques d'ostéoporose et de fractures). 1 200 mg de calcium sont nécessaires quotidiennement.

Pour plus d'informations, vous trouverez ci-dessous une liste d'aliments pour lesquels la quantité indiquée apporte à elle seule 300 mg de calcium. Il vous suffira donc d'en consommer quatre portions dans la journée ou bien de les manger conjointement.

ALIMENTS RICHES EN CALCIUM (300 MG POUR CHAQUE PORTION)	
30 g de gruyère	100 g de semoule
50 g de camembert	150 g de cresson
2 yaourts	150 g d'amandes ou de noisettes
1/4 l de lait	400 g de pain intégral
300 g de fromage blanc	850 g de chou vert
10 petits-suisses	4 grosses oranges
	1 kg de poisson
	2 kg de viande

3) Avoir un apport correct en fer

Nous avons vu que le déficit en fer était l'une des carences les plus sérieuses chez l'adolescente.

Celle-ci néglige en effet les aliments qui en contiennent le plus (voir le tableau ci-contre) et ce à un moment où ses besoins en fer sont accrus par la croissance des tissus de son organisme et par l'augmentation du nombre de ses globules rouges.

Par ailleurs, lors des règles, il se produit une déperdition de fer qui est d'autant plus importante que les hémorragies sont longues et abondantes.

Il faut savoir que les carences en fer favorisent l'anémie et la fatigue, engendrent une baisse des performances physiques et intellectuelles ainsi qu'une moindre résistance aux infections.

Elles peuvent même représenter un frein sérieux à l'amaigrissement car le fer favorise la formation naturelle de la L-Carnitine, une enzyme qui permet l'utilisation prioritaire des acides gras libres.

La ration de fer nécessaire quotidiennement à une jeune fille est de 18 mg, mais il faut distinguer deux types d'apports :

– le fer héminique, qui provient des viandes et des poissons, et qui est absorbé à 25 % ;

– le fer non héminique, que l'on trouve dans les végétaux, et qui n'est absorbé qu'à 5 %.

C'est dire combien il est difficile, pour les végétariennes, d'avoir un apport alimentaire en fer correct.

SOURCES DU FER HÉMINIOUE (POUR 100 G)		SOURCES DU FER NON HÉMINIQUE (POUR 100 G)	
Clovisses (coquillages)	25 mg	Cacao en poudre pur	15 mg
Moules	25 mg	Chocolat à 70 % de cacao	10 mg
Boudin noir	20 mg	Fèves	10 mg
Foie de porc	15 mg	Haricots blancs	8 mg
Foie de bœuf ou d'agneau	10 mg	Lentilles	7 mg
Jaune d'œuf	7 mg	Fruits oléagineux	5 mg
Huîtres	6 mg	Fruits secs	4 mg
Foie de veau	5 mg	Épinards	4 mg
Viande	3 mg	Pain intégral	3 mg
Volailles ou poissons	2 mg		

Précisons enfin qu'une alimentation riche en tanins (vin, thé) et en fibres permet quelque peu de limiter l'absorption du fer ingéré.

4) Avoir un apport vitaminique optimal

Pour cela, il faut absolument éviter les aliments raffinés et privilégier les céréales complètes ainsi que les légumineuses (lentilles, haricots secs, pois chiches...).

Un supplément de levure sèche et de germe de blé, tel que nous le recommandons, est presque indispensable pour l'adolescente.

Cette dernière devra aussi, comme nous l'avons précisé par ailleurs, consommer chaque jour des fruits et des crudités (riches en vitamine C) et privilégier les aliments riches en vitamine E : huile d'olive, huile de tournesol, fruits oléagineux...

L'amaigrissement chez l'adolescente

Autrefois, avant de faire leur communion, aux environs des onze ans, les petites filles étaient minces, frêles, voire maigres. Au-delà, la période de puberté, accompagnée de ses bouleversements hormonaux, leur faisait prendre quelques rondeurs. Certaines s'empâtaient même un peu tandis que leur minois s'allumait de quelques bourgeons.

À dix-sept ans, tout était à peu près revenu dans l'ordre. Les jeunes filles avaient certes pris des formes (celles qui correspondent, Dieu merci, aux indispensables attributs féminins), mais leur silhouette avait retrouvé une nouvelle finesse.

À dix-huit ans, leur corps avait atteint sa plénitude physique et leur taille de guêpe soulignait le galbe de leur poitrine, ferme et haute, ainsi que les rondeurs discrètes d'un séant musclé. C'était l'âge de la séduction, celui des amours et, conventionnellement, celui du mariage.

Aujourd'hui, la petite fille moderne est parfois déjà un peu « boulotte » avant la puberté. Or, il n'y a rien de bien étonnant à cela car après les farines de premier, deuxième et troisième âges, son ordinaire n'a été fait que de raviolis ou de riz blanc, de pommes de terre, de crêpes fourrées surgelées, de quiches ou de pizzas, sans oublier les fameux bonbons, les gâteaux secs, les barres coupe-faim et les sodas hypersucrés. Depuis sa petite enfance, son pancréas a donc été mis à rude épreuve.

L'entrée dans l'adolescence, avec le bouleversement hormonal que l'on sait, est alors un handicap d'autant plus important que le mode alimentaire s'aggrave encore : fast-food, Coca, grignotage de viennoiseries et boissons alcoolisées.

Les kilos s'installent donc rapidement. Pour les contrer, on saute des repas et l'on fonce tête baissée dans des régimes hypocaloriques dont les conséquences (décrites dans la première partie de l'ouvrage) sont encore amplifiées par la sensibilité particulière de l'organisme qui est alors en pleine transformation.

Leurs conséquences sont assez classiques :

– augmentation des cellules adipeuses (hyperplasie) en raison des restrictions. L'organisme y est d'autant plus enclin qu'il est en plein bouleversement ;

– aggravation des carences en nutriments pouvant conduire à de sérieux problèmes de santé : fatigue, anémie, sensibilité aux infections ;

– retour à un poids supérieur par le phénomène d'effet rebond, lequel risque d'être fatal pour le moral du sujet ;

– développement des troubles classiques du comportement alimentaire : boulimie puis anorexie.

Boulimie et anorexie

Opposés en apparence, ces deux troubles du comportement alternent en fait souvent chez l'adolescente. La jeune fille commence par développer ce que les spécialistes appellent une « dysmorphophobie », c'est-à-dire une mauvaise image d'elle-même (35 % d'entre elles n'aiment pas leur corps). Ce rejet de sa propre apparence la conduit à s'attacher aux standards de la minceur en vogue et l'amène à opter pour une restriction volontaire de son apport alimentaire. C'est la phase d'anorexie.

Puis, comme elle a faim et que cette faim devient insoutenable, elle se met à manger compulsivement. C'est la phase boulimique, laquelle peut s'accompagner, comme nous l'avons évoqué plus haut, de vomissements volontaires ou encore d'une prise de laxatifs, de diurétiques ou de coupe-faim.

Cette situation est particulièrement dangereuse car elle est susceptible d'aboutir à une baisse du taux de potassium pouvant favoriser des troubles du rythme cardiaque et une fatigabilité musculaire intense. Ces troubles du comportement alimentaire sont beaucoup plus fréquents à l'étranger (notamment dans les pays anglo-saxons) où les facteurs culturels en matière d'alimentation sont quasiment nuls. En France, selon les statistiques, les épisodes boulimiques se retrouveraient encore chez 6 % des étudiantes et l'anorexie toucherait 3 à 4 % des adolescentes.

Si les traitements comportementaux arrivent à améliorer considérablement le sort des boulimiques, le pronostic reste en revanche plus réservé pour ce qui est des anorexiques, malgré des hospitalisations souvent répétées.

Pour un code de bonne conduite en matière d'amaigrissement

On reconnaîtra que les femmes sont capables d'une grande détermination, c'est là l'une de leurs qualités. L'un de leurs défauts, c'est en revanche qu'elles ne font pas toujours dans la nuance, ce qui les conduit parfois à des comportements excessifs. Or, en matière d'alimentation, il convient de toujours garder la bonne mesure.

Les conseils généraux qui sont contenus dans la première partie de cet ouvrage sont valables pour tous. Je pense cependant qu'il n'est pas nécessaire, pour une adolescente, de mettre en œuvre une phase d'amaigrissement accélérée comme le permet la phase I.

En dehors des obésités pathologiques, qui devront faire l'objet d'un suivi par un spécialiste (un endocrinologue par exemple), une surcharge pondérale de quelques kilos seulement pourra disparaître définitivement à partir d'un simple recentrage des habitudes alimentaires (phase II).

Dans tous les cas de figure, l'adolescente devra lire toute la première partie du livre. Il est important, en effet, qu'elle comprenne à la fois comment fonctionne son organisme et comment reconnaître les aliments afin de pouvoir les choisir judicieusement. Il ne sert à rien de se priver de tel ou tel aliment sous prétexte qu'il fait grossir. Ce qu'il faut réaliser, c'est qu'aucun aliment, pris individuellement, ne fait grossir, pas plus la pomme de terre que le beurre. C'est l'interaction des aliments entre eux et le déclenchement de mécanismes métaboliques particuliers, par certains, qui peut conduire à la prise de poids.

Ceci dit, voici la liste des conseils qui devraient suffire pour que l'adolescente puisse retrouver un équilibre pondéral normal et une plus grande vitalité.

– Faire trois repas par jour en prenant garde de ne jamais sauter l'un d'entre eux.

– Éviter les glucides à index glycémique élevé et notamment ceux qui sont très élevés : pommes de terre, farines blanches, sucre...

– Éviter le grignotage. Si l'on a un petit creux au milieu de la journée, on pourra soit manger des fruits, y compris des fruits secs (des figues notamment), soit, au goûter par exemple, une tartine de pain intégral accompagnée de marmelade « 100 % de fruits », sans sucre ajouté. On pourra également s'offrir, de temps en temps, une douceur : quelques carrés de chocolat à 70 % (ou plus) de cacao.

– Aux repas principaux, il faudra éviter les fast-foods. Si vous allez dans une pizzeria, choisissez plutôt le gratin d'aubergines ou la tomate mozzarella. Au pire, il vaut toujours mieux manger des pâtes blanches, dont l'index glycémique est de 55/60, que des préparations à base de farine blanche (pizza, hamburger, hot dog...) ou des frites dont l'index glycémique, comme celui du gratin dauphinois, est parmi les plus élevés.

– Redécouvrez les plats de vos grand-mères : le petit salé aux lentilles, les haricots secs, les pois cassés, le pot-au-feu garni de navets, de choux et de poireaux.

– Mangez des laitages. Prenez du lait écrémé le matin, au petit déjeuner. Mangez du fromage. Redécouvrez la richesse de notre terroir national. Si vous n'aimez pas le fromage, mangez alors des yaourts, sans restriction aucune.

– Au petit déjeuner, prenez du pain intégral sur lequel vous pourrez mettre un peu de beurre, ou bien essayez les céréales brutes ou encore les mueslis. C'est bon, commode et rapide à préparer.

– Ne supprimez pas les graisses de votre alimentation mais choisissez plutôt les bonnes graisses, celles des poissons (le hareng, le saumon, les maquereaux, les sardines), des huiles d'olive, de noix et de tournesol.

– Supprimez toutes les boissons industrielles et notamment le Coca. Préférez-leur les jus de fruits pressés, sans sucre ajouté. Accordez-vous un verre de vin rouge, de temps en temps, par exemple à la fin d'un repas le week-end. À l'apéritif, s'il y a lieu, ne prenez jamais d'alcool dur. Demandez plutôt un jus de tomate ou, à l'occasion, un verre de vin.

– Redécouvrez le plaisir de manger et celui de faire la cuisine. Ne croyez pas, comme l'ont cru vos mères à un moment donné, qu'il soit dégradant de passer du temps à concocter des petits plats. Cuisiner est, au contraire, un art à part entière. Être « chef de cuisine », aujourd'hui, est bien plus prestigieux qu'être « cadre informaticien ».

La pilule fait-elle grossir ?

Près de 70 % des adolescentes, entre dix-huit et vingt ans, prennent la pilule. Or, les laboratoires restent étrangement discrets au sujet des éventuels effets de la pilule anticonceptionnelle sur le poids de ses utilisatrices.

Au cours des années passées, il était difficile de nier que les premières générations de pilules n'aient pas entraîné de prise de poids. On est à peu près certain, aujourd'hui, que les pilules de troisième génération, celles que nous utilisons actuellement, n'ont aucune incidence pondérale, tout au moins sur les adolescentes déjà minces.

Tout au plus peut-on remarquer, parfois, une majoration pondérale de deux kilos environ dans les six premiers mois. Cette dernière ne correspond pas forcément, d'ailleurs, à une accumulation supplémentaire de graisse, mais plutôt à une rétention d'eau additionnelle due à la prise d'œstrogènes. Lorsque la prise de poids est plus tardive, il semble bien s'agir, en revanche, d'une surcharge graisseuse due aux effets anabolisants de la progestérone.

Les informations scientifiques disponibles à ce sujet montrent, cependant, qu'il existe un risque de sécrétion excessive d'insuline même avec des pilules de troisième génération.

Il semble donc que la prise de pilule, pour des femmes étant déjà sujettes à l'hyperinsulinisme, à l'insulinorésistance et connaissant de surcroît un problème pondéral (obésité), ne fasse que conduire à une aggravation des troubles métaboliques.

Ceci est d'autant plus vrai que les médecins ne prescrivent pas forcément d'emblée ces pilules de troisième génération, aux effets secondaires moindres, mais continuent à donner des pilules de seconde génération.

Au total, la vigilance est donc de bon conseil, surtout pour les adolescentes qui démarrent la pilule en ayant déjà une surcharge pondérale. En fonction des sensibilités individuelles, en effet, une prise de poids n'est pas à exclure. Au-delà de trois kilos, il convient cependant d'alerter le médecin prescripteur.

Le respect des principes de la Méthode est d'autant plus recommandé, dans ce cas, qu'ils ont précisément pour effet de réduire l'hyperinsulinémie.

Il faut reconnaître, en revanche, que les pilules améliorent généralement les problèmes des peaux acnéiques et que certaines sont même spécialement adaptées à leur traitement.

Adolescence, sport et nutrition

Faire de l'exercice physique, quand on est adolescente, n'est pas seulement souhaitable, c'est tout à fait recommandé. Pratiquer un sport, d'une manière régulière et raisonnable, est un gage de bonne santé pour le système musculaire, respiratoire et cardiaque sans compter qu'il s'agit certainement du meilleur moyen de « s'éclater » avec les copains et les copines.

La ration protéique d'une sportive dont l'organisme est en pleine croissance devant être importante (1,5 g/kg/jour), elle devra veiller à accroître sa consommation de viandes, poissons, laitages et œufs... tout en buvant beaucoup d'eau afin d'éliminer l'acide urique et l'urée dus à l'effort.

Les muscles sont naturellement les organes les plus sollicités lorsque l'on pratique une activité sportive. Leur principal carburant est, comme l'on sait, le glucose. Or, ce glucose est stocké dans le corps sous forme de glycogène au niveau du foie et des tissus musculaires qui en sont en quelque sorte les réservoirs. Tous les glucides, après digestion, se transforment en glucose (sauf le fructose).

On a pendant longtemps recommandé aux sportifs de consommer des « glucides lents » en prévision de l'effort physique. On sait, aujourd'hui, que cette notion est erronée et qu'avant tout effort musculaire, ce sont des glucides à index glycémique bas (fruits, céréales, pain intégral, légumineuses, pâtes complètes) qu'il faut ingérer.

Manger des pommes de terre, du riz blanc, des sucreries et des pâtisseries ne peut conduire qu'à une élévation rapide de la glycémie (augmentation du taux de glucose dans le sang) dont la conséquence sera, comme l'on sait, une forte sécrétion d'insuline.

Celle-ci pourra être la cause, deux ou trois heures après l'ingestion, d'une hypoglycémie sévère dont la caractéristique principale sera l'apparition d'une fatigue préjudiciable à l'activité physique. C'est le fameux « coup de pompe ».

La veille d'une compétition sportive importante, le programme conseillé devra donc être le suivant :

– faire un dîner centré sur des glucides à index glycémique bas comme les pâtes intégrales ou encore les légumineuses (lentilles, haricots, pois chiches, semoule intégrale...). C'est cet apport de bons glucides qui permettra de soutenir l'effort sur une période plus longue ;

– au petit déjeuner, qui devra être pris si possible trois heures avant l'activité sportive, on prendra du pain complet accompagné de marmelade de fruits sans sucre et/ou des céréales brutes (sans sucre), accompagnées de laitage à 0 % de matières grasses (de lait chaud ou froid, d'un yaourt ou de fromage blanc) ;

– l'effort du sportif nécessitant un apport d'eau important, surtout si la température est élevée, il lui faudra boire dès le réveil, et par petites gorgées répétées, de l'eau citronnée ou du thé. On sait en effet que le manque d'hydratation est très fréquent chez les sportifs ;

– pendant l'effort et particulièrement s'il dure, il conviendra de continuer à approvisionner le glycogène afin d'éviter de tomber en panne sèche.

Lorsque l'activité musculaire est importante, la sécrétion d'insuline est automatiquement faible, voire insignifiante. Boire régulièrement, pendant l'effort sportif, n'est pas seulement un conseil, c'est une nécessité. Pour cela, on pourra se munir d'une préparation composée d'un litre d'eau, de quatre cuillerées à soupe de fructose et du jus de deux citrons.

Si le sport le permet (vélo), on pourra donc consommer à loisir des fruits secs, ou encore des barres énergétiques (céréales brutes, pâte d'amandes ou fruits).

Voici comment, grâce à une alimentation bien conçue et à un entraînement musculaire et respiratoire minimal, vos quelques heures, voire votre journée d'activité sportive, se dérouleront dans des conditions physiques optimales, sans coups de pompe ni fatigue excessive.

Et c'est ainsi que faire du sport deviendra, pour l'adolescente, une véritable source de plaisir.

Informations complémentaires

– L'alcool est un carburant que le muscle ne sait pas utiliser. Contrairement à ce que proclament certaines idées reçues, il ne peut donc aider en rien à l'effort musculaire. C'est notamment le cas de la bière. De plus, les boissons alcoolisées étant diurétiques, elles ont pour effet d'aggraver la déshydratation.

– Le régime scandinave qui consiste à se priver de glucides du sixième au quatrième jour avant une compétition sportive et, inversement, à ne consommer que des pâtes et du riz au cours des trois jours précédant l'épreuve, doit être réservé aux sportifs de très haut niveau, sous surveillance médicale stricte. Il n'est pas adapté au sportif amateur.

– Les crampes et les points de côté peuvent avoir plusieurs causes : une hydratation insuffisante, un manque de glycogène, un état hypoglycémique, un excès d'acide dans les muscles...

Comment avoir une jolie peau ?

L'état de la peau, des cheveux et des ongles est souvent le reflet de l'état de santé. Une peau terne, des cheveux gras, cassants ou fourchus, des ongles piquetés de blanc ou se fendillant témoignent d'un organisme défectueux. La cause de ces troubles réside souvent dans une nourriture mal équilibrée, aboutissant à des carences en vitamines, oligo-éléments, sels minéraux, acides aminés soufrés et acides gras essentiels.

En effet, les vitamines A et E sont déterminantes dans la qualité de la peau[1].

- La vitamine B5 favorise l'hydratation cutanée et fortifie le bulbe pileux ;

1. Voir tableau des vitamines dans le chapitre 6 de la première partie.

– La vitamine B8 évite que les cheveux ne graissent trop ou ne tombent;
– Le zinc régularise la sécrétion de sébum (anormale en cas d'acné) et contribue à la qualité du cheveu.

On peut toujours trouver ces micronutriments dans les divers produits cosmétiques que l'on utilise quotidiennement, mais le moyen le plus sûr est de les absorber grâce à une alimentation riche sur le plan nutritionnel.

Prendre des compléments alimentaires de synthèse, dont l'absorption intestinale est faible, ne constitue pas la bonne solution. On pourra en revanche supplémenter son alimentation grâce à deux produits naturels particulièrement riches en nutriments : le germe de blé et la levure de bière.

L'acné, qui se manifeste au moment de la puberté, est dû à un excès de sébum (sécrétion grasse cutanée) se compliquant d'inflammations et d'infections.

Il n'a donc aucun rapport avec l'alimentation. Les adolescentes « bourgeonnantes » peuvent donc continuer à manger du chocolat à plus de 70 % de cacao et du saucisson sans s'inquiéter. Le surmenage, le manque de sommeil et le tabagisme peuvent en revanche contribuer à détériorer sérieusement la peau.

Comment prévenir la cellulite ?

La cellulite est la hantise des femmes adultes, car c'est à cette période de l'existence qu'elle est la plus évidente. Elle est pourtant la résultante d'un long processus qui débute dès l'adolescence. Le meilleur moyen de l'éviter est donc de faire de la prévention.

La cellulite a des causes multifactorielles : génétiques, hormonales, circulatoires, alimentaires et psychologiques, mais le facteur initial est toujours hormonal. Il est dû à un excès de sécrétion d'œstrogènes ou bien à une hypersensibilité aux œstrogènes, même lorsqu'ils sont présents en quantité normale. Ces derniers agissent sur les cellules graisseuses (ou adipocytes) en favorisant leur augmentation en nombre ou en taille.

Ce gonflement des cellules graisseuses se fera d'autant mieux que la répartition des graisses du sujet sera de type gynoïde : tendance à avoir des fesses, des hanches et des cuisses.

Le schéma de fabrication de la cellulite est simple : sous l'action des œstrogènes, les adipocytes (gonflés de graisse) augmentent de volume et compriment les vaisseaux. Les échanges circulatoires se font alors de façon défectueuse.

La zone sous-cutanée s'épaissit (apparition de la fameuse peau d'orange), les déchets cellulaires sont mal évacués, les mouvements d'eau sont perturbés, les filets nerveux sont comprimés (présence de douleurs).

Le tissu conjonctif de soutien se durcit et finit par cloisonner les dépôts graisseux. Au nombre des hormones qui sont en partie responsables de la cellulite, on dénombre l'insuline (dont l'importante sécrétion est, comme nous l'avons vu depuis le début de ce livre, fonction des choix alimentaires).

En cas de stress, ce sont les corticoïdes des glandes surrénales qui interviennent à leur tour dans les risques de cellulite.

La première des mesures de prévention consiste naturellement à éviter toute délinquance alimentaire en appliquant les principes nutritionnels contenus dans ce livre.

Si le sujet présente déjà, après la puberté, des troubles circulatoires des jambes avec tendance au gonflement, il conviendra d'éviter les bains trop chauds et les trop longues expositions au soleil. Un traitement visant à lutter contre l'insuffisance veineuse pourra éventuellement être prescrit par le médecin traitant.

Il sera par ailleurs nécessaire d'éviter les vêtements et sous-vêtements trop serrés qui gênent la circulation sanguine (jean et autres collants).

La pratique d'une activité sportive sera nécessaire pour combattre les effets néfastes de la sédentarité, d'autant que des muscles insuffisamment développés laissent la place libre pour les coussinets graisseux.

Il n'est jamais trop tôt, enfin, pour apprendre à gérer son stress. Des techniques comme le yoga ou la sophrologie sont d'un grand secours dans ce domaine.

4

La femme de trente ans

La femme adulte, dont la femme de trente ans est l'archétype, est par définition dans la force de l'âge. L'adolescence n'est plus pour elle qu'un vague souvenir et la ménopause un horizon lointain dont l'idée même est presque inconcevable.

Cette période de la vie féminine est généralement marquée par une activité professionnelle intense et une vie conjugale ou maritale active dont la grossesse est l'événement majeur.

Dans cette tranche d'âge, qui va de trente à quarante-cinq ans, les habitudes alimentaires des femmes sont diverses. Elles varient selon l'éducation, mais surtout en fonction du temps qui est réservé à l'élaboration des repas.

Les enquêtes alimentaires montrent que ces habitudes, même si elles sont meilleures que chez les adolescentes, sont généralement de nature à entraîner une fragilisation de l'organisme.

Elles révèlent des excès (trop de sucre, trop de sel, trop de farines blanches) et des insuffisances (pas assez de légumes, ni de laitages, ni de boissons) pouvant exposer la femme à des carences (déficit en fer, en vitamines C, E, B, en calcium et en magnésium). On y ajoutera des risques certains d'embonpoint et de cellulite, sans compter des fatigues chroniques. Un recentrage des habitudes alimentaires est donc particulièrement nécessaire pour cette catégorie de femmes dont le désir est non seulement de plaire, mais aussi d'être en pleine forme.

Le programme « pleine forme »

Les conseils que nous avons formulés dans le chapitre concernant l'adolescente restent ici valables avec, toutefois, quelques nuances. Afin d'éviter la fatigue et une grande vulnérabilité au stress, l'attention devra être portée sur certains points.

1) Assurer un apport suffisant en magnésium

La tendance moderne qui consiste à consommer en priorité des aliments raffinés au détriment d'aliments naturels, bruts, comme les légumineuses, entraîne un déficit chronique en magnésium.

TENEUR EN MAGNÉSIUM			
ALIMENTS RAFFINÉS (POUR 100 G)		**ALIMENTS BRUTS (POUR 100 G)**	
Pain blanc	30 mg	Pain complet	80 mg
Riz blanc	30 mg	Pain intégral	90 mg
Pâtes blanches	52 mg	Riz complet	140 mg
		Pâtes intégrales	70 mg

ALIMENTS RICHES EN MAGNÉSIUM	
Le cacao en poudre (Van Houten)	420 mg/100 g
Le germe de blé	400 mg/100 g
Les amandes	260 mg/100 g
Le chocolat à 70 % de cacao	200 mg/100 g
Les haricots secs	160 mg/100 g
Lcs noix et les noisettes	140 mg/100 g
Le riz complet	140 mg/100 g
Les flocons d'avoine	130 mg/100 g
Les lentilles	90 mg/100 g
Le pain intégral	90 mg/100 g
Les figues sèches	85 mg/100 g
Les pâtes intégrales	70 mg/100 g

La ration habituelle des femmes françaises en magnésium est de 210 mg par jour alors que l'apport conseillé est de 330 mg. Cette carence favorise les fatigues, les crampes, l'hyperémotivité et la spasmophilie.

2) Avoir un apport satisfaisant en vitamine B6

Les fatigues accompagnées d'irritabilité, voire de petites déprimes chez les femmes prenant la pilule sont généralement dues à un déficit en vitamine B6. L'étude du Val-de-Marne montre que 85 % des femmes ont un apport inférieur à la quantité conseillée, en raison de mauvaises habitudes alimentaires. Ce déficit peut être aggravé par la prise de la pilule, une grossesse récente ou l'abus de glutamate.

On sait par ailleurs qu'une insuffisance en vitamine B6, en plus des symptômes déjà cités, peut entraîner des sensations de vertige, un dérèglement de la sécrétion de sébum (une peau et des cheveux gras), mais aussi une attraction très forte pour les sucreries (par manque de sérotonine).

La dose souhaitable de vitamine B6 est de 2 mg par jour. On pourra se la procurer en consommant les aliments suivants :

- levure de bière .... 4 mg pour 100 g
- germe de blé .... 3 mg pour 100 g
- graines de soja .... 1,5 mg pour 100 g
- avocat .... 0,60 mg pour 100 g
- légumes secs .... 0,50 mg pour 100 g
- riz complet .... 0,50 mg pour 100 g
- poisson .... 0,40 mg pour 100 g

3) Avoir un apport correct en vitamine C

Même si le débat d'experts qui se déroule actuellement pour savoir si la vitamine C (à forte dose) possède des effets toniques n'est toujours pas clos, on est convaincu aujourd'hui qu'un grand nombre de ses effets sont tout à fait bénéfiques :

- elle stimule les défenses de l'organisme contre les infections ;
- elle aide à lutter contre le stress en favorisant la synthèse de certaines hormones (stéroïdes) ;
- elle facilite l'absorption du fer et la synthèse de la L-Carnitine ;

• elle protège des nuisances causées par la fumée de cigarette.

À l'inverse, on sait qu'un déficit en vitamine C favorise certains maux :

– la fatigue ;
– l'essoufflement à l'effort ;
– les somnolences ;
– les douleurs musculaires ;
– les risques d'infection.

C'est pourquoi il est conseillé d'assurer un apport quotidien de 80 à 90 mg de vitamine C.

ALIMENTS CONTENANT 50 MG DE VITAMINE C	
30 g de cassis 25 g de kiwi 50 g de poivron cru 25 g de persil 50 g de cerfeuil	70 g de cresson 80 g de chou rouge cru 100 g d'agrumes 200 g de foie ou de rognons

Chez la fumeuse, le besoin en vitamine C est particulièrement élevé. On sait en effet que fumer un paquet de cigarettes par jour détruit environ 50 mg de vitamine C.

La femme qui fume doit donc s'assurer un apport de 150 à 200 mg, selon sa consommation de cigarettes, afin d'éviter tout déficit et de protéger ses cellules contre l'oxydation.

Il est cependant inutile et dangereux d'arriver à des apports trop importants car ils peuvent favoriser, par exemple, l'apparition de calculs dans les urines (coliques néphrétiques).

Il faut savoir enfin que la vitamine C de synthèse, qui est délivrée en comprimés, n'est pas aussi bien absorbée par l'organisme que celle qui est contenue naturellement dans les aliments.

4) Éviter tout risque d'hypoglycémie

(Se reporter au chapitre 6 de la première partie.)

Les freins à l'amaigrissement

En matière d'amaigrissement, l'égalité des sexes n'est pas toujours de règle. Même s'ils prennent tous leurs repas en commun et partagent une alimentation identique tant en nature (conforme aux principes de la Méthode) qu'en quantité, l'homme et la femme peuvent aboutir à des résultats tout à fait différents. Au bout de quelques mois, l'homme pourra se féliciter d'avoir, par exemple, dix kilos en moins quand la femme se désolera de n'en avoir perdu que trois.

Madame sera alors tentée de penser que « *la méthode Montignac marche mieux chez les hommes que chez les femmes* », oubliant un peu vite que sa meilleure amie (celle qui lui a conseillé d'acheter le livre) a perdu ses huit kilos sans problème, en deux petits mois. La conclusion de cette dernière aura donc été un peu hâtive. C'est en effet mal poser le problème que de vouloir à tout prix mettre en parallèle deux entités non comparables. Non seulement parce qu'il peut y avoir des sensibilités très différentes entre deux femmes, mais encore parce que, entre elles et l'homme, le nombre de points qui diffèrent est considérable.

1) Les femmes sont plus « grasses » que les hommes

L'organisme féminin possède une masse graisseuse plus importante que son homologue masculin : 22 à 25 % contre 17 % chez l'homme. Cette « distinction » se traduit par un capital de cellules graisseuses (adipocytes) plus important.

2) Une répartition des graisses différente

Chez la femme, la répartition de la masse graisseuse est le plus souvent de type gynoïde (au-dessous de la ceinture), avec une éventuelle complication cellulitique. Chez l'homme, elle est plutôt de type androïde (au-dessus de la ceinture).

Cette topographie féminine particulière (hanches, fesses et cuisses généreuses) a une fonction naturelle bien précise : assurer une réserve énergétique en prévision d'une éventuelle grossesse ou d'un allaitement. Le souci vital consistant à s'assurer des réserves pour le cas où surviendraient une famine ou une disette est aujourd'hui anachronique dans nos pays industrialisés, mais l'organisme féminin en garde encore souvent le réflexe ancestral.

Les cellules adipeuses du bas du corps, chez la femme, ont en fait des récepteurs particuliers, davantage « programmés » pour accumuler les réserves que pour les laisser partir. L'excès de poids éventuel, à ce niveau anatomique, est donc plus résistant à toute tentative d'amaigrissement.

3) Une sensibilité accrue aux hormones

Contrairement à l'homme, la femme, lorsqu'elle est en activité génitale, est rythmée par son climat hormonal. La puberté, la grossesse, un déséquilibre œstrogène/progestérone et la ménopause sont autant d'étapes à risques pouvant favoriser une prise de poids éventuelle.

En période prémenstruelle, c'est-à-dire au cours des quelques jours qui précèdent les règles, il peut y avoir une exacerbation de l'appétit ainsi qu'une tendance aux compulsions glucidiques, c'est-à-dire un désir d'aliments sucrés.

Cette période s'accompagnant souvent d'une petite tendance dépressive (chute de la sérotonine), le désir de sucre s'explique d'autant mieux qu'il contribue précisément à faire remonter le niveau de la sérotonine.

Il faut préciser que certains traitements hormonaux, lorsqu'ils sont mal conduits, peuvent aussi favoriser la prise de poids (voir le chapitre 5 de la seconde partie).

4) Un passé de femme « chargé » en régimes successifs

Les hommes entreprennent généralement leur premier régime amaigrissant entre trente-cinq et quarante-cinq ans, lors d'une remise en question radicale, en même temps qu'ils renouent avec une activité sportive, arrêtent de fumer, changent de situation professionnelle et parfois même de vie conjugale. Ils sont en quelque sorte « vierges de tout régime ». Leur organisme réagit beaucoup mieux et l'amaigrissement persiste plus facilement.

Les femmes, en revanche, s'astreignent plus volontiers à des privations alimentaires et ce, dès la puberté. Elles partent en guerre avec l'idée de combattre certaines rondeurs dues à leur adolescence, mais aussi des surcharges hypothétiques qui sont la conséquence des standards décharnés que véhiculent les magazines féminins.

Les années qui s'écoulent sont ainsi émaillées de régimes hypocaloriques à répétition. Au fil du temps, leur organisme se trouve « échaudé » par ces pertes de poids successives toujours suivies d'une reprise pondérale, et leur instinct de survie met donc en route certains mécanismes de régulation dont l'objectif est de récupérer les graisses perdues, mais aussi et surtout, de les consolider en créant ainsi une résistance à toute tentative d'amaigrissement ultérieure.

Pour mieux y parvenir, leur organisme va même souvent jusqu'à augmenter le nombre de ses cellules graisseuses de manière à pouvoir accumuler le maximum de réserves. Et c'est ainsi qu'à l'obésité hypertrophique (les adipocytes se gonflent de graisse) s'ajoute une obésité hyperplasique (création de nouveaux adipocytes).

5) Attention aux carences protéiques !

Contrairement aux hommes, les femmes ne sont pas très « viande ». Qui plus est, elles mangent beaucoup moins de fromages et sont facilement écœurées par les œufs. En somme, ces goûts et ces dégoûts font que leur ration protéique est souvent insuffisante et se transforme en carence lorsqu'elles entreprennent des régimes hypocaloriques.

Or, il a été clairement montré qu'une insuffisance alimentaire en protéines empêchait la diminution de la masse graisseuse et constituait une forme de résistance à l'amaigrissement.

6) L'impact du stress

Il arrive qu'à la suite de graves perturbations affectives (deuil, divorce, chômage...), le sujet féminin se mette à maigrir. Ceci n'est en fait que la conséquence automatique d'une diète forcée.

On ne peut plus rien avaler car l'estomac est « noué » mais cette situation n'est généralement que provisoire.

Face au stress, c'est plutôt la prise de poids immédiate, ou secondaire, qui est de règle.

Dans ce cas, deux séries de facteurs sont en cause : les facteurs comportementaux et les facteurs biochimiques.

Les facteurs comportementaux

Face au « mal-être », l'oralité reprend ses droits et l'on mange pour combler ce vide qui « angoisse ».

Ces troubles du comportement alimentaire se manifestent, comme nous l'avons déjà évoqué plus haut, par diverses attitudes :

- un grignotage systématique ;
- des compulsions avec ou sans « addiction » au sucre ;
- des tendances boulimiques, voire « hyperphagiques ».

On apprend ainsi que 40 % des femmes avouent manger lorsqu'elles s'ennuient.

Les facteurs biochimiques

Le stress déclenche de nombreuses réactions biochimiques dans le corps :

- chute de l'hormone de croissance ;
- sécrétion d'endorphines ;
- sécrétion de cortisol.

Or, ces modifications stimulent la lipogenèse, c'est-à-dire le stockage des graisses (directement ou par le déclenchement d'un hyperinsulinisme).

La femme est d'autant plus sujette à cette prise de poids éventuelle qu'elle est plus sensible au stress que l'homme. Ses carences en nutriments (magnésium, vitamine B6, fer...) la rendent plus vulnérable.

Un recentrage alimentaire, enrichi sur le plan nutritionnel, permettra de diminuer naturellement une bonne partie des risques de stress.

Bien manger pendant neuf mois...

L'enfantement est l'un des moments forts de la vie d'une femme, c'est pourquoi il est souhaitable qu'elle s'y prépare aussi bien mentalement que physiquement.

L'amaigrissement, s'il est nécessaire, devrait toujours avoir lieu avant la grossesse. La plupart des femmes se disent pourtant que, comme elles vont de toute manière prendre du poids pendant la gestation de leur enfant, il sera toujours temps, après, de faire d'une pierre deux coups. Erreur ! En cas de surcharge pondérale, il est plus que souhaitable de la faire disparaître autant que possible avant la grossesse et ce, pour éviter sa consolidation après l'accouchement mais aussi et surtout pour éviter des complications fœtales ou maternelles (hypertension artérielle, diabète, éclampsie).

Une perte de poids préconisée selon les principes hypocaloriques habituels serait particulièrement dangereuse, car on sait qu'elle crée des carences importantes en vitamines, sels minéraux et oligo-éléments à un moment où l'organisme humain en a doublement besoin.

Seul un amaigrissement effectué selon les recommandations de la méthode Montignac pourra garantir, outre la pérennité des résultats, le plein des nutriments indispensables à la bonne croissance du bébé.

Pendant neuf mois, la future mère devra assurer le développement optimal du fœtus sans pour autant épuiser ses propres réserves. C'est pourquoi son alimentation devra être choisie de manière à apporter les nutriments nécessaires en les répartissant harmonieusement sur toute la durée de la journée.

Les choix nutritionnels généraux que nous recommandons répondront à cette attente. Aux grands principes, on pourra ajouter les conseils suivants :

– manger pour deux n'est pas nécessaire. Il faut en revanche s'efforcer de manger deux fois mieux ;

– assurer un apport correct en protéines animales (viande, volaille, poisson, œufs, laitages...) mais aussi en protéines végétales (aliments complets, légumineuses, dérivés de soja). Les protéines assurent en effet la « construction » du bébé. On évitera cependant de consommer du foie plus d'une fois par semaine, afin d'éliminer tout risque éventuel d'intoxication par la vitamine A. Il faudra également éviter les viandes non cuites, comme le tartare, mais aussi les coquillages (risque d'infection) ;

– faire le plein de calcium, à la fois pour construire le squelette de l'enfant mais aussi pour une bonne protection des stocks de la mère. Il conviendra donc de manger un laitage à chaque repas (lait, fromage, yaourt, fromage blanc) ;

– assurer un apport correct en fluor en privilégiant les eaux minérales qui en contiennent (Badoit, Vichy...) ;

– garantir un apport suffisant en fer afin d'éviter toute anémie, fatigue ou vulnérabilité aux infections (boudin noir, viande, légumineuses, fruits secs et œufs) ;

– éviter toute carence en acide folique, qui pourrait entraîner des malformations fœtales. Pour cela, on consommera de préférence de la levure de bière, du germe de blé et des légumineuses ;

– avoir une ration en fibres suffisante, non seulement parce que les aliments qui en contiennent sont riches en vitamines et sels minéraux, mais aussi pour éviter tout risque de constipation. Il faudra donc consommer régulièrement des fruits, des crudités, des légumes verts, de la salade, du pain, des céréales complètes et des légumineuses ;

– boire suffisamment d'eau pour éviter la déshydratation, favoriser le transit intestinal et éviter les infections urinaires.

Naturellement, on évitera l'alcool, qui est dangereux pour le bébé et l'on s'accordera, au maximum, un demi-verre de vin rouge à la fin de chaque repas. Les polyphénols qu'il contient contribueront à améliorer la circulation veineuse ;

– éviter, sans avis médical, la prise de médicaments ou de compléments alimentaires ;

– manger varié, de façon à éviter toute carence, mais aussi pour habituer l'enfant à une certaine diversité alimentaire. Dès le quatrième mois de grossesse, le fœtus perçoit les goûts. Plus il aura découvert d'aliments dans le ventre de sa mère, plus sa diversification alimentaire sera facile lors du sevrage ;

– enfin ne pas fumer car le tabagisme favorise la naissance d'un nourrisson de petit poids.

Lors de certaines grossesses, on constate une forte prise de poids (de quinze à vingt kilos) qui n'est jamais justifiée. La prise de poids normale est de l'ordre de huit kilos et peut se décomposer de la manière suivante :

– 3,5 kg pour le fœtus à terme ;
– 500 g pour le placenta ;
– 1 kg pour l'utérus ;
– 700 g pour le liquide amniotique ;
– 1 kg pour l'augmentation de volume des seins ;
– 1,3 kg pour l'augmentation de la masse sanguine.

L'écart entre la prise de poids théorique (huit kilos) et une réalité supérieure s'explique de la manière suivante : au deuxième trimestre de la grossesse, le fœtus grossit peu, mais la mère peut avoir tendance (par réflexe inconscient) à constituer naturellement des graisses de réserve pour le cas où surviendrait une famine en fin de grossesse. Le risque de prise de poids est d'autant plus important que l'alimentation est hyperglycémiante (riche en mauvais glucides). Le suivi des principes de la Méthode permet donc de s'assurer les meilleures mesures de prévention.

La prise de poids peut aussi être liée à une rétention d'eau excessive avec, parfois, des œdèmes généralement liés à des troubles veineux. Dans ce cas, une surveillance médicale stricte s'impose, car cette situation peut cacher une hypertension artérielle ou de l'albumine dans les urines.

Quoi qu'il en soit, la prise de poids doit être appréciée en fonction du poids de départ, compte tenu de la taille. La femme qui pèse soixante kilos avant sa grossesse et qui mesure 1,50 m ne doit pas prendre plus de huit kilos.

Celle qui pèse cinquante-deux kilos pour 1,75 m pourra prendre quinze kilos sans problème car elle part avec des réserves très faibles. Elle les perdra d'ailleurs très facilement après l'accouchement. De son côté, l'allaitement maternel favorise la perte des graisses excessives. C'est un peu comme si l'organisme pompait dans les réserves qu'il s'est constituées. Donner le sein aide donc à retrouver la ligne.

L'incontournable cellulite

La cellulite est en quelque sorte le cauchemar de toutes les femmes mais elle ne devient malheureusement une préoccupation sérieuse que lorsqu'elle est installée de manière évidente.

Ce sujet a déjà été en partie traité dans le chapitre concernant l'adolescence, mais nous ne répéterons jamais suffisamment que le meilleur moyen pour venir à bout de cette disgrâce est de faire de la prévention le plus tôt possible, bien avant d'en identifier les premiers symptômes.

Il n'est cependant jamais trop tard pour agir, encore qu'il faille admettre qu'il n'existe pas une solution, mais un ensemble de mesures qui, entreprises conjointement, peuvent permettre d'améliorer la situation sérieusement.

La cellulite est la résultante de quatre facteurs :

- une prédisposition naturelle chez la femme ;
- un déséquilibre hormonal ;
- de mauvaises habitudes alimentaires ;
- une mauvaise hygiène de vie.

En travaillant sur les deux derniers facteurs, on pourra stopper le processus d'évolution, voire l'inverser. Mais encore une fois, pour y arriver, il faudra aborder le problème globalement, ce qui impliquera une révision de votre mode de vie. Voici l'ensemble des mesures qu'il faudra prendre.

– *Corriger tout excès pondéral*

Les graisses de réserve aggravent en effet les compressions dues à la cellulite. Une fois l'excès de poids disparu, on pourra mieux discerner ce qui est réellement imputable à la cellulite, notamment dans son aspect inesthétique. C'est alors que l'on pourra, entre autres, entreprendre un éventuel traitement local.

– Adopter de bonnes habitudes alimentaires

Ce principe implique que l'on abandonne avant tout ses mauvaises habitudes « de table ». Il suffira pour cela d'adopter pour toujours les grands principes de la Méthode[1] en privilégiant la consommation de glucides à index glycémique bas au détriment des mauvais glucides (index glycémique élevé).

– Traiter l'insuffisance veineuse

L'insuffisance veineuse, plus communément appelée « mauvaise circulation », est une affection courante chez la femme en général, et systématique chez celles qui présentent les symptômes de la cellulite. Les problèmes circulatoires qu'elle entraîne sont aggravés non seulement par la sédentarité, mais encore par les habitudes de vie modernes : port de vêtements trop serrés, bains trop chauds, longues expositions au soleil.

Dans les cas les plus sérieux, un traitement médical peut être d'un grand secours, mais dans la plupart des cas, ce sont les vieux remèdes de grand-mère qui restent les mieux appropriés : Jouvence de l'abbé Souris, Contrecoup de l'abbé Perdrigeon, Extrait de marron d'Inde. Ces trois produits naturels, « vieux comme le monde » et inoffensifs, mais non moins efficaces, sont encore disponibles, Dieu merci, dans toutes les pharmacies.

Quelques minutes de gymnastique quotidienne avec saut à la corde, par exemple, et quelques séances d'exercice physique, deux ou trois fois par semaine (marche, jogging, vélo, natation) sont particulièrement indiquées.

L'un des exercices les plus efficaces est de ne jamais prendre l'ascenseur mais de monter doucement les marches de l'escalier, deux par deux.

– Lutter contre le stress

Naturellement, il ne s'agit pas de chercher à diminuer son stress en prenant des tranquillisants ou autres anxiolytiques, mais plutôt en pratiquant la relaxation, le yoga ou encore la sophrologie.

1. Voir première partie.

L'acupuncture, ainsi que certaines prescriptions homéopathiques ou phytothérapiques, peut aussi contribuer, avec succès, à lutter contre le stress.

– *Appliquer des crèmes locales*

L'application de crèmes dites « anticellulite » conduira toujours à un échec total si rien d'autre n'est entrepris simultanément.

On a pu remarquer, en effet, que lorsque leur application était accompagnée des mesures recommandées plus haut, elle permettait d'obtenir de meilleurs résultats. Les crèmes à base de caféine améliorent considérablement la cellulite superficielle, mais il faudra cependant éviter les massages trop profonds qui pourraient « décrocher » les nodules et faire « ballotter » une cellulite jusqu'alors bien fixée.

– *Les remèdes miracles*

Il existe à mon sens deux antidotes pouvant être classés dans cette rubrique, même si certains « esprits chagrins » ne manqueront pas de les qualifier de fantaisistes. Le premier d'entre eux est l'allaitement.

Nombreuses ont été, en effet, les lectrices de mes précédents livres à m'avoir signalé qu'elles avaient perdu leur cellulite après avoir allaité, tout en suivant les principes de la Méthode. Ceci n'avait pas été le cas lors de leur précédente grossesse.

La conjonction de deux facteurs était donc apparemment nécessaire pour que le résultat apparaisse : allaitement et changement des habitudes alimentaires.

Les futures mères pourront toujours essayer... Pour les autres, il y a encore le deuxième « remède miracle », si le cœur leur en dit. Il s'agit de faire une cure d'huile de foie de morue, tout en l'associant à un changement des habitudes alimentaires.

En effet, il a été scientifiquement démontré que la consommation d'huile de poisson conduisait à une diminution substantielle des masses graisseuses abdominales, notamment (travaux de Groscolas et Belzung).

Certaines personnes de mon entourage ont réalisé cette expérience et consommé quotidiennement l'équivalent d'une cuillerée et demie à soupe d'huile de foie de morue, pendant au moins quatre mois, tout en appliquant les principes de la Méthode. Elles ont obtenu des résultats intéressants pour ce qui concernait la diminution, voire la suppression, de leur cellulite.

Le plus difficile n'est pas de le croire, mais d'essayer, car il faut bien avouer qu'un certain courage est nécessaire pour entreprendre et poursuivre l'expérience !

Je signale à celles qui ne reculeraient devant rien que la meilleure technique pour ingurgiter la « potion » en question est de tout mettre dans un verre (ou plutôt dans un pot de yaourt que l'on pourra ensuite jeter) et de tout boire d'un trait en se pinçant le nez... Il conviendra ensuite d'avaler le jus de deux citrons, sans sucre, naturellement. C'est dur mais apparemment ça marche !

– *Les grands moyens*

Si tout ce que nous avons proposé jusqu'ici n'a abouti à aucun résultat satisfaisant, il restera à consulter un praticien spécialisé en médecine esthétique. Celui-ci déterminera le traitement le plus approprié en fonction de la nature de la cellulite. Il existe désormais de multiples possibilités thérapeutiques : drainage lymphatique, mésothérapie, cellulolipolyse, lipoject, lipo-endolose ou encore liposuccion.

L'inconvénient de ces traitements réside bien évidemment et naturellement dans leur prix élevé.

– *La consommation de médicaments*

Un chapitre entier a été consacré à ce sujet important. Se reporter au chapitre 7 de la seconde partie.

La rétention d'eau

Nous avons déjà précisé qu'il était important de distinguer la surcharge pondérale liée à l'excès de masse graisseuse de celle qui pouvait être imputable à une rétention hydrique.

Certaines femmes sont en effet victimes d'œdèmes qui prédominent à la racine des membres, dans la région de l'abdomen, et même aux mains. Ces œdèmes évoluent par poussées qui sont rythmées, la plupart du temps, par le cycle menstruel. La rétention d'eau maximum se situe avant les règles et se manifeste par un gonflement notable des seins et du ventre.

Ces manifestations s'accompagnent volontiers de fatigue, d'essoufflements à l'effort, de maux de tête, voire de constipations, pouvant être liés à des troubles veineux, à des anomalies de répartition des liquides et souvent à une hyperœstrogénie.

Que faut-il donc faire pour en limiter les effets ?

– Il faut commencer par limiter la consommation de sel au strict nécessaire, c'est-à-dire 5 à 8 g par jour, en évitant tout ce qui en contient naturellement, la charcuterie par exemple.

– Il convient ensuite de s'assurer une alimentation suffisamment protéinée en consommant normalement du poisson, de la viande, des œufs et du fromage.

– Il faut boire, car le meilleur diurétique, c'est l'eau. L'eau de Vittel notamment, d'autant que les femmes qui souffrent de rétention d'eau ont généralement tendance à restreindre leurs boissons.

Sachez que l'eau est encore plus efficace, sur le plan diurétique, lorsqu'elle est consommée quand on est allongé. C'est d'ailleurs une pratique courante dans les cures thermales.

– Il faut éviter la prise de médicaments diurétiques dont l'efficacité est très souvent discutable. S'ils semblent marcher dans un premier temps, ils occasionnent rapidement par la suite une accoutumance de la part de l'organisme. Tout arrêt du traitement se solde, généralement, par une aggravation du phénomène.

– En cas de constipation, les laxatifs sont eux aussi à éviter. Seule une bonne alimentation peut permettre d'obtenir un transit intestinal correct (voir le chapitre 5 de la seconde partie).

La circulation veineuse devra en revanche faire l'objet de traitements appropriés. Ceux qui sont à base de vitamine P (flavonoïdes) sont particulièrement recommandés.

L'emploi d'un lit surélevé (dont la tête est plus basse que les pieds), l'arrêt du tabac et le drainage lymphatique complètent la « panoplie » des traitements pouvant permettre de combattre cette affection malheureusement chronique.

Comment arrêter de fumer sans grossir ?

Les statistiques montrent, de manière évidente, qu'il existe un risque important de prise de poids quand on arrête de fumer, ce qui dissuade d'ailleurs bon nombre de candidates.

On sait aujourd'hui pourquoi la fumeuse, lorsqu'elle s'adonne à son péché mignon, limite en quelque sorte sa prise de poids.

Fumer augmente en effet les dépenses énergétiques par stimulation du métabolisme basal et accélère d'autre part le transit intestinal, limitant ainsi l'absorption des nutriments qui sont ensuite éliminés dans les selles.

Il semble, de plus, que la nicotine ait pour effet d'inhiber la sécrétion d'insuline.

On imagine mal comment il serait possible d'ajouter la frustration inhérente au régime hypocalorique aux difficultés du sevrage tabagique[1].

Le suivi des principes de la Méthode est le seul qui soit non seulement acceptable, mais aussi efficace

Et si vous êtes végétarienne ?

Si la discipline des végétariennes, consistant à ne pas manger de viande, est motivée par l'amour et le respect des animaux, il s'agit là d'une position tout à fait respectable. Si, par contre, l'argumentation s'appuie sur l'idée que la viande est source de « toxines » nuisibles à l'organisme, il s'agit d'un raisonnement fondé sur des notions de physiologie datant du XIXe siècle, lesquelles sont aujourd'hui bien dépassées.

Ces fameuses toxines ne correspondent pas à grand-chose, car il s'agit tout simplement de l'acide urique et de

1. Pour en savoir plus, consulter *Vivre sans tabac,* par le docteur Hervé Robert, éditions Artulen.

l'urée, qui se forment lors de la consommation de viande. Il faut savoir que ces substances sont, en outre, parfaitement éliminées par le rein chez un sujet normal buvant suffisamment. L'organisme, qui est en réalité « programmé » pour éliminer ces déchets métaboliques, y arrive fort bien et sans dommages.

Les végétariennes, qui ne consomment ni viande, ni charcuterie, ni volaille, ni poisson doivent cependant maintenir un apport suffisant en sous-produits animaux afin d'équilibrer correctement leur alimentation. Pour cela, elles devront privilégier la consommation de laitages et d'œufs.

Pour couvrir correctement ces besoins en protéines, il faut toutefois posséder de bonnes connaissances en nutrition et savoir, par exemple, que protéines animales et protéines végétales ne sont pas identiques, ou que certaines d'entre elles ne sont assimilables que partiellement.

QUANTITÉS DE PROTÉINES		
	(POUR 100 G)	ASSIMILABLES
Graines de soja	35 g	100 %
Farine de soja	45 g	100 %
Pois chiches	78 g	70 %
Lentilles	24 g	52 %
Fèves	6,5 g	17 %
Farine de blé intégrale	11,5 g	36 %

Ainsi, les protéines végétales n'ont pas la même valeur nutritionnelle que les protéines animales et 10 g de protéines provenant de lentilles n'auront pas du tout la même valeur que 10 g de protéines issues d'un œuf.

Ces notions sont indispensables pour qui souhaite maintenir un apport protéique correct, à savoir 1 g de protéines par jour et par kilo de poids de l'organisme.

Les végétariennes qui sont par ailleurs de « grands amateurs » de soja doivent savoir que les aliments à base de soja ne contiennent pas forcément la même quantité de protéines.

Protéines contenues dans différents produits à base de soja, pour 100 g :

- Farine de soja : 45 g ;
- Grains de soja : 35 g ;
- Tofu (pâté de soja) : 13 g ;
- Germes de soja : 4 g ;
- Pousses de soja : 1,5 g.

De même, elles devront savoir que le jus de soja, improprement appelé « lait de soja », est assez pauvre en calcium (42 mg/100 g) par rapport au lait de vache (120 mg/100 g) ; que les protéines végétales sont plus pauvres en acides aminés essentiels (ceux que l'organisme ne sait pas fabriquer), que les céréales sont déficitaires en lysine et les légumineuses en méthionine. Sur ce dernier point, elles apprendront qu'il est important d'associer quotidiennement céréales brutes, légumineuses et oléagineux (noix, noisettes, amandes...).

D'ailleurs, de nombreux plats exotiques anciens associent systématiquement céréales et légumineuses :

- maïs et haricots rouges dans la tortilla mexicaine ;
- semoule et pois chiches dans le couscous maghrébin ;
- mil et arachides en Afrique noire.

L'œuf assure en revanche, et à lui seul, une grande richesse et un parfait équilibre en acides aminés.

La végétarienne devra particulièrement veiller à ses apports en fer (voir plus haut), sachant que le fer d'origine végétale est cinq fois moins bien assimilé que le fer d'origine animale.

De même, et afin d'éviter des carences en vitamine B12, elle devra favoriser la part du fromage, des œufs et des algues dans son alimentation.

Des menus végétariens bien conçus sont tout à fait acceptables et peuvent même être particulièrement bénéfiques pour la protection des risques cardio-vasculaires et la prévention de certains cancers (du côlon et du rectum notamment). Ils restent cependant déconseillés aux petits enfants (croissance), aux femmes enceintes et aux personnes âgées.

La méthode Montignac, parfaitement compatible avec une approche végétarienne, conseille la consommation de nombreux glucides (à index glycémique bas) :

- pain intégral ;
- véritable pain complet ;
- riz complet ;
- pâtes complètes ou intégrales ;
- lentilles ;
- haricots blancs et rouges ;
- pois et fèves ;
- céréales complètes et leurs dérivés ;
- fruits frais et oléagineux ;
- marmelade de fruits sans sucre ;
- soja et ses dérivés ;
- chocolat riche en cacao.

On peut ainsi centrer les sept petits déjeuners de la semaine sur un pain riche en fibres ou sur des céréales sans sucre associées à un laitage écrémé ou chocolaté au besoin.

La Méthode conseille, par ailleurs, de faire au moins trois fois par semaine un dîner centré sur les bons glucides. Les végétariennes pourront augmenter la fréquence de ce type de repas.

Le plat principal pourra ainsi être sélectionné parmi les suggestions suivantes :

- du riz complet au coulis de tomates ;
- des pâtes intégrales ou complètes accompagnées d'une sauce au basilic, à la tomate ou aux champignons de Paris ;
- des lentilles aux oignons ;
- un panaché de haricots blancs et rouges ;
- des pois ou des fèves ;
- des pois chiches ;
- du couscous à la semoule complète sans viande ;
- des produits à base de soja ;
- des produits à base de céréales (galettes de blé) ;
- des algues.

On pourra au besoin agrémenter ce plat d'une soupe de légumes, de crudités, de légumes, d'une salade... et l'on terminera par un laitage écrémé (fromage blanc à 0% ou yaourt maigre).

Précisons enfin qu'un régime végétalien supprimant les laitages et les œufs, pour ne garder exclusivement que les produits d'origine végétale, est source de carences, c'est-à-dire dangereux.

5

La femme de cinquante ans

Il y a un siècle, lorsque la femme atteignait la cinquantaine, elle passait le porche de la vieillesse. L'arrêt naturel de son activité génitale sonnait en quelque sorte le glas de sa carrière « fémino-féminine ». Entre deux bouffées de chaleur, il ne lui restait plus qu'à s'exercer à l'art d'être grand-mère.

Aujourd'hui, la femme de cinquante ans est encore une jeune femme et elle dispose, de surcroît, des moyens de le rester.

L'hormonothérapie, même si elle n'est pas forcément nécessaire, peut l'aider efficacement à franchir l'étape de la ménopause, voire à prolonger une certaine jeunesse.

Mais, comme toujours, c'est grâce à l'adoption d'un mode alimentaire riche sur le plan nutritionnel qu'elle pourra non seulement rester jeune, mais surtout organiser une prévention efficace contre certains risques de santé : ostéoporose, affections cardio-vasculaires, cancers, mais aussi prise de poids.

Une fois encore, il s'agira de bien manger pour rester belle, jeune et en bonne santé car on peut être grand-mère tout en gardant un corps de jeune femme.

La ménopause

La ménopause est à la mode. Ou disons plutôt que c'est une étape de la vie féminine qui est particulièrement d'actualité. On en parle en effet beaucoup plus, aujourd'hui, que ces dernières années, tout simplement parce que la plus grande proportion de la population féminine est en train de franchir le cap de la cinquantaine. C'est en fait la tranche de population qui correspond à la génération du baby-boom de l'après-guerre.

Mais la mentalité de ces femmes modernes, qui sont les premières à avoir connu la pilule, est différente de celle de leurs mères.

La ménopause, qui était pour ces dernières un symptôme annonçant le commencement du déclin, n'est pour leur fille qu'un épisode supplémentaire de leur vie féminine. Car, comme la grossesse, ces femmes « libérées » ont compris que la ménopause n'était pas une maladie, mais bien une étape physiologique normale de leur vie de femme.

Jusque dans les années 60, le médecin ne s'immisçait guère dans la sexualité et la vie féminine en général, de ses patientes, sauf lorsqu'il avait à surveiller une grossesse ou un accouchement.

Après l'avènement de la pilule, la situation évolua d'elle-même. Un dialogue s'instaura avec le médecin sur la contraception, les problèmes gynécologiques, voire la sexualité.

Quant à la ménopause, après avoir été débarrassée de ses vieux symboles, elle devint tout simplement l'objet d'une prescription médicamenteuse appropriée.

1) Qu'est-ce que la ménopause ?

Il s'agit de l'arrêt définitif des fonctions de reproduction et de sécrétion hormonale des ovaires. Elle se manifeste principalement, et extérieurement, par l'arrêt des règles.

L'âge moyen de la ménopause est de cinquante ans, mais il varie avec la race, le climat et l'hérédité. Si mère et fille sont souvent ménopausées au même âge, le tabagisme, lui, avance la ménopause de deux ans au moins.

La femme moderne a su, grâce à la contraception, séparer fécondité et sexualité. C'est pourquoi l'impossibilité soudaine d'avoir des enfants la perturbe d'autant moins qu'elle sait que sa vie de femme peut rester intacte.

2) Les conséquences de la ménopause

L'arrêt de la sécrétion d'œstrogènes par l'ovaire est la cause de multiples troubles qui apparaissent progressivement :

- des bouffées de chaleur ;
- une incontinence urinaire plus ou moins marquée ;
- une sécheresse vaginale pouvant rendre les rapports sexuels douloureux ;
- une peau plus sèche avec vieillissement prématuré ;
- une ostéoporose débutante ;
- des lésions artérielles susceptibles de donner lieu à des accidents cardio-vasculaires ;
- des troubles psychologiques de tonalité plutôt dépressive ;
- des troubles hormonaux avec parfois une prise de poids.

Parmi ces troubles, nombreux sont ceux qui peuvent être prévenus par l'adoption d'un mode nutritionnel particulier.

3) Bien manger pour rester jeune

Le vieillissement du corps humain est génétiquement programmé. Mais il peut être accéléré sous l'effet agressif de facteurs externes tels que les radicaux libres.

Les radicaux libres sont des substances toxiques qui naissent dans les cellules au cours de réactions chimiques, dans lesquelles l'oxygène est mal utilisé.

Les perturbations qu'ils entraînent ont pour conséquence d'accélérer le vieillissement cellulaire, de perturber leur reproduction (risque de cancer) et d'entraîner des troubles vasculaires.

Un certain nombre de nutriments, que l'on classe parmi les antioxydants, ont la propriété de lutter contre les radicaux libres. Ce sont :

- la vitamine C,
- la vitamine E,
- le bêta-carotène,
- le sélénium,

– le zinc,
– les polyphénols.

Une alimentation adaptée permettra de privilégier un apport optimal en nutriments.

NUTRIMENTS	ALIMENTS QUI EN SONT RICHES
Vitamine C	Cassis, persil, kiwis, brocolis, citrons, oranges, pamplemousses, crudités, salades.
Vitamine E	Huile de germes de blé, huile de maïs, huile de tournesol, huile de noix, huile de pépins de raisin, germe de blé.
Bêta-carotène	Pissenlit, cresson, épinards cuits, brocolis, laitue, tomates. Abricots secs, mangues, pêches, oranges. En fait, tous les fruits et légumes colorés (oranges, rouges ou verts).
Sélénium	Poisson, viandes, abats, volailles, huîtres, céréales brutes, champignons.
Zinc	Huîtres, pois secs, graines de sésame, levure de bière, foie, viande, fromages à pâte dure, lentilles, haricots secs.
Polyphénols	Vin rouge, chocolat fortement cacaoté (+ 70 %), thé.

4) Comment protéger ses os

La ménopause constitue un facteur prépondérant pour la fragilisation des os. Un apport important en calcium (associé de préférence à de la vitamine D et à un traitement hormonal) constituera la meilleure protection de la masse osseuse.

Après la cinquantaine, la ration calcique de la femme devrait être de 1 200 à 1 500 mg par jour. Or, les enquêtes alimentaires concernant les Françaises montrent qu'elle est en moyenne de 700 mg par jour à peine, ce qui est insuffisant.

Par conséquent, la femme ménopausée devra non seulement manger plus de fromage (notamment de l'emmental), mais elle devra aussi éviter les pertes de calcium qui sont accélérées par l'absorption d'alcool (au-delà d'un demi-litre de vin par jour), l'excès de café (au-delà de quatre tasses) et le tabagisme.

Il est par ailleurs recommandé d'aborder la ménopause en faisant un bilan de la masse osseuse (dosage fait par le scanner), lequel permettra d'évaluer le risque réel d'ostéoporose.

5) Le traitement hormonal

Faut-il, ou non, traiter la ménopause ? La question dépasse largement l'objet de ce livre et nous l'aurions évidemment éludée, s'il n'y avait pas, dans un cas comme dans l'autre, des implications au niveau du poids.

Après cinquante ans, la femme de 1996 a une espérance de vie d'environ trente-cinq ans. On peut donc sérieusement se demander s'il n'est pas judicieux de lui assurer la qualité de vie nécessaire à l'accomplissement de ce qui représente encore plus du tiers de son existence.

Garder une peau plus souple, où les rides viendront moins vite, prévenir l'ostéoporose, c'est-à-dire les tassements douloureux des vertèbres qui voûtent la silhouette, comme les fractures du col du fémur, sont autant d'avantages que laisse objectivement miroiter le traitement hormonal.

De plus, l'absence d'hormones fragilise l'organisme ménopausé sur le plan cardio-vasculaire (artérite, angine de poitrine, infarctus).

Il existe certes divers traitements (non hormonaux) soulageant des bouffées de chaleur, mais ils ne protègent ni les os ni les artères.

Seul un traitement hormonal associant œstrogènes et progestatifs naturels peut avoir pour vocation de prolonger un équilibre biologique qui aurait été rompu de lui-même par les ans. Il s'agit donc beaucoup moins d'un artifice que d'une aide apportée à la nature, de façon qu'elle puisse continuer à faire son travail.

La ménopause et le poids

Lorsqu'elle prend du poids au moment de la ménopause, la femme a tendance à accuser ses hormones, celles qui ont disparu (si elle ne fait pas de traitement), ou celles qu'elle prend désormais avec le traitement qui lui a été prescrit. Comme nous allons le voir, les hormones ont souvent bon dos.

Examinons tout d'abord les statistiques, de manière à avoir une vue plus objective.

Tableau I

PRISE DE POIDS AU MOMENT DE LA MÉNOPAUSE	
SANS TRAITEMENT HORMONAL	**AVEC TRAITEMENT HORMONAL**
52 % ont un poids inchangé 44 % prennent du poids (de 4 à 6 kg) 4 % perdent du poids (de 2,5 à 7,5 kg)	67 % ont un poids inchangé 31 % prennent du poids (de 4 à 7 kg) 2 % maigrissent

Tableau II

PRISE DE POIDS APRÈS HYSTÉRECTOMIE	
HYSTÉRECTOMIE PARTIELLE *(ablation de l'utérus seul)*	**HYSTÉRECTOMIE TOTALE** *(ablation de l'utérus et des ovaires)*
35 % grossissent 56 % ont un poids stable 9 % maigrissent	50 % prennent du poids 33 % ont un poids stable 17 % maigrissent

Tableau III

VARIATION DU POIDS DES FEMMES ENTRE 52 ET 58 ANS (TOUS CAS CONFONDUS)
43 % ont un surpoids (parmi elles, 27 % sont obèses au sens médical du terme) 52 % ont un poids correct 5 % sont en sous-poids

Sources : Centre européen de recherche et d'information sur le sur-poids (Dr David Elia).

Les statistiques ne seraient pas complètes si l'on ne prenait pas en considération l'évolution du poids de la femme en général de vingt à cinquante-deux ans.

Évolution moyenne du poids de la femme

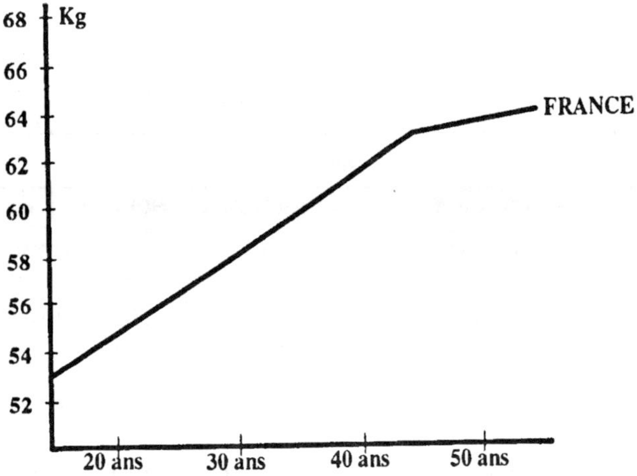

De façon évidente, nous pouvons constater plusieurs faits en examinant ces statistiques :

– Premièrement, moins d'une femme sur deux a un problème de poids au moment de la ménopause (43 %) ;

– Deuxièmement, la prise de poids est très inférieure lorsque la femme fait l'objet d'un traitement hormonal (31 % contre 44 %) ;

– Troisièmement, elle est en revanche maximale en cas d'hystérectomie totale (50 %).

Il est par ailleurs important de constater que l'évolution du poids moyen de la femme française est constante après l'adolescence, puisqu'en trente ans (de vingt à cinquante ans), elle prend 10 kg en moyenne, passant de cinquante-trois à soixante-trois kilos.

Paradoxalement, on constate même que l'évolution du poids, après cinquante ans, c'est-à-dire au moment de la ménopause, se fait à un rythme plus faible.

L'expérience des médecins nous conduit par ailleurs à observer que les femmes qui prennent du poids au moment de la ménopause (avec ou sans traitement) sont toujours celles qui ont déjà une certaine surcharge pondérale. 27 % sont d'ailleurs déjà obèses, comme le montre le tableau III.

On peut donc en conclure que, contrairement à ce que rapportent certaines idées reçues, la ménopause n'est pas un facteur déterminant de la prise de poids. Elle n'est qu'un facteur d'amplification pour un sujet qui a déjà une hypersensibilité à la surcharge pondérale.

En d'autres termes, ce n'est pas l'absence soudaine d'hormones, ou encore le traitement hormonal, qui vont faire grossir les femmes, ce sont les bouleversements métaboliques induits par les transformations physiologiques de leur corps qui vont entraîner un éventuel stockage des graisses de réserve dans un organisme vulnérable.

Or, comment peut-on définir la vulnérabilité d'un organisme à la prise de poids si ce n'est en mesurant sa propension à faire de l'hyperinsulinisme ?

Il a été démontré que la baisse des œstrogènes et *a fortiori* leur disparition avait pour conséquence de diminuer la tolérance au glucose et de réduire la sensibilité à l'insuline, ce qui favorisait bien évidemment l'apparition d'une insulinorésistance avec augmentation du taux d'insuline.

L'étude de Wing, réalisée en 1983 en Pennsylvanie, montre bien l'ampleur du phénomène.

Taux d'insuline à la ménopause

SURCHARGE PONDÉRALE DU SUJET	À JEUN	2 HEURES APRÈS LA PRISE DE 75 G DE GLUCOSE	COEFFICIENT D'AMPLIFICATION
1 à 3,3 kg	48	260	5,4
3,4 à 6,5 kg	50	280	5,6
6,6 à 10,6 kg	52	320	6,1

Ce tableau montre de manière évidente deux phénomènes :

– d'abord que l'insulinémie, après la prise de glucose, est disproportionnée dans le cadre de la ménopause ;

– ensuite, que cette disproportion est amplifiée par l'importance de la surcharge pondérale.

En d'autres termes, plus on est gros, plus on fait de l'hyperinsulinisme, de la même manière que plus on fait de l'hyperinsulinisme, plus on aura tendance à grossir.

Comment éviter de grossir au moment de la ménopause ?

Les deux cas de figure, avec ou sans traitement hormonal, doivent être examinés séparément.

1) Sans traitement hormonal

C'est le cas le plus critique, puisque l'on a vu que la probabilité de prise de poids (de 4 à 7 kg) existe dans 44 % des exemples.

Pour celles qui ont la chance d'être déjà minces, voire maigres, le risque de prise de poids est pratiquement nul. Si elles n'ont jamais eu de kilos en trop (malgré leurs mauvaises habitudes alimentaires), c'est qu'elles ont un pancréas à toute épreuve et que, par conséquent, il est improbable que cet organe se mette soudain à faire de l'hyperinsulinisme à cause de la carence en œstrogènes.

Pour en être certaines à 100 %, il leur suffira de suivre les principes de la Méthode en passant directement à la phase II.

Pour celles qui ont déjà des kilos en trop, le problème sera d'autant plus difficile que leur surcharge pondérale est importante.

La meilleure solution aurait été, naturellement, de régler définitivement le problème du poids bien avant d'arriver à la ménopause, puisque l'on sait que cette dernière constitue un facteur d'amplification.

Plus les femmes sont grosses au moment de la ménopause, plus elles ont de risques de grossir et inversement.

Perte de poids obtenue par des femmes de 50 ans et plus dans l'application de la phase I		
BMI	**PERTE DE POIDS MOYENNE AU BOUT DE 4 MOIS**	**POURCENTAGE DU POIDS PERDU**
24 à 29	– 9,2 kg	– 12,4 %
30 et +	– 15,1 kg	– 16,8 %

Sources : Institut Vitalité et Nutrition.

Quoi qu'il en soit, l'expérience a montré que l'application des principes de la Méthode, notamment en suivant une phase I très stricte, apportait des résultats encourageants et que c'était en tout cas le meilleur moyen d'éviter une prise de poids supplémentaire. Mais il faudra aussi compter avec les autres facteurs de résistance à l'amaigrissement, ceux que nous avons développés dans les chapitres précédents, tout comme il faudra tenir compte de ceux que nous aborderons à la fin de ce chapitre.

2) Avec traitement hormonal

Puisque le risque de prise de poids est évident lors d'une ménopause non traitée (on a vu que la carence en œstrogènes aggravait l'hyperinsulinisme), on serait tenté de croire que le traitement hormonal constitue la panacée.

Or, même s'il présente, comme nous l'avons vu, des avantages incontestables, il est loin de garantir la non-prise de poids, même si elle est statistiquement inférieure en l'absence de traitement (31 % contre 44 %).

Essayons de comprendre, ensemble, pourquoi.

Par nature, les œstrogènes favorisent :

- l'augmentation de la masse grasse sous-cutanée de localisation fémorale ;
- la lipolyse abdominale ;
- la rétention hydrosodée (rétention d'eau) ;

– l'augmentation de la masse musculaire (par effet anabolisant).

Les progestatifs favorisent quant à eux :
– l'appétit ;
– une augmentation de la masse grasse abdominale (effet anabolisant) ;
– une augmentation de la masse maigre (effet anabolisant) ;
– une rétention hydrosodée (par effet minéro-corticoïde).

En résumé, un traitement hormonal œstro-progestatif a pour conséquence de déclencher une relative prise de poids en raison :

- d'une possible augmentation de la masse maigre (muscles) ;
- d'une éventuelle rétention d'eau ;
- d'une possible augmentation de la masse graisseuse.

Mais on sait, désormais, que cette éventuelle et relative prise de poids est conditionnée par deux paramètres :

– l'existence et l'importance d'une surcharge pondérale antérieure (plus on est gros, plus le risque de grossir est important, et toujours en raison de l'hyperinsulinisme) ;
– le choix du traitement fait par le médecin.

Comme l'écrit le docteur David Elia, gynécologue : « *Il n'y a pas de femmes qui ne supportent pas l'hormonothérapie. Il n'y a que des hormonothérapies mal adaptées à l'individualité de chacune des femmes. Il ne faut pas oublier que l'overdose ou, au contraire, l'insuffisance d'œstrogènes sont capables de provoquer la prise de poids.* »

Il y a donc ainsi un passage de « liberté surveillée » évitant le sous-dosage et le surdosage médicamenteux, le long duquel la femme ménopausée va pouvoir maintenir son poids.

Un traitement bien mené ne montre pas (en moyenne) de prise de poids, au contraire :

	AVANT TRAITEMENT	APRÈS 6 MOIS DE TRAITEMENT HORMONAL
Poids moyen des femmes	57,1 ± 2,6 kg	56,8 ± 2,7 kg

Cela veut dire que le choix des hormones proposées, leur dosage et l'ajustage précis de leur posologie sont capitaux.

Or, trop souvent, les médecins (et même parfois certains spécialistes) prescrivent des traitements standardisés sans tenir compte des sensibilités particulières de chaque femme.

Il serait stupide de croire qu'il existe un traitement hormonal « passe-partout » de la ménopause. Il ne doit y avoir que des traitements adaptés, sinon personnalisés. Nombreux sont les praticiens qui semblent bien peu se préoccuper des soucis esthétiques de leurs patientes.

Il faut dire, à leur décharge, que les laboratoires pharmaceutiques ne font rien pour les y aider, « noyant le poisson » de la prise de poids éventuelle dans des statistiques générales qui ne distinguent jamais les influences spécifiques des hormones sur les femmes, en fonction de leur corpulence avant traitement.

Voilà comment un traitement mal conduit pourra faire grossir n'importe quelle femme et particulièrement celles qui sont déjà en surcharge. C'est dire si le traitement hormonal nécessite un suivi régulier et attentif, car la moindre prise de poids devrait entraîner une modification de la posologie du traitement, voire sa remise en question.

En l'absence d'explications précises concernant la maîtrise des risques du traitement, nombreuses sont les femmes qui, dans le doute, auront tendance à s'abstenir.

C'est aussi pourquoi 30 % des femmes n'achètent pas les médicaments après qu'ils leur ont été prescrits et que 20 % d'entre elles, lorsqu'elles ont débuté le traitement, l'arrêtent avant un an, de leur propre chef.

Et c'est ainsi que, bien que neuf millions de femmes soient concernées en France, seules 10 % d'entre elles sont correctement traitées.

En résumé, en cas de traitement hormonal de la ménopause, il y a deux mesures à prendre pour prévenir la prise de poids :

1 – s'assurer que le traitement est bien adapté ;
2 – suivre les principes de la Méthode afin d'éviter tout risque supplémentaire d'hyperinsulinisme.

3) Maigrir pendant la ménopause

Nous avons vu que la prise de poids moyenne d'une femme, entre trente et cinquante ans, était, selon les statistiques, de 10 kg environ.

Nombre de femmes se seront ainsi laissées aller, au rythme de maternités mal gérées et d'accumulations de mauvaises habitudes alimentaires, à une relative surcharge.

Et c'est au moment de la ménopause, lorsqu'elles prennent conscience du risque de prise de poids supplémentaire (avec ou sans traitement), qu'elles décident de prendre définitivement le taureau par les cornes en envisageant un amaigrissement sérieux.

Il n'est jamais trop tard pour bien faire, mais on peut imaginer la frustration (sans parler des déconvenues liées à l'absence de résultats à terme) que la patiente aurait à endurer si elle avait choisi de suivre un régime hypocalorique « associé » comme celui du bon docteur Jacques Fricker, ou même comme celui de son cousin, « le régime de Paul-Loup Sulitzer ».

Un recentrage de ses habitudes alimentaires, sans restriction aucune, tel que le propose la méthode Montignac, est la seule approche nutritionnelle acceptable d'autant que, comme nous allons le voir, la période de la ménopause déclenche souvent chez la femme un climat quelque peu dépressif.

Les autres facteurs environnants de la ménopause

La ménopause peut également favoriser la survenue de divers troubles :

– une insuffisance thyroïdienne ;
– une dépression ;
– un stress par changement de mode de vie ;
– une augmentation de la sédentarité.

En d'autres termes, la période de la ménopause peut entraîner diverses circonstances susceptibles d'être des facteurs indirects de prise de poids.

1) Attention à la déprime !

La ménopause fatigue. Une fois éliminées une éventuelle hypothyroïdie et une carence en fer, le médecin traitant devra penser aux conséquences dépressives qui sont directement liées à la ménopause, sinon à son environnement.

Le professeur A. Basdevant a examiné les conséquences de troubles psychologiques divers sur le poids.

On peut constater, grâce à lui, que l'impact peut se faire dans un sens comme dans l'autre. On grossit ou on maigrit, selon sa nature.

TROUBLES	PRISE DE POIDS		PERTE DE POIDS	
	FRÉQUENCE	IMPORTANCE EN KG	FRÉQUENCE	IMPORTANCE EN KG
Dépression	28 %	+ 7,8 ± 4,3	27 %	– 7,7 ± 3,6
Deuil	9 %	+ 8,5 ± 4,3	26 %	– 6,7 ± 2,7
Divorce	15 %	+ 8,5 ± 4,3	36 %	– 8,3 ± 4,2
Soucis familiaux	14 %	+ 6,9 ± 3,1	14 %	– 6,6 ± 2,5
Mésentente conjugale	12 %	+ 7,9 ± 3,1	12 %	– 8 ± 3,7
Troubles sexuels	15 %	+ 19,5 ± 25,3	12 %	– 7,8 ± 2,3
Problèmes financiers	10 %	+ 7,1 ± 3,6	10 %	– 6,3 ± 2,5
Soucis professionnels	14 %	+ 8,2 ± 4,5	8 %	– 6,5 ± 3,2
Déménagements	2 %	+ 5 ± 0,9	7 %	– 5,6 ± 1,9

On notera que ce sont les troubles sexuels qui occasionnent le plus souvent de fortes prises de poids. Ils peuvent même accompagner une incontinence urinaire cachée et humiliante.

Ces prises de poids montrent bien qu'un trouble du plaisir peut volontiers aboutir à une compensation orale par un excès de nourriture (généralement des mauvais glucides).

De plus, les insuffisances hormonales liées à la ménopause entraînent une hyperréactivité au stress.

Or, le stress peut favoriser la sécrétion de cortisol par les glandes surrénales. Cela a pour conséquences :

- une augmentation de la masse grasse abdominale ;
- une majoration de l'appétit ;
- une augmentation de la rétention d'eau ;
- une diminution de la masse maigre.

Le traitement hormonal, lorsqu'il est bien appliqué, fait la plupart du temps disparaître ces troubles.

Sur le plan nutritionnel, on s'assurera d'un bon apport en magnésium, lequel permet de réduire l'hypersensibilité de la femme à son environnement.

2) Attention à l'acidose !

Le problème de l'acidose fait sourire nombre de médecins, quand il est évoqué, car c'est une pathologie qu'ils envisagent peu souvent. Pourtant, il semble bien qu'elle soit de plus en plus mentionnée.

Le nombre de médications anti-acide que l'on propose à la vente libre, aux États-Unis, est significatif d'un problème réel. Le docteur Catherine Kousmine a, pour sa part, accordé une grande importance au bon équilibre acido-basique de l'organisme.

Depuis ses premières publications, il a été démontré que l'alimentation moderne raffinée, hyperglycémiante et trop carnée, favorisait l'apparition d'une acidose. Celle-ci, en stimulant l'action du « sympathique », entraîne les symptômes suivants :

- fatigues, notamment matinales ;
- acidité gastrique ;
- ballonnements ;
- constipation ;
- frilosité ;
- intolérance au glucose ;
- fragilité psychique avec irritabilité et plus grande vulnérabilité au stress.

Le docteur Kousmine propose donc de limiter la consommation d'aliments acidifiants (viandes, fromages forts, pain blanc, pâtes blanches, sucre, alcool, thé, café) et de privilégier les aliments alcalinisants (jaune d'œuf, yaourts, laitages frais lacto-fermentés, légumes verts, citron, soja, fruits frais et secs), ou les aliments neutres (noix, céréales complètes, pain intégral).

Pour contrôler l'acidose, on peut aussi facilement boire, chaque jour, au réveil, le jus de deux citrons fraîchement pressés, et dans la journée, des eaux alcalinisantes (Vichy).

En cas de crise, on peut toujours avoir recours au bon vieux bicarbonate de soude dont usaient abondamment nos grands-parents.

Pour vérifier soi-même si l'on est en acidose ou non, il suffit d'acheter, chez le pharmacien, des bandelettes de papier réactif que l'on plongera dans la deuxième urine du matin. Le ph devra être supérieur à 7.

Faire du sport à cinquante ans

Dans la diététique conventionnelle, de conception hypocalorique, on n'associe pas seulement l'excès de poids à une consommation trop importante d'énergie, mais également à une insuffisance des dépenses physiques.

Comment expliquer, alors, que Madame la baronne, qui ne bouge jamais son auguste arrière-train de son boudoir Louis XV, de même que la bourgeoise, épouse du richissime industriel qui ne sait même pas qu'il y a un escalier dans son immeuble huppé du 16e arrondissement de Paris, soient toutes deux conformes à un idéal de minceur ?

Comment expliquer que leurs chambrières, femmes de ménage, employées de maison et autres concierges, qui ne cessent de se dépenser physiquement dans l'exercice de leurs fonctions, soient dans la majorité des cas « bien portantes », c'est-à-dire affublées d'une incontestable surcharge pondérale ?

L'exercice physique seul, et le sport, n'ont jamais fait maigrir personne et nous avons expliqué techniquement pourquoi dans le chapitre 8 de la première partie.

Cela ne veut pas dire pour autant que l'activité physique soit inutile. Bien au contraire. Mais, une fois encore, il est absolument nécessaire de sortir du concept erroné de « dépense énergétique », qui est insignifiant, pour se concentrer sur les effets bénéfiques, pour l'organisme, d'un système musculaire normalement stimulé.

Rappelons tout d'abord que l'activité physique ne peut devenir une aide à l'amaigrissement que dans la mesure (impérative) où l'on aura changé ses habitudes alimentaires dans le sens que nous indiquons dans ce livre.

Après une première phase de perte de poids, on peut en effet « donner un petit coup de pouce » au système en reprenant une activité physique. L'exercice musculaire pratiqué dans le cadre de la Méthode va permettre :

- d'augmenter, à terme, la tolérance au glucose ;
- de diminuer l'hyperinsulinisme, ce qui favorisera la lipolyse (perte de poids) ;
- de diminuer l'insulinorésistance.

L'exercice physique (en général) améliore par ailleurs le taux de lipides sanguins (triglycérides, cholestérol...) et diminue l'hypertension artérielle (si elle préexistait), ce qui constitue une excellente prévention des maladies cardiovasculaires.

N'oublions pas que la femme perd, avec la ménopause, la protection naturelle de ses hormones, ce qui la rend vulnérable dans ce domaine, au même titre que l'homme.

L'exercice physique réalise aussi une excellente prévention de l'ostéoporose post-ménopausique. Mais seul un entraînement régulier et prolongé peut être efficace.

On pourra d'ailleurs demander à un kinésithérapeute, ou à un médecin du sport, d'établir un programme d'entraînement adapté et personnalisé.

Même si vous n'avez pas le temps, ou le courage, de vous adonner à un sport d'endurance, il y a quelques mesures de base que l'on peut aisément appliquer dans la vie de tous les jours. Il suffit, là encore, de changer certaines de ses mauvaises habitudes pour en adopter de meilleures.

– Abandonnez les ascenseurs et autres escaliers roulants. Prenez votre temps, mais montez toujours, par principe, l'escalier.

– Marchez le plus possible. Si vous habitez à Paris, et que vous prenez régulièrement le métro, descendez deux stations plus tôt et faites le reste du trajet à pied. Marchez au moins une demi-heure par jour. Faites une à deux heures de promenade à pied pendant le week-end.

– Profitez de vos vacances pour vous « remuer » au lieu de faire de la chaise longue. Marchez le long de la plage, les pieds dans l'eau. Faites des randonnées à pied ou à bicyclette, à la campagne ou à la montagne. Faites aussi de la gymnastique et de la natation.

Petit à petit, vous y prendrez goût et ce qui pouvait vous sembler un *pensum,* de prime abord, deviendra très rapidement une source de bien-être. Au fur et à mesure de l'amélioration de vos performances, vous vous réconcilierez avec votre corps.

La femme diabétique

Le diabète se définit par l'existence d'un taux de glucose dans le sang (glycémie) trop élevé, tant à jeun qu'après les repas. On distingue deux types de diabète complètement différents.

1) Le diabète de type II ou « diabète gras »

Il touche souvent la femme vers la cinquantaine et s'accompagne généralement d'une surcharge pondérale.

Techniquement, on a affaire à un pancréas qui sécrète une quantité excessive d'insuline. Mais, cette hormone étant de « mauvaise qualité » ou mal reconnue par les cellules de l'organisme, elle reste peu efficace.

À l'hyperinsulinisme s'ajoute donc l'insulinorésistance. La glycémie reste anormalement élevée puisque l'insuline sécrétée n'est pas capable de la faire baisser.

La perte de poids est toujours nécessaire pour permettre de normaliser la glycémie. Les principes de la méthode Montignac sont particulièrement adaptés à ce type de diabète, car ils reposent, comme vous le savez, sur le choix de glucides à index glycémique bas.

Des études ont montré que la réduction de 14 % de l'index glycémique alimentaire moyen (abandon du pain blanc et des pommes de terre au profit du pain intégral, des pâtes intégrales et des haricots blancs) améliorait le contrôle métabolique du diabète.

L'alimentation du diabétique devra donc être riche en fibres et notamment en fibres solubles (pectine de pommes, alginates des algues, gommes des haricots blancs...).

Leur nourriture devra par ailleurs compter bon nombre de micronutriments (chrome, vitamine B1) car ils améliorent le métabolisme des glucides. On les trouvera principalement dans les céréales brutes, la levure de bière et le germe de blé.

Le diabétique devra, de plus, limiter l'apport en graisses saturées (viande, charcuterie, beurre, laitages entiers) au profit des graisses polyinsaturées et surtout monoinsaturées, comme l'huile d'olive vierge, laquelle a les propriétés de faire baisser la glycémie et d'améliorer l'équilibre du diabète.

Le patient ne devra pas oublier de boire suffisamment (1,5 litre par jour au minimum).

2) Le diabète de type I ou « diabète maigre » : insulino-dépendant

Il apparaît de manière plus précoce, dès l'enfance ou l'adolescence. Il se caractérise par un dysfonctionnement du pancréas, qui ne fabrique plus d'insuline, ce qui implique donc la nécessité d'un apport extérieur sous forme de piqûres. L'excès de poids peut exister, mais il est moins fréquent que dans le premier cas.

Les diabétiques ont une dose journalière de glucides à gérer, devant être répartie le plus souvent sur les trois repas de la journée. On préférera donc les poissons et les volailles peu grasses, qui seront associés à des glucides à index glycémique bas (lentilles, haricots secs, riz complet, pâtes intégrales...).

La richesse en fibres des aliments que nous recommandons nutritionnellement permettra souvent de réduire les doses d'insuline et de toujours éviter les hypoglycémies.

Le risque de tout diabétique résidant dans la survenue de lésions cardio-vasculaires (atteintes oculaires, rénales et coronariennes) qu'il faut éviter à tout prix, on appréciera tout particulièrement l'effet préventif qu'assure le suivi de la Méthode, sans pour autant se substituer aux recommandations d'un diabétologue. La Méthode permet en effet de garantir :

– le choix de glucides à index glycémique bas qui favorisent la baisse du mauvais cholestérol et des triglycérides ;
– une préférence pour les acides gras poly et monoinsaturés qui contribuent à augmenter le « bon cholestérol » et à faire baisser les triglycérides ;
– un amaigrissement permettant souvent de normaliser la tension artérielle, de soulager le travail cardiaque, de faciliter l'activité physique et de ramener à la normale les facteurs de risque cardio-vasculaire.
– une alimentation riche en micronutriments (vitamine C, vitamine E, bêta-carotène, zinc, sélénium, polyphénols...) protégeant les parois artérielles.

C'est ainsi que les options nutritionnelles que nous recommandons peuvent contribuer à prévenir les complications vasculaires du diabète, lesquelles en font toute la gravité.

La femme constipée

La constipation est définie comme un « retard » d'évacuation associé à une déshydratation des selles. On la reconnaît à une fréquence de selles inférieure à trois fois par semaine, le sujet normal ayant entre trois selles par jour et quatre par semaine.

Plus de la moitié de nos concitoyens se plaignent de constipation et parmi eux, les trois quarts sont des femmes.

On distingue schématiquement deux causes banales de constipation : soit une perte du réflexe d'expulsion, soit une progression retardée des matières à l'intérieur du côlon.

En cas de perte de la sensation du besoin d'aller à la selle, les médicaments, et même souvent le régime alimentaire, sont inefficaces. Il convient donc, si le cas est sérieux, d'entreprendre une véritable rééducation du réflexe perdu avec, par exemple, le concours d'un kinésithérapeute formé à ces techniques, lesquelles font d'ailleurs souvent appel au « *biofeedback* ».

En cas de paresse intestinale, en revanche, le cas le plus fréquent, le traitement associera :

– un rééquilibrage de l'alimentation ;

– une rééducation intestinale, au cours de laquelle on reprendra l'habitude d'aller à la selle à heures régulières, même si le besoin ne s'en fait pas sentir ;

– une activité physique (marche, natation, vélo, gymnastique) pour renforcer la musculation abdominale ;

– un arrêt impératif des laxatifs parce qu'ils sont antiphysiologiques. Leur abus conduit à la création de pathologies intestinales avec diarrhées rebelles, douleurs abdominales et chutes importantes du taux de potassium ;

– la suppression des médicaments qui constipent, comme les antidépresseurs ;

– l'arrêt des régimes hypocaloriques qui engendrent un mauvais réflexe gastro-colique ;

– l'abandon de certaines pratiques perverses, telles que la consommation d'huile de paraffine, lesquelles peuvent s'avérer dangereuses à la longue.

L'alimentation de la femme constipée

Il faut commencer la journée en prenant, au réveil, un verre de jus de fruits frais. Le liquide, en arrivant dans l'estomac vide, déclenchera un réflexe gastro-colique qui donnera envie d'aller à la selle.

Il conviendra également d'enrichir son alimentation en fibres. La consommation de céréales complètes (pâtes, riz, pain intégral...) mais aussi de légumineuses riches en fibres insolubles devrait largement y pourvoir. On pourra aussi, si nécessaire, prendre 20 g de son de blé (issu de culture biologique) que l'on mélangera à un laitage (fromage blanc, yaourt).

La consommation subite d'une quantité importante de fibres pouvant entraîner des ballonnements, des gaz, voire des douleurs abdominales, lorsque les intestins sont fragiles et irritables, on veillera à ce qu'elle se fasse, dans ce cas, de manière très progressive. On commencera par un apport de 5 g de son par jour, qui sera augmenté de 5 g en 5 g chaque semaine, jusqu'à l'obtention de la dose souhaitée.

Même si les intestins protestent un peu au début, il conviendra de persévérer car ces manifestations bénignes sont le signe encourageant du fait que le côlon se remet à fonctionner normalement.

L'alimentation, seule, devrait suffire à apporter la dose voulue de fibres, sans que l'on soit forcé de recourir aux mucilages, gommes et autres suppositoires vendus en pharmacie.

Il faut savoir, par ailleurs, que si l'on boit insuffisamment (moins de 1,5 l par jour), cela peut donner des selles sèches plus difficiles à expulser.

Pour favoriser la vidange de la vésicule biliaire et lutter plus efficacement contre la constipation, on pourra prendre, au réveil, une cuillère à soupe d'huile d'olive dont on masquera le goût en buvant immédiatement après un jus de citron fraîchement pressé.

Enfin, il faut savoir que traiter la constipation est d'autant plus important que cela revient indirectement à prévenir :

- les reflux gastro-œsophagiens (remontées acides de l'estomac dans l'œsophage) ;
- les hernies hiatales ;
- les hémorroïdes ;
- les varices qui apparaissent lors des fortes pressions abdominales qu'effectuent les constipées afin d'obtenir l'exonération.

La femme colitique

Que l'on parle de « colite », de « colopathie spasmodique » ou de « côlon irritable », dans tous les cas, il s'agit le plus souvent de l'hypersensibilité aux fermentations et aux fibres alimentaires de votre gros intestin.

Celui-ci réagit en étant le siège de spasmes douloureux ou d'une inflammation de ses parois. Les crises peuvent s'accompagner de constipation ou de diarrhées.

Lorsqu'il existe, en plus, une diverticulose colique, le régime enrichi en fibres est indispensable car il évite les infections et prévient l'évolution vers le cancer colique.

Dans les phases inflammatoires nettes, un régime sans résidus est transitoirement nécessaire.

Sont alors autorisés :

- les viandes maigres sans sauce ;
- le jambon blanc découenné et dégraissé ;
- les poissons maigres, en papillote, ou au court-bouillon ;
- les œufs cuits sans graisse ;
- le gruyère (emmental, comté, beaufort) ;
- le riz blanc ;
- les pâtes blanches ;
- la semoule ;
- les bouillons de légumes passés ;
- les légumes cuits et mixés : courgettes, haricots verts ;
- les mousses de légumes : brocolis, épinards, carottes, céleris ;
- les fruits cuits pelés ;
- les jus de fruits sans pulpe ;
- les gelées de fruits ;
- le beurre, les huiles, les margarines ;
- les eaux minérales non gazeuses ;
- la chicorée en boisson.

Toutefois, ce régime déséquilibré ne devra pas être poursuivi trop longtemps.

Si l'on ne souffre que d'une colite spasmodique courante (sans diverticulose), le problème est à la fois simple et compliqué. Les patientes, en raison de réactions intestinales souvent pénibles, finissent progressivement par supprimer de leur alimentation une liste impressionnante d'aliments... On en arrive à des restrictions drastiques et à des apports alimentaires complètement déséquilibrés !

On en voit ainsi certaines supprimer tout produit à base de lait sous prétexte qu'ils sont *a priori* en cause. Or, cette décision grave, qui va favoriser une carence calcique ou protéique, ne doit pas être prise à la légère.

Les allergies aux protéines du lait de vache existent bel et bien, mais elles sont rares et doivent être diagnostiquées par un bilan allergologique complet, effectué par un spécialiste.

L'intolérance au lactose, le glucide du lait, est beaucoup plus fréquente, mais cela ne doit pas empêcher la consommation de lait fermenté (yaourt, fromage) toujours bien supporté.

Quant aux aliments riches en fibres, la colopathe a tendance à les supprimer systématiquement de son alimentation. Or, cette démarche est une erreur fondamentale car les fibres régularisent les troubles du transit intestinal (diarrhées ou constipation).

Mais, pour qu'elles soient tolérées, il faut toutefois adopter une façon de faire précise.

– On commencera par calmer le côlon avec une semaine de régime sans fibres, puis on réintroduira les fibres très progressivement en commençant par les légumes verts tendres et les fruits cuits pelés.

– On fera par ailleurs un apport en vitamine C en buvant des jus de fruits sans pulpe.

– Toujours très progressivement, on réintroduira ensuite des aliments crus : légumes, salades, fruits.

– Dans un dernier temps on pourra ajouter, au besoin, du son, en augmentant les doses de 5 g par semaine de façon à parvenir à une dose de 20 g. Manger des aliments complets peut aussi faire partie du programme.

– Il faudra penser à bien mastiquer les féculents pour que l'amylase salivaire ait le temps d'agir dans la bouche sans quoi, et malgré l'action de l'amylase pancréatique, les résidus d'amidon fermenteront dans le côlon et donneront des gaz susceptibles de déclencher des crises douloureuses.

– Pour calmer les douleurs ou absorber les gaz, on pourra prendre du charbon ou de l'argile.

– En cas de douleurs gênantes, la patiente pourra avoir recours à des médicaments antispasmodiques.

– Enfin, il ne faut pas oublier qu'un ventre rond et gonflé est souvent la manifestation d'un tempérament stressé. Dans ce cas, il est préférable de manger dans un endroit peu bruyant, sans précipitation et avec quelqu'un dont la compagnie est reposante. Les repas pris en solitaire, c'est-à-dire sans convivialité, ont trop souvent tendance à être expédiés trop rapidement.

– De temps à autre, dans la journée, il sera souhaitable de penser à faire des exercices respiratoires en rentrant le ventre à fond. Cela muscle la paroi abdominale et opère un « massage colique » bénéfique. Dix minutes de relaxation, après le repas, peuvent aussi se révéler efficaces.

En dehors des cas où l'on note de réels troubles de la personnalité, lorsque le problème fécal perturbe l'existence du sujet par exemple, le recours à la psychothérapie est inutile. Les règles d'hygiène de vie, les conseils alimentaires et une bonne relation médecin-malade devraient être amplement suffisants.

La prévention nutritionnelle des cancers

En 1984, une conférence organisée sur le thème de la prévention nutritionnelle des cancers, au Centre anticancéreux de Villejuif, parut tout à fait incongrue, à l'époque, aux spécialistes présents.

Aujourd'hui, les choses ont un peu changé dans la mesure où l'on considère que 80 % des cancers proviennent en partie de l'environnement et que l'alimentation est directement responsable de près de 40 % d'entre eux !

1) Qu'est-ce qu'un cancer ?

Le cancer est la résultante de l'action de différents paramètres liés à l'environnement, sur un organisme prédisposé, notamment en fonction de critères héréditaires et métaboliques.

Sous l'effet de ces facteurs environnementaux, les substances cancérigènes sont amenées à jouer le rôle d'un « initiateur » entrant en contact, de manière brève et précoce, avec une ou plusieurs cellules du corps.

Celles-ci sont alors transformées, de sorte qu'elles peuvent potentiellement se modifier et proliférer.

Puis, un agent non cancérigène, le « promoteur », va permettre aux cellules de se multiplier et d'aboutir à la formation d'une tumeur.

La cellule ne devient donc cancéreuse qu'au terme de l'enchaînement de plusieurs séquences anormales. L'alimentation n'est en fait qu'un maillon de la chaîne, mais il peut être déterminant.

2) Les causes des cancers

C'est à travers certaines études épidémiologiques que l'on a recherché les causes des cancers. On s'est fondé, pour cela, à la fois sur des données géographiques et des observations recueillies à l'échelon individuel.

Ainsi, dans un cas, on a comparé les types d'aliments consommés entre deux pays et la fréquence d'un même cancer ; dans l'autre, la consommation alimentaire des sujets atteints de cancers avec celle des personnes indemnes de cette maladie.

Mais, comme le dit La Vecchia, « *les études fondées sur l'observation de populations sont certes utiles pour formuler des hypothèses, mais elles ne peuvent en aucun cas apporter des preuves décisives de relation de cause à effet. Une corrélation n'implique pas nécessairement des liens de causalité* ».

Et, comme le soulignait avec humour le professeur Apfelbaum : « *Ce n'est pas parce que la France compte le plus grand nombre de voitures Renault et détient le record mondial de cirrhoses du foie qu'il existe un rapport entre ces deux faits !* »

Néanmoins, au fil des années, de grands axes de réflexion se sont dessinés. Même si leurs conclusions sont à interpréter avec prudence, les travaux effectués ont permis de déterminer quels étaient les aliments et les nutriments susceptibles de favoriser l'apparition d'un cancer, ainsi que ceux qui avaient un rôle protecteur.

3) Aliments et nutriments pouvant être cancérigènes

a. Les protéines

La cuisson des protéines des viandes entraîne la production d'amines hétérocycliques qui peuvent favoriser les cancers du côlon et du rectum.

C'est pourquoi, chez ceux qui consomment quotidiennement de la viande (bœuf, veau, porc ou mouton), le risque de voir apparaître ces cancers est multiplié par 2,5 par rapport à ceux qui n'en consomment qu'une fois par mois.

En revanche, les carences protéiques sont tout aussi nocives puisqu'elles favorisent des déficits immunitaires par le ralentissement d'activité des lymphocytes T, ce qui permet aux cancers de se développer plus facilement.

b. Les lipides

L'excès de graisses saturées dans l'alimentation semble favoriser l'apparition des cancers du sein, de l'ovaire, du col de l'utérus, du côlon et du rectum.

Tant que le Japon a gardé ses traditions culinaires pauvres en lipides d'origine animale, ces types de cancers sont restés très rares. Mais, avec l'occidentalisation récente de la diététique nippone, le cancer du sein a augmenté de 58 % entre 1975 et 1985 !

L'excès de graisses, chez les femmes obèses, accroît le risque de développer un cancer du sein. L'obésité androïde (en forme de « pomme ») est plus dangereuse dans ce domaine que l'obésité gynoïde (en forme de « poire »). On y relève six fois plus de cancers du sein car la graisse accumulée dans la partie supérieure du corps perturbe davantage le système hormonal.

Mais il ne faut pas croire pour autant que les lipides soient d'une manière générale l'ennemi à abattre car ce sont surtout les graisses saturées des viandes et des laitages qui se trouvent mises en cause. Le poisson, l'huile d'olive et l'huile d'onagre contiendraient quant à eux des lipides aux effets protecteurs contre les cancers.

L'exagération en tout est nuisible, c'est pourquoi il ne faut pas non plus chercher à faire baisser de manière excessive son taux de cholestérol par rapport à la normale.

Il a en effet été prouvé qu'un cholestérol total inférieur à 1,80 g/l favorisait, au cours des dix années suivantes, la formation d'un cancer du rectum, ce qui démontre qu'il faut de la mesure en tout. On veillera notamment à toujours conserver un rapport correct entre les divers acides gras, saturés et non saturés, de son alimentation.

c. Le sel

Les denrées salées avec excès, ainsi que les viandes, charcuteries et poissons conservés par salaison ou marinade favorisent le cancer de l'estomac. Les Japonais sont bien placés pour le savoir, eux qui ont payé un lourd tribut à ces habitudes de conservation.

La fréquence du cancer de l'estomac a quand même diminué de 64 % dans ce pays, depuis l'adoption de la réfrigération, de la surgélation et des habitudes consistant à manger plus fréquemment des produits frais.

d. L'alcool

L'alcool est un carcinogène qui agit de concert avec le tabac. Cependant, on ne connaît que fort mal son action directe car les animaux de laboratoire se refusent à absorber des boissons alcoolisées. Il n'y a donc pas de modèle d'expérience permettant d'étudier les modifications physiologiques qu'il induit.

On pense que l'un de ses mécanismes d'action serait dû au fait qu'il apparaisse comme un solvant, modifiant les cellules des parois intestinales au point de faciliter anormalement le passage des substances carcinogènes présentes dans les intestins.

La France détient le triste record mondial du nombre de cancers dus à l'alcool (pharynx, bouche, œsophage, larynx, foie), lesquels causent environ 14 000 morts par an.

CONSOMMATION D'ALCOOL PUR (EN G/JOUR)	RISQUE DE CANCER
30 à 40 g	x 2
40 à 80 g	x 4
80 à 100 g	x 10
au-dessus de 100 g	x 20

Rappelons qu'un litre de vin à 10° contient 80 g d'alcool. L'association de l'alcool et du tabac est encore plus toxique. Ainsi, un litre de vin (ou son équivalent en alcool, en bière ou en apéritif), ajouté à la consommation de vingt cigarettes par jour, multiplie par cinquante le risque d'apparition d'un cancer.

Est-il besoin de rappeler qu'un tiers des cancers sont dus au tabagisme qui est responsable, à lui seul, dans 90 % des cas, des cancers des poumons, des voies aéro-digestives supérieures, de l'œsophage et de la vessie ?

Curieusement, même une mauvaise hygiène dentaire, laquelle est souvent de règle chez les sujets alcoolo-tabagiques, augmente encore les risques.

On se plaint souvent des cancers comme d'une terrible maladie et l'on déplore parfois les lenteurs de la recherche médicale qui n'arrive pas à trouver « la » cause du cancer ou à mettre au point des traitements efficaces. Mais, réfléchissons bien à ceci : le nombre de cancers diminuerait de 56 % s'il y avait arrêt du tabagisme et diminution des excès de boissons alcoolisées.

e. Les carences en micronutriments

Le bêta-carotène, la vitamine C, la vitamine E et le zinc protègent des cancers en luttant notamment contre la formation des radicaux libres.

Tout déficit de l'un de ces micronutriments favorisera donc la survenue de cancers.

f. Les pesticides

Le professeur Révillard a constaté que les pesticides affectaient certaines cellules du foie et des poumons, lesquels sont hautement impliqués dans les phénomènes immunitaires.

Parmi les pesticides couramment employés, le carboryl inhibe l'action des macrophages et le lindane leur fait produire des substances anormales, semblables à des radicaux libres (favorisant la survenue de cancers) ou à des leucotriènes (médiateurs chimiques favorisant la survenue d'inflammations, d'allergies et de déficits immunitaires).

g. Les nitrates et les nitrites

Les nitrates de l'eau peuvent se transformer en nitrites, puis en nitrosamines cancérigènes. Or quand on sait que, dans certains départements, l'eau du robinet contient jusqu'à 100 mg de nitrates, on ne peut s'empêcher d'être inquiet.

Les nitrites ont d'ailleurs été utilisés pendant longtemps comme conservateurs dans la charcuterie. On ne s'étonnera pas du fait que leur emploi ayant diminué de 75 %, le cancer de l'estomac ait baissé lui aussi de 66 %.

Certaines bières, contenant encore des nitrosamines, sont responsables de cancers digestifs.

4) Modes de cuisson et cancers

Le barbecue, qui sent bon les vacances et les herbes de Provence, peut se transformer en lance-flammes si on utilise des moyens farfelus pour l'allumer, mais il peut surtout faire figure de bombe à retardement lorsqu'il se présente sous sa forme horizontale.

Lorsque la chaleur fait fondre les lipides de la viande ou des poissons, la graisse, en tombant, subit une réaction de pyrolyse au contact des braises. Ce phénomène provoque la formation de benzopyrène cancérigène, sans compter les autres hydrocarbures polycycliques que l'on trouve dans la fumée qui va imprégner les aliments...

C'est pourquoi seul le barbecue vertical est donc acceptable. Mais, comme nous n'avons, somme toute, que peu d'occasions de faire des grillades au barbecue au cours de l'année en France, les risques restent minimes.

Nous avons déjà mentionné que les aliments fumés (viandes, charcuterie, poissons) ont été pendant longtemps responsables de cancers de l'estomac dans les pays où l'on consommait, à l'année, ce genre de produits (pourtour de la Baltique et du Japon).

Ajoutons à cela qu'il serait également souhaitable d'éviter de trop faire chauffer le beurre, car à partir de 130 °C, il se forme de l'acroléine, une substance cancérigène.

5) Facteurs alimentaires protégeant des cancers

a. Les antioxydants

Rappelons-en la liste[1] :

- la vitamine C,
- la vitamine E,
- le bêta-carotène,

1. Se reporter au chapitre 6 de la première partie : tableau des vitamines.

- le sélénium,
- le zinc,
- les polyphénols.

b. Le calcium

Un déficit calcique multiplie par trois le risque de cancer côlo-rectal. En revanche, un apport de 1 250 mg de calcium par jour, pendant trois mois, diminue expérimentalement la prolifération des cellules tumorales coliques. C'est pourquoi les laitages écrémés sont nécessaires, d'autant qu'ils sont débarrassés de leurs acides gras saturés.

c. Les fibres alimentaires

On sait que leur carence favorise les cancers du poumon, du col de l'utérus, mais surtout du côlon et du rectum. Ce sont les fibres insolubles (cellulose, hémicellulose) qui sont les plus efficaces.

Les fibres ont une action protectrice sur les parois coliques et rectales et ce, en raison de plusieurs mécanismes :

– en diminuant le temps de contact entre les agents carcinogènes potentiels (acides biliaires) et la muqueuse colique, ce qui est rendu possible par la dilution du contenu intestinal (par hydratation des selles) et l'accélération du temps de transit ;
– en réduisant le temps d'action de la flore colique sur certaines substances biliaires ;
– en évitant la prolifération cellulaire colique sous l'action des acides biliaires.

Il a été démontré que l'enrichissement en fibres, seul, ne possédait pas d'effet préventif suffisant sur le cancer côlo-rectal. Il est nécessaire de diminuer également la consommation de viande pour que l'effet protecteur des fibres soit réel.

d. Les graisses insaturées

Les huiles de soja, de maïs, d'olive et de tournesol (non oxydées) auraient un effet protecteur contre le cancer.

e. Les légumes

Certains légumes contiennent des substances ayant été identifiées comme protectrices des cancers :

- les indols du chou et du brocoli, qui inactivent les œstrogènes ;
- les stérols du concombre ;
- les polyacétylènes du persil, qui bloquent l'action novice de certaines prostaglandines ;
- la quinone du romarin, qui augmente l'action des enzymes détoxifiantes ;
- les isoflavones de nombreux légumes, qui inactivent certaines enzymes intervenant dans la cancérogenèse.

Nous n'oublierons pas d'évoquer l'action de leurs fibres et de leur vitamine C.

6) Quelques principes généraux à respecter

- *Éviter la suralimentation et l'obésité.*
- *Préférer le poisson à la viande, en évitant les produits fumés et les salaisons.*
- *Réduire ses apports en lipides, surtout saturés.*
- *Enrichir son alimentation en fibres (fruits, légumes verts, légumineuses, céréales complètes).*
- *Éviter la destruction vitaminique et la perte des oligo-éléments, notamment lors des cuissons.*
- *Réduire sa consommation d'alcool.*
- *Essayer, aussi souvent que possible, d'avoir une alimentation équilibrée et variée.*

Même lorsqu'un cancer est diagnostiqué, s'il est dépisté assez tôt (grâce à une vigilance accrue), au stade de prévention et de la « tumeur contrôlée », tous les mécanismes sont encore réversibles. Il est donc toujours temps de changer ses habitudes alimentaires.

Une nutrition bien conçue peut représenter un traitement adjuvant efficace permettant de minimiser les effets secondaires d'une éventuelle chimiothérapie ou radiothérapie.

En plus des conseils nutritionnels, il conviendra de suivre ces recommandations générales. Le cancer n'est pas obligatoirement une fatalité, et certains d'entre eux peuvent même être évités très simplement.

1. Ne fumez pas. N'enfumez pas les autres.

2. Évitez les expositions prolongées au soleil (risque de cancer de la peau).
3. Respectez les consignes professionnelles de sécurité lors de la manipulation de toute substance cancérigène.
4. La plupart des cancers sont guéris s'ils sont diagnostiqués assez tôt. Consultez un médecin en cas de troubles persistants.

6

La femme du troisième âge

Le concept de vieillesse est aujourd'hui complètement dépassé mais jamais l'adage populaire disant : « *On n'a que l'âge de ses artères* » n'a été autant d'actualité.

Au XVIIIe siècle, on était vieux avant l'âge dans la mesure où l'atteinte de la quarantaine relevait de la performance et qu'à peine 4 % de la population dépassait les soixante ans.

De nos jours, on est administrativement « vieux » à partir de soixante-cinq ans alors que l'espérance de vie, pour une femme, est désormais de quatre-vingt-cinq ans. En l'an 2001 plus de 21 % de la population française sera donc dans le troisième âge.

Pourtant, l'âge « psychologique » n'a pas grand-chose à voir avec l'âge chronologique. Qui ne connaît pas, dans son entourage, au moins une femme âgée de soixante-dix à soixante-quinze ans, si ce n'est plus, continuant à avoir une activité débordante malgré sa vieillesse, et ce, sans handicap majeur ?

Ma propre grand-mère, qui s'est éteinte prématurément et en bonne santé à l'âge de cent deux ans, était un modèle de vitalité.

Le jour de ses cent ans, elle parut même beaucoup plus jeune que la plupart des octogénaires qui étaient venus la féliciter. Bien que le facteur psychologique soit important, il faut reconnaître que le mode alimentaire de la personne âgée peut également être déterminant pour sa longévité.

Même si l'on ne peut nier les facteurs physiques du vieillissement, le mode alimentaire est certainement le paramètre sur lequel il est le plus facile d'agir afin de prévenir le poids des ans.

Le vieillissement naturel

Au-delà d'un âge qui oscille entre soixante et soixante-dix ans, l'organisme subit un certain nombre de modifications naturelles.

1) Les modifications de la composition corporelle

Si le poids des organes et des viscères change peu, la masse maigre musculaire diminue en revanche. Cette modification peut être due à la baisse de sécrétion des androgènes (d'où une chute de l'anabolisme protéique), ou bien à une sédentarité excessive.

Le tout aboutit à une diminution de la forme physique et entraîne une moindre mobilité : d'où le risque de ne plus aller que « du lit au fauteuil » et, au pire, de devenir grabataire.

Bien que la masse grasse augmente proportionnellement dans la région abdominale, la graisse sous-cutanée a tendance à se réduire. Quant à l'eau de l'organisme, elle diminue dans les proportions suivantes :

- de 0,3 kilo par an entre soixante-cinq et soixante-dix ans ;
- de 0,7 kilo par an après soixante-dix ans.

C'est ce qui fait dire au langage populaire que le vieillard se « dessèche ».

2) Les troubles fonctionnels

Le vieillissement de l'organisme entraîne les modifications suivantes sur le plan du fonctionnement digestif :

– une altération du goût, par atrophie des papilles gustatives, qui est aggravée par une carence en zinc. La perception du salé et du sucré est moins prononcée.

L'alimentation paraît donc plus fade, ce qui entraîne des risques d'abus de sucre, de sel ou d'épices ;

– une sécheresse buccale due à l'atrophie des glandes salivaires, ou aux effets secondaires de certains médicaments (atropiniques) ;

– une baisse du coefficient masticatoire en raison de l'état dentaire ;

– une fréquence accrue du reflux gastro-duodénal ;

– une diminution de la sécrétion acide de l'estomac ;

– un ralentissement de la vidange gastrique ;

– une baisse de la sécrétion des enzymes pancréatiques, d'où la difficulté à digérer les graisses ;

– une moindre absorption digestive, ce qui aggrave les carences en micronutriments : vitamines, sels minéraux et oligo-éléments ;

– le développement d'une pollution microbienne source de fermentation supplémentaire, en raison du ralentissement du transit intestinal.

3) Les altérations métaboliques

Elles associent :

– un ralentissement du renouvellement des protéines de 30 %, par rapport à un adulte plus jeune ;

– une élévation de la glycémie après les repas, en raison d'une sécrétion insulinique insuffisante, laquelle s'accompagne d'un risque accru d'insulinorésistance ;

– une fuite sodée et hydrique amplifiée qui, associée à la diminution de la sensation de soif, accentue le risque de déshydratation. On peut l'identifier simplement en pinçant la peau et en constatant que le pli cutané persiste. Le phénomène est d'ailleurs aggravé par la prise trop fréquente de diurétiques ou de laxatifs.

Les changements du mode de vie

Les personnes âgées se trouvent en présence de deux situations fondamentalement différentes selon qu'elles restent chez elles ou qu'elles sont « placées ».

1) Les femmes vivant à domicile

Là encore, on distingue deux cas de figure :

– celles qui font elles-mêmes leur cuisine ou la font préparer par un membre de leur famille ou une aide-ménagère. Dans ce cas leur alimentation reste correcte et n'est pas trop déséquilibrée ;

– celles qui sont tributaires de choix alimentaires imposés par un organisme fournisseur qui leur livre leurs repas à domicile.

Bon nombre de ces femmes, souvent veuves, souffrent de solitude et d'isolement, d'où un état dépressif latent qui les conduit à l'anorexie et au repli sur elles-mêmes. Un cercle vicieux s'instaure alors, avec le risque de survenue d'un syndrome de glissement qui, s'il n'est pas pris à temps, peut rendre la personne grabataire.

La prise excessive de médicaments est par ailleurs souvent responsable d'anorexie, d'intolérance digestive et parfois même de perte en micronutriments.

2) Les femmes vivant en maison de retraite ou en institution

– En maison de retraite, les femmes âgées bénéficient d'une cuisine toute préparée et d'une ambiance assez conviviale, dans la mesure où elles ne se marginalisent pas en restant dans leur chambre.

– En institution, ou en maison de « long séjour », pour ne pas dire « hospice », leur alimentation est surveillée grâce à la présence de diététiciennes.

Mais, en pratique, la situation est loin d'être aussi idéale car ces personnes âgées ne mangent généralement que ce qu'elles aiment ! Les plats arrivent froids ou refroidissent trop vite et il n'y a généralement pas assez de personnel pour aider celles qui ont une perte d'autonomie. Pour finir de noircir le tableau, disons que personne ne vérifie si ces personnes âgées ont mangé ou non ce qu'on leur avait présenté.

C'est donc paradoxalement en institution, là où la nourriture est la plus « calibrée » et là où les gens sont les plus surveillés, que l'on note les carences les plus nettes et qu'apparaissent même de sévères dénutritions.

La dénutrition carentielle

Des erreurs alimentaires répétées peuvent aboutir progressivement à une malnutrition accompagnée de conséquences en chaîne, qu'elles induisent :

– des fatigues entraînant une apathie,
– une fonte musculaire,
– un amaigrissement pouvant atteindre 15 % du poids,
– des risques de chute avec fracture,
– une confusion mentale,
– une vulnérabilité aux infections,
– une détérioration intellectuelle.

En outre, l'isolement, le repli sur soi, l'ignorance de certains principes nutritionnels, la paupérisation, voire l'alcoolisation, ne feront qu'aggraver la situation.

Les idées reçues à combattre

– Une personne âgée a des besoins nutritionnels importants et doit manger autant qu'un adolescent, d'autant que son absorption intestinale est déficiente et que sa synthèse protéique se fait mal.

Il ne faut absolument pas diminuer sa ration alimentaire sous prétexte qu'elle est plus âgée, moins active, et qu'elle a moins de besoins que les autres.

Toute restriction alimentaire de nature hypocalorique sera en l'occurrence une source de carences en micronutriments.

– Une personne âgée a besoin de protéines et de fer. Il n'y a donc aucune raison de lui rationner, voire de lui supprimer la viande.

– Il ne faut pas croire non plus, comme certains l'ont stupidement laissé entendre, que les œufs font mal au foie ou que les yaourts sont décalcifiants. Ces deux aliments doivent au contraire faire partie de la panoplie nutritionnelle de toute personne âgée.

De la même manière, il est abusif de prétendre que le sel durcit les artères, que la viande donne de l'urée ou que les légumes secs provoquent des ballonnements.

Bien manger pour mieux vivre

Il n'y a pas de « retraite » pour l'alimentation, c'est pourquoi il n'y a aucune raison de réduire les apports énergétiques lors de l'entrée dans le troisième âge. Il convient au contraire de manger comme avant, en continuant à faire quatre repas par jour, car il ne faut oublier ni l'importance du petit déjeuner, ni la joie du thé à l'anglaise.

En 1983, l'étude du professeur Le Cerf, de Lille, a montré que l'apport calorique moyen de la femme âgée était de 1 680 calories et que son apport protéique restait souvent trop faible et déséquilibré, puisque plus de 77 % des protéines qu'elle consomme sont d'origine animale.

Elle devrait donc penser à consommer des aliments complets, comme les céréales ou les légumineuses, qui sont par ailleurs d'une grande richesse en fibres et micronutriments.

Toute restriction en protéines ne peut émaner que d'une décision médicale prise, par exemple, en cas d'insuffisance rénale sévère.

En cas de problèmes financiers, elle devra penser aux œufs et au lait qui constituent une source de protéines bon marché.

S'assurer une consommation de lipides variés devra également faire partie de ses préoccupations. En effet, comme une partie des enzymes s'arrête de fonctionner à partir d'un certain âge, certains acides gras, qui ne sont plus fabriqués par l'organisme, à partir des acides gras des huiles ou du beurre, doivent donc impérativement être apportés par la consommation régulière de viande, de foie, d'œufs et surtout de poisson.

Bien choisir ses glucides devra aussi être la règle. Il conviendra, à ce propos, de toujours préférer les glucides à index glycémique bas en raison de leur richesse en protéines végétales, en fibres (elles permettent de lutter contre la constipation) et en micronutriments.

En revanche, il ne faudra pas être trop strict (sauf en cas d'obésité majeure ou de diabète mal équilibré) avec les petites douceurs qui apportent toujours un plaisir évident. Dans cette rubrique, on privilégiera naturellement le chocolat à plus de 70 % de cacao.

Veiller à boire suffisamment restera une obligation *ad vitam aeternam*. L'absence de soif des personnes âgées, associée aux risques de déshydratation fonctionnelle, implique en effet un apport liquide important (au moins 1,5 litre d'eau par jour).

Potages, tisanes, thés et jus de fruits seront donc les bienvenus. Il faudra éviter, en revanche, l'excès de café qui favorise les troubles du sommeil.

Prendre l'habitude de boire un à deux verres de vin rouge par jour, et à chaque repas, n'est pas seulement possible, mais souhaitable, car le vin, comme chacun sait, a des effets antioxydants et euphorisants.

L'apport calcique de la femme âgée, qui doit atteindre 1 200 à 1 500 mg/jour, est capital. Or, il est très souvent bien inférieur, surtout en cas de régime restreint. Les statistiques nous montrent en effet que :

- 58 % des femmes âgées absorbent moins de 800 mg de calcium par jour ;
- 16 % en absorbent de 800 à 1 000 mg par jour ;
- 10 % plus de 1 000 mg par jour ;
- 16 % seulement ont un apport régulier.

Cette carence est d'autant plus grave qu'un apport calcique inférieur à 1 000 mg ne permet pas de combattre efficacement l'ostéoporose (voir le chapitre 5 de la seconde partie).

L'ostéoporose de la femme âgée est quelque peu différente de celle qui affecte la femme ménopausée dans la mesure où elle touche encore les vertèbres qui peuvent se tasser, mais atteint surtout les os longs, provoquant ainsi des fractures spontanées survenant à la suite de faibles chocs, ou lors de chutes. Le col du fémur et le poignet sont les plus fréquemment touchés. C'est pourquoi les laitages sont si importants dans l'alimentation de la femme âgée.

La vitamine D est par ailleurs indispensable pour fixer le calcium. Comme elle est fabriquée dans la peau, lors de l'exposition au soleil, on reconnaîtra toute l'importance que revêt un ensoleillement minimal pour les personnes du troisième âge.

Si elles n'ont pas l'occasion de pouvoir « lézarder » à loisir, elles pourront trouver cette vitamine D dans leur alimentation. Pour cela, il leur faudra en consommer environ 12 mcg (millionième de g) par jour.

Aliments riches en vitamine D

- huile de foie de morue .... 250 à 700 mcg/100 g
- thon .... 60 mcg/100 g
- sardines .... 25 mcg/100 g
- peau de poulet .... 20 mcg/100 g
- margarine .... 8 mcg/100 g
- jaune d'œuf .... 5 mcg/100 g
- champignons .... 8 mcg/100 g
- porc .... 3 mcg/100 g
- poulet .... 2 mcg/100 g

De franches carences en vitamine D peuvent conduire à une ostéomalacie se traduisant par des douleurs du bassin et des difficultés à la marche (c'est l'équivalent du rachitisme chez l'enfant).

Le médecin traitant devrait toujours penser à faire ce diagnostic lorsqu'il a affaire à une personne âgée ayant du mal à se déplacer. La vitamine D devrait alors être prescrite à fortes doses.

Les carences en folates (vitamine B9 ou acide folique) sont également très fréquentes chez les personnes âgées. On les rencontre environ chez 30 % de celles qui vivent à domicile et chez 70 % de celles qui vivent en institution.

Ces carences se manifestent par une anémie, mais surtout par des troubles psychologiques : perturbations de l'humeur, insomnies, troubles de la vigilance, syndromes dépressifs, apathie, voire parfois des comportements séniles.

Il serait souhaitable de faire ce diagnostic chez toute femme âgée qui « perd la tête » avant de l'attribuer à une véritable sénilité.

Un dosage sanguin, facile à réaliser, pourra confirmer ce diagnostic. Le traitement curatif se fera alors par des piqûres, mais il faudra par ailleurs entreprendre une véritable prévention nutritionnelle.

La ration quotidienne de folates est de 300 mcg.

Aliments riches en acide folique

- levure de bière .... 4 000 mcg/100 g
- foie de veau .... 260 mcg/100 g
- huîtres .... 240 mcg/100 g
- cresson, chicorée .... 220 mcg/100 g
- épinards cuits .... 160 mcg/100 g
- avocats .... 150 mcg/100 g
- haricots rouges cuits .... 130 mcg/100 g

Faire le plein en vitamine B6

On sait que cette vitamine aide à fixer les protéines pour le renouvellement cellulaire.

Un déficit en vitamine B6 entraîne des fatigues, des états dépressifs, des irritabilités anormales et une plus grande vulnérabilité aux infections.

Se référer au chapitre 6 de la première partie si l'on désire connaître quels sont les aliments riches en vitamine B6.

Ne pas manquer de vitamine A

C'est cette vitamine qui aide à la vision nocturne et maintient le bon état de la peau et des muqueuses. Son apport quotidien devrait être de 800 mcg.

Un déficit en vitamine A (ce qui concerne 45 % des femmes de plus de soixante ans) sera responsable d'une peau sèche et rugueuse, d'une plus grande vulnérabilité aux infections pulmonaires et ORL, et d'une sensiblité anormale au soleil.

Privilégier par ailleurs...

- Les antioxydants, et notamment les vitamines E et C ainsi que les polyphénols qui ont précisément la propriété de lutter contre le vieillissement dû aux radicaux libres ;
- le fer ;
- le magnésium ;
- le potassium.

Toutes les statitisques montrent que plus de la moitié des personnes âgées ont un apport quotidien très déficitaire en nutriments par rapport aux normes recommandées.

Attention aux régimes !

Tous les régimes restrictifs (hypocalorique, sans sel, sans graisses...) sont dangereux pour les personnes âgées car ils sont la source de déséquilibres.

Certaines précautions alimentaires peuvent cependant être souhaitables dans certaines circonstances :

- insuffisance rénale sévère,
- hypertension artérielle grave,
- affections coronariennes évolutives,
- diabète très déséquilibré.

En ce qui concerne l'amaigrissement, il n'y a que deux cas où une perte de poids peut être médicalement justifiée :

1 – si la surcharge pondérale handicape la personne dans ses déplacements, si elle risque de se retrouver clouée dans un fauteuil ou dans un lit en raison de son obésité, si elle entraîne un essoufflement grave, avec insuffisance respiratoire ou cardiaque ;

2 – si une intervention orthopédique est prévue pour une arthrose de hanche ou de genou, avec une pose de prothèse.

Hormis ces deux cas, il est inutile, et je dirais presque cruel, d'imposer un amaigrissement par le biais d'un régime hypocalorique.

Si la personne âgée elle-même le demande, les principes généraux de la Méthode pourront être suivis (phase II) dans la mesure où ils correspondent à une alimentation optimale. Ils devront être cependant corrigés compte tenu des observations précédentes, et notamment du besoin en nutriments.

Se nourrir, c'est se réjouir et se réunir

Il n'y a d'alimentation durablement équilibrée que si elle est variée et respecte les goûts et les préférences de chacune.

C'est pourquoi, l'accent devra être mis sur la qualité et la présentation. Il faudra « gastronomiser » les plats afin de favoriser l'appétit.

Mais c'est surtout l'ambiance, l'environnement et le contexte de convivialité dans lequel vit la personne âgée qui joueront le plus grand rôle sur son mode alimentaire. Nul n'ignore que la prise d'un repas en compagnie d'autres convives fait toujours manger mieux.

On s'efforcera donc de retrouver la dimension hédonique et épicurienne de la nourriture car elle est primordiale.

Comme le disait Brillat-Savarin : « *Le plaisir de la table est de tous les âges, de toutes les conditions, de tous les pays et de tous les jours ; il peut s'associer à tous les autres plaisirs et reste le dernier pour nous consoler de leur perte.* »

Sachons donc faire honneur à la bonne chère, loin des Diafoirus.

7

Les médicaments pervers

D'aucuns se félicitent que les progrès scientifiques de notre époque aient permis la découverte de médications efficaces pour les pathologies concernées.

Mais, au lieu d'en faire usage d'une façon modérée et limitée aux strictes nécessités, les citoyens modernes ont fait du médicament un objet de grande consommation.

Il faut dire que la pression commerciale de la florissante industrie pharmaceutique et de ses intermédiaires a été telle, ces dernières décennies, que le recours systématique aux médicaments, même dans les cas les plus bénins, n'est pas seulement entré dans les mœurs, il est devenu un réflexe de consommateur.

Les médecins ont d'ailleurs largement contribué à cette « hypermédicalisation » après avoir remarqué que leur notoriété était proportionnelle à l'importance de leurs prescriptions.

Si l'on ajoute l'automédication à cette délivrance excessive d'ordonnances, on mesure alors l'importance du phénomène, qui ne serait qu'un moindre mal s'il n'avait les conséquences fâcheuses que l'on sait sur le déficit de la Sécurité sociale.

L'ennui, c'est que cette hypermédicalisation a paradoxalement des conséquences sur la santé. Les médicaments ne sont pas toujours, en effet, les produits inoffensifs que l'on croit.

Leur usage, surtout quand il est excessif ou permanent, peut avoir des effets pervers sérieux.

Les effets secondaires d'un certain nombre d'entre eux, sur la prise de poids, sont particulièrement importants. Or, ce sont précisément ceux dont les femmes font malheureusement une grande consommation.

Les psychotropes

Ces médicaments sont destinés à traiter divers troubles nerveux. Ils agissent sur certains centres du cerveau (l'hypothalamus), lesquels contiennent « le centre de la faim » ainsi que des zones de régulation de l'équilibre pondéral.

L'hypophyse, qui orchestre la plupart des sécrétions hormonales des glandes endocrines de l'organisme (pancréas, surrénales, ovaires), se trouve également sous leur dépendance.

Dans la famille des psychotropes, on distingue plusieurs types de médicaments.

1) Les antidépresseurs

Certains d'entre eux, comme l'Anafranil ou le Tofranil, prescrits en cas de dépressions nerveuses sévères, augmentent l'appétit et favorisent une attirance pour les sucreries, pouvant se compliquer d'accès boulimiques et de grignotages entre les repas.

Ils aggravent de plus l'insulinorésistance (voir le chapitre 4 de la première partie).

En cas de réelle nécessité d'un traitement antidépresseur, mieux vaudrait prescrire de nouveaux médicaments, comme le Floxifral ou le Prozac, qui n'entraînent pas de risque de prise de poids en l'absence de troubles du comportement alimentaire préexistants.

2) Les neuroleptiques

Citons parmi ceux-ci le Largactil, le Melleril, le Moditen et le Théralène.

Comme les précédents, ils augmentent la sensation de faim et induisent une préférence pour les mauvais glucides (les sucreries en particulier).

3) Les tranquillisants et les anxiolytiques

Les femmes ont trop souvent tendance, lorsqu'elles rencontrent une période d'angoisse ou certaines difficultés existentielles, à se laisser tomber dans le piège de tranquillisants « salvateurs ». Il faut dire que les médecins n'hésitent pas, de leur côté, à les prescrire sans retenue dès qu'on les leur réclame.

C'est ainsi que l'on arrive à des abus regrettables dans un pays où, sans être les plus malheureux, on est pourtant les champions de la consommation de ces fameuses « petites pilules du bonheur » !

Ce que l'on ignore peut-être, c'est que les benzodiazépines (Lexomil, Lysanxia, Seresta, Temesta, Tranxène, Valium ou Xanax...) entraînent parfois des troubles de la vigilance ou des trous de mémoire qui retirent aux femmes la pleine possession de leurs facultés.

Ces médicaments peuvent, de plus, augmenter la sensation de faim et provoquer une préférence certaine pour les sucreries.

4) Le lithium

Sa prise, sous forme de Neurolithium ou de Téralithe, s'accompagne d'une soif intense de boissons sucrées. Par ailleurs, il perturbe parfois le fonctionnement de la glande thyroïde, engendrant ainsi un nouveau facteur de prise de poids.

Face à ces constatations, il convient d'adopter une attitude réfléchie à l'égard de ces médicaments qui agissent sur le psychisme. Les prises de poids éventuelles sont très variables d'une personne à l'autre et vont de deux à trente kilos. En plus de majorer un risque d'apparition de maladies liées à l'obésité, ces prises de poids sont « narcissiquement » intolérables pour des sujets souffrant déjà de leur propre image.

En effet, la survenue d'une obésité aggrave souvent les troubles du psychique et entraîne par ailleurs une mauvaise adhésion du malade au médicament. L'arrêt brutal du traitement, lorsqu'il est motivé par la prise de poids, pourrait être dramatique et déstabiliser l'individu au point, parfois, de le conduire au suicide.

Le devoir du médecin sera donc de peser la nécessité du traitement d'une part et les problèmes liés à ses effets secondaires d'autre part.

Dans certains cas, une atteinte psychiatrique peut justifier la prescription ou la poursuite du traitement au prix d'une surcharge pondérale.

Dans le cas d'une simple nervosité, d'un stress mal géré ou d'idées noires passagères, on devrait pouvoir s'en passer car il est possible de trouver la détente nerveuse souhaitée en faisant appel à d'autres techniques. On pourra notamment privilégier des thérapies dans lesquelles la femme est active : relaxation, sophrologie ou yoga.

Les bêta-bloquants

Ce sont les médicaments que l'on prescrit pour traiter l'hypertension artérielle ou prévenir les accidents cardiaques liés à l'insuffisance coronarienne. Pourtant, leur indication a parfois été étendue au traitement de fond de la migraine ou à l'élimination de certains tremblements, liés au trac par exemple (Avlocardyl).

Ils font généralement grossir parce qu'ils réduisent la thermogenèse alimentaire par baisse du tonus sympathique.

On peut cependant les remplacer, en accord avec le cardiologue, et en cas de problèmes cardio-vasculaires, par d'autres médicaments dont les effets secondaires sur le poids sont nuls (inhibiteurs de l'enzyme de conversion).

La cortisone

La cortisone fait prendre du poids par rétention d'eau et de sel. Elle perturbe également le métabolisme des glucides. C'est pourquoi le médecin la prescrit rarement à la légère.

Son emploi se justifie souvent au cours de l'évolution de maladies graves dans lesquelles le pronostic vital ou fonctionnel peut être mis en jeu (rhumatismes inflammatoires, allergies ou infections graves, cancers).

Le problème de la surcharge pondérale reste alors secondaire et l'on peut le prévenir, lorsque les doses de cortisone sont fortes ou que le traitement est prolongé, par l'adoption d'un régime strict sans sel et contrôlé en glucides.

Les anti-inflammatoires

La prise de phénylbutazone n'est plus autorisée pour le traitement des inflammations banales. Mais certains médicaments appartenant à la même catégorie peuvent, chez certains sujets particulièrement sensibles, aboutir à une prise de poids de deux à trois kilos.

Bien souvent, cela est davantage dû à une rétention d'eau qu'à une accumulation de graisse.

Là encore, la prescription d'anti-inflammatoires doit être réfléchie car elle n'est pas toujours nécessaire pour n'importe quelle angine ou affection dentaire, ni pour n'importe quelle poussée de rhumatismes ou de douleurs dues aux règles, d'autant que ces médicaments exposent à des hémorragies digestives.

Les antibiotiques

Les antibiotiques sont largement utilisés en élevage industriel car ils permettent d'obtenir une prise de poids supérieure d'environ 10 % chez les animaux.

Les mêmes causes produisant les mêmes effets, il n'y a aucune raison pour que le mammifère évolué qu'est l'homme puisse échapper aux mêmes conséquences.

C'est pourquoi le traitement antibiotique doit être justifié et court. Les prescriptions prolongées ne doivent être instaurées qu'exceptionnellement et reposer sur des arguments valables.

Mieux vaut privilégier les moyens dont nous disposons pour stimuler l'immunité et prévenir l'apparition des infections.

Les fortifiants

La fatigue, comme nous l'avons vu dans la première partie de cet ouvrage, n'est qu'un symptôme. L'aborder en réclamant des fortifiants à son médecin n'est qu'une attitude passive qui revient à essayer de traiter les conséquences du mal sans prendre en compte ses causes.

À forte dose, les fortifiants ont pour effet d'ouvrir l'appétit et, indirectement, de faire grossir. Certains d'entre eux contiennent même des quantités non négligeables de sucre (ampoules, sirops).

Leur prescription, notamment chez l'enfant, peut constituer un mode d'entrée dans l'obésité.

Les hormones féminines

Nous avons longuement traité, dans les chapitres précédents, des effets possibles de la pilule ainsi que de ceux des œstrogènes et des progestatifs prescrits lors de la ménopause.

D'autres médicaments peuvent par ailleurs interférer avec la nutrition, soit en favorisant la perte de goût (pas moins de quarante-trois remèdes peuvent être mis en cause), soit en surchargeant le foie, ce qui est susceptible d'entraîner des anomalies lors de la digestion des aliments.

Répétons encore une fois que le bon sens doit toujours s'imposer. Certains médicaments ne doivent pas être prescrits systématiquement lors d'affections banales, sauf quand ils sont strictement nécessaires, quand on peut les remplacer par des médicaments qui ne font pas grossir.

Le médecin se doit alors non seulement de prévenir le malade du risque de prise de poids, mais encore de mettre en place les précautions nécessaires afin de limiter au maximum la survenue d'une éventuelle obésité.

Tout ceci revient encore à insister sur la nécessité d'un dialogue franc entre le médecin et le malade. Le praticien doit savoir expliquer sa prescription sans pour autant « noircir le tableau » en ce qui concerne une éventuelle prise de poids.

On sait en effet qu'il est difficile d'en évaluer le risque compte tenu des réactions éminemment variables qui peuvent avoir lieu en fonction des susceptibilités individuelles.

ADRESSES UTILES

Institut Vitalité et Nutrition
1, rue Robin
95880 Enghien-les-Bains
Tél. : (1) 39 83 18 39

New-Diet
(Service consommateurs)
BP 250
92602 Asnières Cedex
Tél. : (1) 47 93 59 59
Fax : (1) 47 93 92 44

SISMA – Michel Montignac
(Formation par correspondance, stages)
26, rue Titon
75011 Paris
Tél. : (1) 43 71 49 51

BOUTIQUES MICHEL MONTIGNAC

14, rue de Maubeuge
75009 Paris
Tél. : (1) 49 95 93 42

5, rue Benjamin-Franklin
75116 Paris
Tél. : (1) 45 27 35 73

Si vous souhaitez connaître les points de vente les plus proches de chez vous, en France, contactez le Service consommateurs au (1) 47 93 59 59.

Coulis de Tomates

Ingrédients

500 g de purée de tomates (1/2 brique)
3 gros oignons
2 gousses d'ail
20 cl de purée de basilic (ou l'équivalent en produit frais)
10 cl de pulpe d'ail
3 cuillères à soupe d'herbes de Provence
1 yaourt à 0 % de matières grasses

Passer les oignons et les gousses d'ail au mixeur pour en faire une purée. Mouiller éventuellement avec un peu d'eau pour obtenir une meilleure onctuosité.

Dans une poêle antiadhésive, faire suer la préparation à feu très doux jusqu'à ce qu'elle ait perdu son humidité.

Dans une casserole, mélanger la purée de tomates, la purée d'ail et d'oignons, le basilic, la pulpe d'ail, les herbes de Provence et le yaourt.

Faire cuire à feu doux pendant 30 minutes.

Recommandation

Cette préparation ne comporte aucune graisse. Elle peut donc accompagner des pâtes intégrales et du riz complet.

Ces recettes sont extraites de l'ouvrage **Recettes et Menus Montignac.**

SAUCE AUX CHAMPIGNONS

Ingrédients

250 g de cèpes en boîte
250 g de champignons de Paris en boîte
20 cl de crème fleurette
10 cl de purée de basilic
5 à 6 cl de pulpe d'ail
estragon lyophilisé
sel et poivre

Égoutter les cèpes puis les découper en fines lamelles. Les faire revenir à la poêle quelques minutes, dans un peu d'huile d'olive.

Passer les champignons de Paris égouttés au mixeur, avec la moitié des cèpes, afin d'obtenir une purée. Mouiller avec un peu de crème si nécessaire.

Dans une casserole, incorporer le reste des cèpes à la purée de champignons, ajouter la purée de basilic, la pulpe d'ail et le reste de la crème fleurette. Assaisonner de sel, de poivre et d'estragon.

Faire cuire à feu très doux pour éviter que la sauce n'attache au fond de la casserole.

Observation

Les cèpes n'étant pas obligatoires, la recette pourra être réalisée avec 500 g de champignons de Paris.

Si l'on souhaite en faire une recette « Phase I », il conviendra de remplacer les 20 cl de crème fleurette par un yaourt à 0 % de matières grasses ou l'équivalent en fromage blanc.

LA PREMIÈRE GAMME DE GASTRONOMIE NUTRITIONNELLE

Pour permettre à tous ceux qui ont pris le parti de saines habitudes alimentaires de retrouver chaque jour les principes essentiels de l'équilibre nutritionnel, Michel MONTIGNAC a créé une gamme de produits exclusifs, spécifiquement conçus à partir de sa méthode. Il s'agit de produits authentiques, riches en fibres et sans sucre ajouté. Ces produits ont tous en commun d'apporter à l'organisme des glucides à index glycémique bas, notion clé de la méthode MONTIGNAC.

Conçue sur la recherche permanente de matières grasses non saturées et l'absence de sucre ajouté, cette gamme est née de la redécouverte de « l'intégral », maître mot de la méthode.

En effet, tous les nutriments dont l'organisme a besoin sont présents dans le grain de blé (vitamines, sels minéraux, oligo-éléments, acides gras essentiels, protéines végétales et fibres). Or, le raffinage outrancier de la farine blanche provoque la suppression de la presque totalité de ces nutriments pour ne laisser que de l'amidon. La farine « intégrale » est donc une farine naturelle brute qui non seulement conserve la totalité de ses caractéristiques nutritionnelles mais assure un index glycémique bas (35 à 40, contre 70 à 85 pour la farine blanche traditionnelle) selon son degré de raffinage.

Cette première gamme de gastronomie nutritionnelle est disponible sous la marque Michel MONTIGNAC dans quelque 400 magasins en France, et notamment :

– Les épiceries fines et tout particulièrement le réseau « COFFEA » ;

– Les magasins diététiques et biologiques et tout particulièrement le réseau « La Vie Claire » et « Rayon Vert ».

Depuis 1995 une deuxième gamme est disponible en grandes surfaces sous la marque « Attitudes de Montignac ».

Les familles de produits représentées comprennent en particulier :

– la boulangerie, avec les pains grillés à la farine intégrale ;
– les marmelades brutes 100 % fruits sans sucre ajouté ;
– les pâtes fabriquées à partir d'une forme de blé dur « intégral », issu de l'agriculture biologique ;
– le chocolat amer et fortement cacaoté (au moins 70 %, pour en garder les exceptionnelles qualités nutritionnelles) ;
– les petits déjeuners gourmands, céréales et fruits, riches en fibres et sans sucre ajouté ;
– les compotes, coulis, jus de fruits, soja, fruits secs, fructose, sauces et condiments... élaborés dans le strict respect de l'authentique, sans conservateur ni sucre ajouté.

Pour en savoir plus sur cette première gamme de gastronomie nutritionnelle : New-Diet, BP 250 92602 Asnières Cedex. Tél. : (1) 47 93 59 59.

Dans la collection J'ai lu Bien-être

THOMAS ARMSTRONG
Sept façons d'être plus intelligent (7105/5)

BACUS et ROMAIN
Libérez votre créativité! (7124/4)

BARBAULT et DUBOY
Choisir son prénom, choisir son destin (7129/9)

BINET et JADFARD
Trois assiettes et un bébé (7113/3)

Dr ARON-BRUNETIÈRE
La beauté et les progrès de la médecine (7006/4)

AGNÈS BEAUDEMONT-DUBUS
La cuisine de la femme pressée (7017/3)

MARTINE BOËDEC
L'homéopathie au quotidien (7021/3)

Dr BONDIL et M. KAPLAN
Votre alimentation selon le Dr Kousmine (7010/5)
L'alimentation de la femme enceinte et de l'enfant, selon l'enseignement du Dr Kousmine (7089/5)
L'âge d'or de votre corps (7108/6)

NATHANIEL BRANDEN
Les six clés de la confiance en soi (7091/7)
Maître de ses choix, maître de sa vie (7127/6, *inédit*,)

ETTY BUZYN
Papa, maman, laissez-moi le temps de rêver (7132/3)

BÉATRICE ÇAKIROGLU
Les droits du couple (7018/6)

CARTER et SOKOL
Ces hommes qui ont peur d'aimer (7064/5)

ROBERTA CAVA
Réussir et être heureuse au travail (7082/5, *inédit*)

FRANÇOISE CIVEYREL
Consommez bien. Dépensez mieux (7098/5)

LOLY CLERC
Je dépense, donc je suis! (7107/4)

Dr JULIEN COHEN-SOLAL
Comprendre et soigner son enfant - 1 (7096/6)
Comprendre et soigner son enfant - 2 (7097/6)

BRUNO COMBY
Tabac : libérez-vous ! (7012/4)

Dr LIONEL COUDRON
Stress, comment l'apprivoiser (7027/5)
Mieux vivre par le yoga (7115/6, *inédit*)

C. P. COWAN et P. A. COWAN
1 + 1 = 3 (7065/6)

HÉLÈNE DE LEERSNYDER
Laissez-les faire des bêtises (7106/4)

Dr DIETRICH et Dr CUDICIO
Harmonie et sexualité du couple (7061/5)

Dr DREVET et Dr GALLIN-MARTEL
Bien vivre avec son dos (7002/4)

SONIA DUBOIS
Maigrissons ensemble ! (7120/4)

Dr DAVID ELIA
Comment rester jeune après 40 ans. Version hommes (7110/5)
Comment rester jeune après 40 ans. Version femmes. Nouvelle édition (7111/5)

PIERRE FLUCHAIRE
Bien dormir pour mieux vivre (7005/4)

FLUCHAIRE, MONTIGNAC...
Plus jamais fatigué ! (7015/5)

CÉLINE GÉRENT
Savoir vivre sa sexualité (7014/5)

Dr FRANÇOISE GOUPIL-ROUSSEAU
Sexualité : réponses aux vraies questions des femmes (7025/3)

GROSMAN avec REZNICK
Protégez votre emploi (7085/3)

BRIGITTE HEMMERLIN
Maman Solo (7100/5)

ANNIE HUBERT
Pourquoi les Eskimos n'ont pas de cholestérol (7125/7)

JOST et PERRIOT
Guide des actions humanitaires (7086/6)

SAM KEEN
Etre un homme (7109/4)

BARBARA KILLINGER
Accros du boulot (7116/7)

Dr CATHERINE KOUSMINE
Sauvez votre corps (7029/8)

BRIGITTE LAHAIE
Les chemins du mieux-aimer (7128/3)

COLETTE LEFORT
Maigrir à volonté ...ou sans volonté ! (7003/4)

Dr GÉRARD LELEU
Le traité des caresses (7004/5)
La Mâle Peur (7026/6)
Le traité du plaisir (7093/5)

Pr LÔO et Dr CUCHE
Je suis déprimé mais je me soigne (7009/4)

ALAN LOY McGINNIS
Le pouvoir de l'optimisme (7022/3)

MARINO et FORTIER
La nouvelle famille (7122/3)

BERNARD MARTINO
Le bébé est une personne (7094/4)

Dr E. MAURY
La médecine par le vin (7016/3)

PIA MELLODY
Vaincre la dépendance (7013/4, *inédit*)

MAURICE MESSÉGUÉ
C'est la nature qui a raison (7028/7)

STEWART MITCHELL
Initiation au massage (7119/4)

Dr VLADIMIR MITZ
Le choix d'être belle (7019/6)

MICHEL MONTIGNAC
Je mange donc je maigris ! (7030/5)
Recettes et menus Montignac (7079/5)
Comment maigrir en faisant des repas d'affaires (7090/5)
La méthode Montignac Spécial Femme (7104/5)
Mettez un turbo dans votre assiette (7117/7)
Je cuisine Montignac (7121/5)

ANNE-MARIE MOUTON
500 conseils pour réussir votre grossesse (7023/4)

ROBIN NORWOOD
Ces femmes qui aiment trop - 1 (7020/6)
Ces femmes qui aiment trop - 2 (7095/6)

DAGMAR O'CONNOR
Comment faire l'amour à la même personne... pour le reste de votre vie (7102/5)

PIERRE PALLARDY
Les chemins du bien-être (7001/3)
Le droit au plaisir (7063/4)

PIERRE et FLORENCE PALLARDY
La forme naturelle (7007/6)

JEAN-LOUIS PASTEUR
Toutes les vitamines pour vivre sans médicaments (7081/6)

JEAN-YVES PECOLLO
La sophrologie au quotidien (7101/3)

VERA PEIFFER
Soyez positifs ! (7118/4)

Pr JEAN-PIERRE RELIER
L'aimer avant qu'il naisse (7088/3)

JOCELYNE DE ROTROU
La mémoire en pleine forme (7087/5)

JACQUES SALOMÉ
Papa, maman, écoutez-moi vraiment (7112/5)

NANCY SAMALIN
Savoir l'entendre, savoir l'aimer (7062/5, *inédit*)

Dr BERNIE S. SIEGEL
Vivre la maladie (7131/5)

NATHALIE SIMON
Mangez beau, mangez forme (7126/6)

Dr MARIE THIRION
Les compétences du nouveau-né (7123/5)

DEBORAH TANNEN
Décidément, tu ne me comprends pas ! (7083/6, *inédit*)

NITA TUCKER
Le grand amour pour la vie (7099/3)

MARIE-FRANCE VIGOR
Enfants : comment répondre à leurs questions ! (7011/6)

Dr NADIA VOLF
Vos mains sont votre premier médecin (7103/4)

RIKA ZARAI
Ces émotions qui guérissent (7114/7)

Bien-être
7104

R.I.D. Composition 91400 Gometz-la-Ville
Achevé d'imprimer en Europe (France)
par Bussière Camedan Imprimeries à St-Amand
le 31 octobre 1997. N° d'imp : 1/2960.
Dépôt légal octobre 1997. ISBN 2-277-07104-8
1er dépôt légal dans la collection : mars 1996

Editions J'ai lu
84, rue de Grenelle, 75007 Paris
Diffusion Flammarion (France et étranger)